Título original: *A Rogue of my Own*
Traducción: M.ª José Losada Rey y Rufina Moreno Ceballos
1.ª edición: febrero, 2013

© Johanna Lindsey, 2009
© Ediciones B, S. A., 2013
  para el sello B de Bolsillo
  Consell de Cent, 425-427 - 08009 Barcelona (España)
  www.edicionesb.com

Printed in Spain
ISBN: 978-84-9872-757-9
Depósito legal: B. 33.039-2012

Impreso por NOVOPRINT
        Energía, 53
        08740 Sant Andreu de la Barca - Barcelona

Una dama inocente

JOHANNA LINDSEY

Para mi madre

1

El palacio de Buckingham. Rebecca Marshall seguía sin poderse creer que fuera a vivir allí. Hacía apenas una semana que lo sabía y aún no había logrado asimilarlo. Pero ahí estaba.

La sorpresa más grande en sus dieciocho años de vida había sido convertirse en dama de honor de la corte de la reina Victoria. Su madre, Lilly, había esperado que otorgaran a su hija esa privilegiada posición, aunque Lilly no le había contado a Rebecca que había tenido que pedir unos cuantos favores para que la aceptaran. No había querido que su hija se llevara una decepción si al final no lo conseguía.

Pero sin duda Rebecca no se habría llevado ninguna decepción. Ser dama de honor en la corte no había sido algo a lo que ella aspirase, sino su madre. Lilly le había hablado muy a menudo de cómo había perdido la oportunidad de ser dama de honor o incluso dama de cámara de la reina al convertirse en una mujer casada. Su familia siempre había sido simpatizante de los Tories, igual que su marido. Y con los Whigs en el gobierno y campando a sus anchas en la corte, Lilly había sido incapaz de lograr su más preciado deseo hasta que, finalmente, había renunciado a él. Después de todo, el partido político Whig llevaba demasiado tiempo al frente del Parlamento.

Pero los Tories, que ahora eran conocidos con el nombre de conservadores, habían recuperado por fin el poder, y sir Robert Peel era el nuevo primer ministro. Adiós a lo viejo, bienvenido lo nuevo, por así decirlo. Cuando se comenzaron a hacer los nuevos nombramientos, Lilly se apresuró a solicitar uno para Rebecca. No había garantía alguna de que su hija lo consiguiera, ya que había habido muchas peticiones. Pero la semana anterior habían recibido la carta de confirmación y, como una jovencita excitable y emocionada, la madre de Rebecca había comenzado a dar gritos de alegría después de leerla. Una alegría que había resultado muy contagiosa.

La última semana había sido un torbellino. Madre e hija apenas habían comenzado a organizarse para la temporada que pasarían en Londres durante el próximo invierno, para lo cual faltaban todavía algunos meses y ahora se encontraban con que tenían que elaborar un nuevo guardarropa para Rebecca, ¡a marchas forzadas! Tuvieron que contratar a más modistas y tomar infinidad de decisiones. Hicieron multitud de viajes al cercano pueblo de Norford, a veces incluso un par de veces al día. Todo ello envuelto por la excitación y la interminable cháchara de Lilly sobre la oportunidad de oro que se le había presentado a su hija.

Sería el mayor cambio en la vida de Rebecca desde la muerte de su padre. El conde de Ryne había muerto cuando ella sólo tenía ocho años. Lilly jamás había considerado la idea de volver a casarse. El título había ido a parar a un primo lejano del conde, pero la mansión en que residían cerca de Norford, donde Rebecca había crecido, no formaba parte del legado. La joven había pasado allí toda su vida, donde vivían sus amigos más íntimos. Lilly no había estado dispuesta a separarse de ella, así que había hecho los arreglos necesarios para que Rebecca dispusiera de los mejores tutores allí mismo, en casa.

Rebecca se había mostrado encantada con aquella disposición, pues de esa manera su madre y ella pudieron pasar más tiempo juntas. Las dos eran expertas amazonas y montaban cada vez que el clima se lo permitía. Sería una de las cosas que Rebecca echaría de menos, igual que echaría de menos a las amistades que tenían en Norford; siempre había habido alguien que iba a visitarlas o alguna reunión a la que asistir. Aunque Norford estaba sólo a unas horas a caballo de Londres, Lilly estaba resuelta a darle algún tiempo a Rebecca para que se acostumbrara a su nueva posición antes de ir a visitarla. No quería dar la impresión de ser una madre excesivamente protectora, ¡aunque eso es lo que era!

En realidad, ser dama de honor de la reina era la segunda oportunidad de oro que se le presentaba a Rebecca y sobre la que madre e hija habían discutido extensamente. La primera había surgido hacía cinco años, cuando las dos habían estado totalmente de acuerdo con la elección del futuro marido de Rebecca. Ni siquiera habría tenido que presentarse en sociedad si hubiera podido captar la atención del hombre en cuestión, Raphael Locke, el heredero del duque de Norford, su vecino. ¡Habría sido tan conveniente! Pero tan preciado ejemplar masculino había sido cazado por otra mujer antes de que Rebecca tuviera edad para casarse y ahí habían acabado sus sueños.

Una pena. Había esperado formar parte de tan interesante familia. Preston Locke, el duque, tenía cinco hermanas, todas ellas estaban casadas y ahora residían en otros lugares, pero volvían a menudo a Norford de visita. Lilly le había contado historias de aquellos días en que las hermanas del duque vivían todavía en la mansión y cómo los Locke habían presidido la sociedad local. De hecho, alguna de las fiestas más fastuosas a las que Rebecca había asistido había sido organizada en Norford Hall cuando ella era niña. Se había relacionado mucho con la familia al hacerse amiga de la hermana menor, Amanda Locke. Fue una lástima perder el contacto con ella cuando enviaron a Amanda a un colegio privado.

Después de aquello, el duque no había organizado grandes eventos ya que él y su anciana madre se habían quedado solos en aquella enorme casa. Su esposa había muerto hacía años y, aunque todas las damas casaderas de los alrededores habían intentado pescarle, él permanecía viudo. Y ahora era Ophelia Locke, la mujer que había conquistado el corazón de Raphael antes de que Rebecca tuviera la oportunidad de intentarlo, el alma de la sociedad local.

Dos oportunidades perdidas con tan ilustre familia: una buena amiga y un marido. Pero ahora tenía una nueva oportunidad. ¡Sería dama de honor en la corte de la reina Victoria! Rebecca conocía los beneficios que aquello le reportaría. La posición que desempeñaría era comparable a asistir a la academia para señoritas más prestigiosa del mundo. Conocería a las personas más importantes de Inglaterra y a la realeza del continente. No tenía que esperar a que la presentaran en sociedad cuando formaba parte de la corte de una reina a la que le encantaban las fiestas. Si tenía suerte, incluso la propia reina escogería al futuro marido de Rebecca. Todo era posible.

Milagrosamente, el guardarropa de Rebecca estuvo terminado a tiempo para su partida para Londres, aunque era mucho más ostentoso de lo que habría sido para una temporada normal. Lilly no había escatimado en gastos y había decidido acompañar a Rebecca y a su doncella, Flora, a Londres.

No era la primera vez que Rebecca estaba en Londres. Había ido de compras en algunas ocasiones y por supuesto, cuando Lilly había tenido que asistir a una carrera de caballos en la que corría una de sus yeguas y a la boda de una antigua amiga, Rebecca la había acompañado. Pero era la primera vez que veía el palacio de Buckingham. No había habido ninguna razón para visitarlo antes, ya que ningún monarca había morado allí hasta entonces.

Tras bajarse del carruaje con su madre y Flora, Rebecca observó con temor la formidable edificación en la que viviría durante meses, posiblemente años. ¡Era más grande de lo que había imaginado! Incluso el arco de mármol de la entrada era de ¡doble altura! Los guardias del palacio marchaban ante la puerta con sus uniformes brillantes y llenos de colorido. Otras personas traspasaron aquel enorme arco que Rebecca atravesaría de un momento a otro.

No obstante, los pies de la joven se quedaron inmóviles. El nerviosismo amenazaba con abrumarla. Ya sabía que Lilly no la acompañaría al interior, pero ¡no estaba preparada para despedirse! Jamás había tenido que decirle adiós a su madre antes, no de esa manera.

Lilly le cogió la mano y se la apretó. Rebecca entendió perfectamente aquel sencillo gesto. Su madre la estaba animando a seguir adelante.

—Tu padre habría estado orgulloso de ti si hubiera vivido para ver esto.

Rebecca miró a su madre. Era un momento muy emotivo. Lilly se sentía muy feliz por su hija y, sin duda, recordaba todas sus oportunidades perdidas. Se veía en su expresión, estaba al borde de las lágrimas pero aun así sonreía.

—No irán a ponerse a llorar ahora, ¿verdad? —preguntó Flora en tono quejumbroso.

Lilly se rio. Rebecca esbozó una amplia sonrisa. A Flora se le daba bien aliviar la tensión con su franqueza.

Por desgracia, Flora no viviría en el palacio con Rebecca. Sólo permanecería allí el tiempo justo para dejar a la joven instalada. Sabían que Rebecca no tendría una habitación individual. Sencillamente no había suficientes estancias para todos los miembros de la corte, y mucho menos para sus sirvientes. Así que Lilly había alquilado un apartamento cercano para que Flora pudiera acudir al palacio todos los días y encargarse del guardarropa de Rebecca además de realizar sus tareas habituales.

Lilly había considerado la idea de comprar una casa en Londres para la primera temporada de Rebecca. Pero ahora que la «temporada» de Rebecca había comenzado bajo unas circunstancias totalmente diferentes a las previstas, Lilly ya no estaba tan segura de llevar a cabo esa idea. A pesar de que algunas damas de la corte poseían casa en Londres y preferían pasar las noches en ella en vez de compartir habitación en palacio, Lilly quería que su hija experimentara todo lo que la corte podía ofrecer y para eso era necesario que viviera allí. Si tenían una casa en la ciudad, Rebecca podría sentirse tentada a dormir en ella cada noche.

Lilly rodeó a Rebecca con los brazos y la estrechó contra sí durante un buen rato.

—Te veré dentro de unas semanas, cariño. Al menos intentaré mantenerme alejada durante todo ese tiempo.

—No tienes por qué...

—Por supuesto que sí —la interrumpió Lilly—. Éste es

tu momento, no el mío. Intenta disfrutar de cada minuto. Pero quiero que me escribas todos los días, quiero saberlo todo.

—Lo haré.

—Y sobre todo, Becky, disfrútalo. Te van a ocurrir cosas maravillosas. Lo sé.

Rebecca deseó tener el mismo entusiasmo y seguridad que su madre, pero su excitación había decrecido ahora que la separación era inminente. Ése era el sueño de su madre. Deseó que Lilly pudiera estar allí en su lugar.

Pero por el bien de su madre, esbozó una radiante sonrisa, le dio un último abrazo y se apresuró a entrar en palacio.

2

—¿Cree que llegaremos alguna vez? —le murmuró Flora a Rebecca con una amplia sonrisa mientras seguían a un criado con librea, vestido con más elegancia que algunos de los nobles que recorrían aquel corredor tan increíblemente largo.

La doncella estaba bromeando, por supuesto, pero el lacayo que las guiaba la oyó y las miró directamente antes de indicarles:

—La habitación de lady Rebecca está justo al doblar la siguiente esquina. En realidad, está más cerca de las habitaciones reales que las que han sido asignadas a otras damas. La reina recordó haber conocido al conde de Ryne cuando era niña y fue ella quien sugirió esta estancia para su hija. Ha comenzado con buen pie, milady.

Flora soltó una risita. Rebecca se sonrojó. Un lacayo no debería saber ese tipo de cosas. No obstante, ¡estaban en palacio! Era probable que los sirvientes supieran más de la vida privada de los cortesanos que cualquier otra persona.

¿Acaso no le había advertido su madre que no se le ocurriera desairar a ninguno de ellos?

—Jamás he desairado a un sirviente —le había recordado Rebecca a su madre.

—Sé que no lo has hecho, querida, pero es bueno que sepas que éste no sería un buen momento para comenzar a hacerlo.

Había sido una de las muchas bobadas que Lilly había dicho durante la última semana debido al enorme cansancio que le había supuesto preparar a Rebecca para su nueva vida en palacio. Sin embargo, tras una buena noche de sueño reparador, su madre había vuelto a sacar el tema a colación.

—Sería de gran ayuda que los sirvientes te tomaran cariño. Recuerda, trabajar en palacio es su medio de vida. Hay quienes incluso urden algún tipo de intriga sólo para mantenerse por encima del resto. Pero el caso es que todos poseen información que podría serte de suma utilidad en un determinado momento, y si les caes bien, no les importará compartirla contigo.

Teniendo en cuenta el consejo de su madre, Rebecca le brindó una sonrisa al lacayo y dijo:

—Gracias, ¿eh...?

—John Keets, milady.

—Gracias, John. Me alegra saber que mi padre es recordado con cariño.

Él asintió con la cabeza. Era un hombre apuesto con el pelo color arena, alto y joven, con una expresión estoica en el rostro que se transformaba cuando hablaba, entonces parecía mucho más amigable. Vio que Flora le lanzaba una mirada llena de admiración, algo que no sorprendió a Rebecca ya que su doncella solía lanzar ese tipo de mirada a casi todos los hombres que conocía. Como era una joven hermosa de pelo negro y ojos castaños, por lo general recibía más miradas admirativas de las que brindaba.

Flora había trabajado para los Marshall los últimos seis años. Era sólo unos años mayor que Rebecca, pero había sido adiestrada por su madre, que también había sido doncella, y una doncella muy buena además. Las mujeres de la familia Marshall jamás habían lucido unos peinados tan perfectos hasta la llegada de Flora.

John se percató de la mirada de la doncella y le mostró su interés con una propia. Finalmente, llegaron al final del corredor en forma de T. El lacayo giró a la derecha y abrió la primera puerta que encontraron.

—Enseguida traerán los baúles —dijo John, haciéndolas pasar a la pequeña habitación—. Los retirarán en cuanto termine de instalarse. Compartirá habitación con Elizabeth Marly. Por desgracia, la reina no es todavía consciente de que lady Elizabeth puede ser algo instigadora. Quizá no lleguen a ser grandes amigas.

No dijo nada más. ¡Ya había dicho bastante! ¿Qué diantres quería decir con «algo instigadora»?

Flora pensó lo mismo que ella porque, en cuanto John salió y cerró la puerta, le dijo:

—Eso no ha sonado nada bien.

Cierto, pero Rebecca no iba a sacar conclusiones precipitadas.

—Puede que se refiera a que le gusta poner las cosas en marcha, aunque no tienen que ser, necesariamente, cosas malas. Quizá sólo sean cosas inapropiadas para palacio. —Ante la mirada escéptica de Flora, añadió—: Bueno, podré juzgarla mejor cuando la conozca, algo que es irremediable ya que compartiremos este cuarto.

Flora soltó un bufido.

—Esta habitación es mucho más pequeña de lo que imaginé que sería. ¡Si casi es del mismo tamaño del vestidor que tiene en casa!

Rebecca sonrió ampliamente ante el desdén que rezumaba la voz de Flora. En realidad, aquella habitación era bastante más grande que su vestidor, aunque mucho más pequeña que su dormitorio.

—No creo que sea necesario que sea más grande para el poco tiempo que voy a pasar aquí. Es sólo un lugar para dormir y cambiarse de ropa —repuso Rebecca.

—No hará más que tropezarse con su compañera.

Eso era cierto. No había demasiado espacio libre. Una cama doble que parecía más un catre ancho y dos mesillas de noche bastante estrechas a cada lado de la cama, que tenían las dos únicas lámparas de la estancia, ocupaban la mayor parte del espacio. No había chimenea, sólo un brasero que probablemente no utilizarían hasta el mes siguiente, una pequeña bañera oculta tras un biombo en una esquina y una cómoda con un aguamanil y varias toallas. Había también una pequeña mesa redonda para colocar la bandeja de comida y una silla. También había una coqueta. Sin embargo, lo más destacable del dormitorio eran los armarios. Había dos de dos cuerpos y medio en cada una de las paredes. Incluso uno de ellos bloqueaba las ventanas de una pared, lo que hacía que sólo entrara un poco de luz natural en la estancia.

Flora clavó también la mirada en los armarios.

—Mire eso, dadas las circunstancias, no está mal. Pensé que tendría un vestidor aparte, incluso aunque tuviera que compartirlo. Jamás imaginé que su dormitorio sería también su vestidor. Y, por supuesto, con armarios suficientes para la ropa de dos jóvenes. Sus preciosos vestidos ocuparán por lo menos una de estas paredes. En teoría, la mitad de los armarios es suya...

Flora acabó la frase chasqueando la lengua cuando abrió el armario más cercano y lo encontró lleno. Abrió el segundo armario de esa pared y también lo encontró lleno. Parecía que lady Elizabeth había reclamado los armarios de ese lado. Flora se acercó entonces a la pared donde los armarios bloqueaban las ventanas, pero el primer armario que abrió también estaba lleno, aunque el segundo no tanto. Examinó los dos armarios que ocupaban la mitad de la tercera pared, pero sólo uno de ellos estaba vacío.

Flora comenzó a reírse.

—¿No tiene la impresión de que lady Elizabeth no esperaba compartir la habitación?

—Eso parece —convino Rebecca.

—Bueno, no cabe duda de que esa dama tiene mucha ropa. Pero va a tener que deshacerse de algunos de sus vestidos si no quiere que acaben arrugándose, porque es hora de que usted reclame los armarios que le corresponden. Y yo, mi querida Becky, voy a ponerme manos a la obra ahora mismo.

Flora comenzó a mover vestidos de un lado a otro. Rebecca la ayudó. En la habitación tampoco había cómodas pues no había espacio para ellas, pero en el fondo de cada armario había un cajón de buen tamaño donde podía guardarse la ropa que no era necesario colgar.

No tuvieron que trasladar demasiada ropa de Elizabeth a los armarios que le correspondían. Lo cierto era que en uno de ellos sólo tenía dos vestidos de baile y en otro lo que parecían vestidos de día.

—Listo —dijo Flora, satisfecha con la nueva distribución—. Creo que podremos apañarnos con los dos armarios de esta pared, así su compañera tendrá los demás para ella y usted no tendrá por qué tener los vestidos arrugados sólo porque ella haya traído ropa de más para la corte. Y

—añadió Flora, clavando los ojos en los armarios vacíos donde tenía que meter la ropa de Rebecca— tampoco existe ninguna razón para que no dispongan de un poco de luz. Estos armarios de aquí no están bien situados. No tienen por qué bloquear las dos ventanas. Podemos desplazarlos para que se pueda abrir una ventana si es necesario. Pediré prestado un hombro fuerte cuando lleguen los baúles.

Y eso fue lo que hizo Flora; en menos de media hora una de las ventanas ya no estaba bloqueada. Los dos hombres que trajeron los cuatro baúles de Rebecca se ofrecieron a ayudarlas en cuanto Flora les brindó una sonrisa. Después de que retiraran el armario, una cortina blanca bastante sucia, que probablemente llevaba meses o años oculta, quedó a la vista. Flora prometió lavarla al día siguiente.

La doncella se despidió de ella para ir a ordenar su apartamento, riéndose entre dientes mientras salía por la puerta.

—Mis habitaciones son más grandes que las suyas —dijo, haciendo que Rebecca esbozara una amplia sonrisa.

Sin embargo, el buen humor de la joven no duró demasiado. Se sentía abrumada. Sabía que iba a sentirse muy sola en la corte.

Había sido educada en casa, así que jamás se había separado de su madre antes. No había pasado ni un solo día de su vida alejada de ella. Y la doncella, Flora, también había estado a su lado. Sabía que tenía que despegarse de las faldas de su madre, pero estaba ocurriendo mucho antes de lo que Rebecca había previsto, y sin tener un marido en el que apoyarse.

Sí, tendría infinitas oportunidades para socializar y conocer a personas interesantes y, sí, era probable que allí conociera a su futuro marido. Pero Rebecca se sentía deprimida. Habría preferido que todo hubiera transcurrido durante una temporada normal con su madre a su lado. Pero no había sido capaz de echar por tierra las ilusiones de Lilly confesándole tales inquietudes. No obstante, ellas no sólo eran madre e hija, sino verdaderas amigas, y quizá debería habérselo dicho...

3

No había nada programado para el resto del día, razón por la cual Flora se había marchado tras sacar la ropa de los baúles. Para Rebecca era hora de ponerse cómoda y descansar, de intentar recobrarse tras una semana extenuante. Había sido asignada a la duquesa de Kent, la madre de la reina Victoria, pero en ese momento la duquesa no se encontraba en palacio y no regresaría hasta el día siguiente.

Rebecca se tumbó en la cama. Mientras permanecía en esta posición, pensó en la reina. Estaba en palacio, pero era posible que Rebecca jamás llegara a conocerla ya que no todos los que vivían allí eran presentados a la soberana. O puede que al final la conociera y acabaran convirtiéndose en grandes amigas. Cualquier cosa era posible viviendo en palacio, pensó Rebecca mientras se quedaba dormida.

—¿Qué has hecho? —exclamó una voz chillona—. ¿Por qué has movido los armarios? Yo duermo hasta tarde. Y tú también lo harás. No necesitamos que los rayos del sol nos despierten antes de lo necesario.

¡Qué manera más brusca de despertar de aquella breve siesta! Rebecca parpadeó y abrió los ojos para observar a la joven que había entrado en la habitación y que, al parecer, estaba encendiendo una de las lamparitas antes de retomar su acalorada perorata. Baja y entrada en carnes, casi reventaba las costuras del vestido naranja que llevaba puesto. Tenía el pelo oscuro recogido en un moño severo, salvo por algunos bucles que enmarcaban unas mejillas sonrojadas. Alguien debería decirle que el naranja no le favorecía, pensó Rebecca. Confería a su piel una tonalidad cetrina. La joven podría haber resultado bonita si no hubiera tenido aquella expresión tan agria.

Sus deslumbrantes ojos verdes fulminaban la pared donde una ventana había quedado al descubierto. El sol se había puesto mientras Rebecca dormía y en aquel momento no entraba ni un ápice de luz por los cristales.

Todavía medio dormida, Rebecca respondió sin pensar:

—Para eso están las cortinas.

—¿Qué cortinas? —repuso la joven en el mismo tono enérgico—. Es posible que unas cortinas gruesas sí, pero no es eso lo que nosotras tenemos, ¿verdad? Eso que hay ahí no son más que unos sencillos visillos.

Rebecca se espabiló con rapidez. Aquella jovencita estaba realmente enfadada y ni siquiera intentaba ocultarlo. ¿Por qué se enojaba tanto por algo tan trivial?

Rebecca se incorporó y miró con el ceño fruncido la ventana que causaba tal revuelo. Aquél no era un buen comienzo si esa chica era lady Elizabeth, y no le quedaba la menor duda de que lo era.

—¿Quieres que cubra la ventana con una de mis faldas antes de que nos acostemos y que la retire después de que te levantes por la mañana? —ofreció la joven—. Lo siento, pero la luz del día jamás me ha despertado así que no la considero una molestia. Me parece tonto encender lámparas en la habitación cuando podemos dejar entrar la luz del sol.

Quizá no debería haber añadido el último comentario porque la joven le dio la espalda a los armarios y le lanzó una mirada airada.

—Me imagino que nunca has pasado la noche en una habitación cuyas ventanas estuvieran orientadas al sol naciente, ¿verdad?

Rebecca se estremeció interiormente ante la brusquedad de la joven.

—No, en efecto. Y, definitivamente, ha quedado muy clara tu opinión. Te aseguro que resolveré el problema.

Cuando Rebecca se puso en pie, resultó evidente que sobrepasaba en estatura a la otra joven, mucho más baja. Al igual que su madre, medía más de uno setenta y cinco. En realidad se parecía mucho a su madre. Las dos eran delgadas pero curvilíneas donde debían serlo. Ambas eran rubias, aunque Rebecca debía de haber heredado el color dorado de su padre, pues el tono rubio ceniza del cabello de Lilly era más claro que el suyo. También tenía los ojos azules de su madre, aunque los de Rebecca eran un poco más oscuros. Las dos poseían los pómulos altos, la nariz patricia y una barbilla suavemente curvada. Rebecca estaba muy agradecida por su apariencia, ya que Lilly era considerada una mujer muy hermosa.

Rebecca sonrió y se esforzó por comenzar de nuevo.

—¿Lady Elizabeth, supongo?

—Sí. ¿Y tú eres...?

El tono de la otra joven todavía era tenso y algo pedante. A Rebecca le costaba trabajo creer que Elizabeth no hubiera sido informada de quién iba a ser su compañera de habitación.

—Lady Rebecca Anne Victoria Marshall.

Casi se sonrojó. Rara vez mencionaba su nombre completo cuando la presentaban a alguien. Su familia y sus amigos la llamaban sencillamente Becky, aunque su madre solía llamarla Becky Anne cuando le echaba una reprimenda. Rebecca estaba segura de que sus padres no habían sido capaces de decidirse por un nombre y por eso había acabado con tantos. Pero no tenía ni idea de por qué le había dicho su nombre completo a su compañera de habitación. Muy probablemente porque en el fondo sabía que no acabarían siendo amigas. Era una pena. Iban a compartir cama, por el amor de Dios. Al menos deberían tratarse con cordialidad.

—Te llamaron así por la reina, ¿verdad? Qué gracioso —comentó Elizabeth antes de dirigirse a uno de los armarios y abrir la puerta de golpe.

Rebecca se alegró interiormente de que ése fuera ahora su armario.

—No, lo cierto es que la reina Victoria todavía no reinaba cuando yo nací. Sin embargo, tú sí compartes nombre con muchas reinas. Supongo que también te parecerá divertido, ¿no? —dijo.

Elizabeth la miró por encima del hombro.

—No deberías haber tocado mis pertenencias. No vuelvas a hacerlo.

—No estabas aquí y...

—El arreglo era perfecto tal y como estaba.

Rebecca contuvo la risa ante la petulante respuesta.

—Lo lamento, pero tengo que insistir. No estaba bien y sigue sin estarlo. Te hemos dejado dos armarios de más.

Elizabeth no pareció agradecer la deferencia. Ni siquiera la reconoció y se limitó a preguntar:

—¿Hemos?

—Mi doncella y yo.

—¿Has traído una doncella contigo...? —Elizabeth se

dio la vuelta con la boca abierta—. ¿Cómo te las has arreglado?

—No hemos hecho ningún arreglo. Nosotras...

—Ah, tienes una casa en la ciudad —la interrumpió Elizabeth—. Mi familia no la tiene, así que mi doncella tuvo que quedarse en casa. Pero si posees una casa en Londres, ¿por qué no te quedas allí en vez de arrinconarme en esta pequeña habitación?

Si Rebecca había tenido alguna duda sobre el resentimiento de Elizabeth ante su presencia, ahora ya no la tenía. La joven no podría haber dejado más claro que no le gustaba tener una compañera de cuarto. Rebecca podría haberse sentido cohibida por ello. Una joven con menos temple lo habría hecho, sin duda. Pero John Keets, bendito fuera, ya la había advertido sobre lo que debía esperar.

—Incluso aunque no me hubieran asignado esta habitación, cuya mitad me pertenece, he sido instalada aquí por sugerencia de la reina. No pienso insultarla pidiendo una habitación diferente, pero si encuentras este arreglo tan deplorable, quizá deberías solicitar un cambio.

Las mejillas de Elizabeth se sonrojaron de vergüenza. ¿Realmente había pensado que podría intimidar a Rebecca para que se fuera de la habitación sólo porque ella había sido la primera en instalarse?

—Pero como iba a decir antes de que me interrumpieras —continuó Rebecca—, no, mi familia no tiene casa en Londres, aunque sí hemos alquilado un apartamento aquí cerca para mi doncella. De esa manera puede venir a diario a palacio y ocuparse de sus deberes habituales.

—Qué cómodo para ti —dijo Elizabeth con gesto mohíno—. No todos podemos permitirnos esos lujos tan frívolos. ¿Dónde está ahora tu doncella?

Rebecca se sonrojó levemente sin saber bien por qué.

Evidentemente no todas las familias de la nobleza disfrutaban de una buena situación económica. Que la suya fuera rica no era ciertamente un motivo de vergüenza.

Por fortuna, Elizabeth se había acercado a la coqueta que compartían y no se percató del sonrojo. Sacó el taburete de terciopelo que había debajo de la pequeña mesa ribeteada con encaje y se sentó para observar su peinado.

Rebecca le respondió observándola desde atrás.

—No había motivo para que Flora permaneciera aquí, ya que no necesitaba sus servicios.

—En palacio suelen surgir cosas de improviso. Habrá ocasiones en las que tendrás que adaptarte a las circunstancias y para eso tendrás que estar bien preparada.

Rebecca pensó que aquél era un buen consejo, aunque no lograba imaginar por qué aquella joven tan resentida le daría un buen consejo.

—Quizá puedas compensarme por los cambios que has hecho en mi habitación, sin mi permiso, dejando que tu doncella me peine. Hasta ahora he utilizado los servicios de la doncella de lady Jane, pero se aloja en otra ala del palacio.

Rebecca debería haber sabido que Elizabeth tendría un motivo oculto para darle aquel consejo.

—Dudo mucho que Flora agradezca el trabajo extra —repuso Rebecca.

Pero Elizabeth no dejó pasar el tema.

—¿Y qué tiene ella que decir al respecto? Trabaja para ti, hará lo que le digas.

—En realidad trabaja para mi familia. Tal vez debería pedirle permiso a mi madre.

En el rostro de Elizabeth apareció una expresión agria.

—No importa. Me las arreglaré como lo he estado haciendo hasta ahora.

Rebecca negó con la cabeza. Si Elizabeth se hubiera esforzado en ser agradable con ella, a la joven no le hubiera importado que Flora le arreglara el pelo. Incluso habría compensado a la doncella con algunas monedas extras para que no protestara.

Antes de olvidarse y de volver a oír más quejas estridentes de su compañera de habitación por la mañana, Rebecca sacó una de sus faldas más gruesas del armario y la extendió sobre la ventana.

—¿Has traído disfraz? —preguntó Elizabeth—. Drina ha anunciado un baile de disfraces para esta noche.

—¿Drina?

—La reina, por supuesto.

A Rebecca se le podría perdonar su ignorancia pues sólo los miembros de la familia real se dirigían a la reina Victoria por su apodo de la infancia. Pero no era posible que fuera a compartir habitación con un miembro de la familia real al que, sin querer, había tratado con poca deferencia, ¿verdad?

Por primera vez en su vida deseó que su madre la hubiera criado de una manera más tradicional en vez de la forma distendida en la que lo había hecho. Si su padre no hubiera muerto cuando ella era tan joven, probablemente su educación habría estado más acorde con la de las otras jóvenes damas de su edad.

Sin duda, era una joven virtuosa e inocente. De hecho, ya había cumplido los dieciocho años y jamás la habían besado. Sabía cantar bastante bien, pero sus dedos eran torpes en lo que a instrumentos musicales se refería, y lo cierto es que lo había intentado con cuatro diferentes antes de que su madre desistiera y se deshiciera finalmente de ellos. Aunque debía tener conocimientos de al menos un par de lenguas extranjeras, sólo sabía hablar francés con fluidez. Y no hacía falta decir que era una hija obediente y que probablemente también lo sería cuando fuera la esposa de alguien. O al menos, lo intentaría. Quizá debería aparentar ser lo suficientemente descerebrada para no poder formarse una opinión inteligente. Pero no cabía duda que con respecto a eso, era un rotundo fracaso.

Lilly le había confiado una vez:

—Se supone que debemos reservar nuestra inteligencia, si la tenemos, para nosotras mismas. Ya te lo he advertido antes, querida. Si tienes que hacerte pasar por estúpida, hazlo. Por desgracia, es lo que los nobles esperan de sus esposas, pero quizá tengas suerte y te cases con un noble al que no le importe tener una mujer con cerebro. Quizás a tu marido no le importe mantener una conversación inteligente contigo, una que no incluya hablar de los criados o la familia, que es el único tema que todos esperan de sus esposas. Pero si al final no tienes esa suerte, bueno ¡eres lo suficientemente lista para ser estúpida!

Por supuesto, si Lilly la hubiera criado de una manera estrictamente tradicional, Rebecca no habría podido contener las lágrimas ante las punzantes palabras de Elizabeth. Pero la vida con su madre le había proporcionado la tenacidad necesaria para saber defenderse. Su madre le había enseñado que tenía que ser mucho más que un objeto decorativo que, por otro lado, era lo que los hombres esperaban de una mujer. La educación que Lilly le había dado no la había echado a perder, la había preparado para cualquier cosa... salvo para insultar a un miembro de la familia real.

Palideció bruscamente ante tal pensamiento.

—¿Estás emparentada con la reina?

—¿Qué te hace pensar eso? —inquirió Elizabeth con petulancia.

Rebecca se dio cuenta en ese momento de que Elizabeth sólo había querido dejar claro quién de las dos sabía más de la corte. La alarma que le había causado a Rebecca era una prueba de ello.

Aliviada de no haber insultado a nadie de la realeza, pero molesta con Elizabeth, Rebecca comentó con rigidez:

—No sabía que hubiera un baile de disfraces.

—Tampoco estabas aquí para que te informaran, ¿no es cierto?

Eso era verdad, pero no era posible que nadie esperara que asistiera sin ser invitada. Aunque al parecer Elizabeth no compartía esa opinión.

—Espero que hayas traído más de un disfraz, y los artículos necesarios para improvisar algunos más. A la reina le gustan todo tipo de entretenimientos, pero en especial los bailes de disfraces, incluso aunque se refiera a tales acontecimientos como mascaradas, puedes estar segura de que te hará falta un disfraz en condiciones. Después de todo, la reina es todavía joven, no mucho mayor que nosotras. ¿Por qué no le iban a gustar las mismas cosas?

Rebecca se sonrojó de nuevo. Un disfraz era lo único que su madre y ella no habían incluido en su guardarropa, ni siquiera una máscara de dominó.

Elizabeth no tardó en adivinarlo.

—Bueno, qué lástima. Has comenzado con muy mal pie, ¿verdad?

¿Era un poco de complacencia lo que Rebecca detectaba en el tono de Elizabeth?

Probablemente, pero la joven continuó:

—Te prestaría uno —hizo una larga pausa mientras la recorría de arriba abajo con la mirada—, pero es evidente que no te serviría de nada.

—Sencillamente, tendré que excusarme.

—No, a menos que estés enferma, lo que no es cierto. Se espera que todas asistamos a las fiestas ya que somos parte de la corte, sobre todo cuando hay dignatarios extranjeros entre los invitados que necesitan la compañía de una dama con la que bailar y conversar. Para la monarquía es fundamental mostrar una buena imagen de la corte

Lilly le había advertido sobre ello. ¿Qué lugar mejor que la corte para empezar la temporada? Conocería a los solteros más cotizados del mundo y, a cambio, formaría parte de la pompa y el boato diseñados para impresionar a esos mismos dignatarios. Tendría que avisar a su madre. Lilly podría hacer los preparativos necesarios para enviarle algunos disfraces que las modistas podrían hacer en casa ya que tenían sus medidas, pero estaba claro que esa noche no iba a tener ninguno. No obstante, ¿quién podría reprochárselo cuando desconocía la existencia de ese baile?

—Creo que sí me encuentro enferma...

—Cállate y déjame pensar —dijo Elizabeth—. Puede que otras damas tengan algún disfraz de más que puedan prestarte, alguno que se adapte a tu estatura. ¿Acaso la heredaste de tu padre?

—No, de mi madre.

Pero Elizabeth no la estaba escuchando.

—Déjame mirar si tengo algo que puedas usar —dijo, dirigiéndose directamente a uno de sus armarios. Tras un rato rebuscando en el interior, se dio la vuelta sosteniendo un tricornio de los que se llevaban hacían varios siglos. Incluso sonreía. Era asombroso el cambio que ese gesto había producido en su rostro. Ahora tenía una expresión más suave, casi ¡simpática!

»Mi última compañera de habitación se dejó esto. Es una pena que se llevara consigo la chaqueta y los pantalones que completaban el disfraz, pero estoy segura de que encontraremos otra chaqueta y tal vez unos pantalones a juego. Por si no te has dado cuenta, algunos de los lacayos visten muy bien.

Rebecca frunció el ceño sin estar del todo convencida.

—¿Y de qué iría disfrazada?

—De mosquetero, por supuesto. Estoy segura de que nadie se dará cuenta de que no llevas el florín que añadiría el toque final. Para que veas lo que da de sí un sombrero pasado de moda. Y por otra parte, es un disfraz perfecto para una mujer. Un hombre no podría llevarlo. Si se quitara el sombrero ni siquiera iría ¡disfrazado! Pero una mujer... es la única ocasión en la que podemos llevar pantalones, ya sabes. Para nosotras es un disfraz, y muy bueno.

Elizabeth tenía razón. Y parecía tan satisfecha consigo misma por haber encontrado una solución para Rebecca que la joven no tuvo corazón para decirle que sólo habían cambiado las probabilidades de buscarse la desaprobación por no asistir al baile por las de llevar un disfraz absurdo que sólo podría suponerle un tipo de reprobación diferente al aparecer vestida como un hombre.

—Deberías recogerte el cabello para ocultarlo bajo el sombrero —agregó Elizabeth lanzándole el tricornio a Rebecca—. Es una pena que tu doncella se haya ido, ¿verdad?

Bueno, eso estaba mejor. Aquel malicioso comentario y ese tono mordaz era lo que podía esperar de esa chica. Nadie podía culparla por desconfiar de la repentina ayuda de su compañera de habitación.

Pero Elizabeth no parecía esperar respuesta. Sacó su propio disfraz del armario, pero en vez dejarlo sobre la cama, se lo colgó del brazo.

—Prefiero arreglarme primero el pelo, por lo que tendré que pasear mi ropa por todo palacio para poder vestirme luego —dijo con un suspiro. Ya cerca de la puerta, añadió—: Me encargaré de que te envíen una chaqueta.

Rebecca se sentó en la cama y, de nuevo a solas, pensó que lo más probable era que su compañera no se encargara de nada. Elizabeth había mencionado la inconveniencia de tener que recurrir a la doncella de otra joven para arreglarse el pelo. Estaba segura de que, a cambio, no pensaba hacerle ningún favor a ella. Pero al poco rato, un lacayo llamó a la puerta y le entregó una chaqueta, y no habían pasado ni cinco minutos cuando otro lacayo le trajo unos pantalones a juego. De repente, Rebecca se sintió realmente mal por haber dudado de Elizabeth Marly.

4

Encantada, Rebecca dio un paso atrás para tener una mejor imagen del improvisado disfraz en el espejo de la coqueta. Ojalá pudiera disponer de un espejo de cuerpo entero, pero casi podía verse por completo en aquel espejo ovalado.

Su estatura iba a serle útil en aquella ocasión. ¡Los pantalones le sentaban muy bien! Tan bien de hecho, que decidió seguir adelante y vestirse como un galante caballero. Si la chaqueta hubiera sido de otro estilo, podría haberse disfrazado de pirata y entonces no habría tenido que recogerse el pelo. El sombrero, con su larga pluma, también le habría venido bien.

Aunque había esperado mostrar una apariencia perfecta para su primera aparición pública en la corte, el disfraz había quedado bien. Se dio la vuelta y se miró el trasero en el espejo, asegurándose de que podría pasar por un hombre hasta que alguien la mirara directamente a la cara. Al terminar de arreglarse, comenzó a sentirse excitada. Aquél sería su primer baile. Y se lo habría perdido si no hubiera sido por la ayuda de Elizabeth. Tenía que disculparse con su compañera por haber dudado de ella.

Salió apresuradamente de la habitación y se detuvo de golpe cuando vio el largo corredor que se extendía delante de ella y se dio cuenta de que no tenía ni idea de dónde tendría lugar el baile. Seguramente, en uno de los salones principales y, en cuanto llegara al final del pasillo, no había duda de que encontraría sirvientes que pudieran indicarle el camino.

—¿Se ha confundido de día, amigo? —preguntó una voz masculina a sus espaldas—. El baile de disfraces es mañana por la noche. —El hombre volvió la cabeza y la miró brevemente mientras pasaba por su lado.

Rebecca se detuvo de golpe. ¿Él? ¿Qué estaba haciendo él allí?

El hombre no se detuvo a oír su respuesta, aunque de todas maneras ella no podría haberle contestado porque se quedó sin habla. Las largas zancadas del joven lo alejaron de ella y pronto lo perdió de vista. Ni siquiera la había mirado lo suficiente para darse cuenta de que ella no era un hombre. Pero Rebecca sí que lo había reconocido y se había quedado tan deslumbrada y muda de asombro como la tercera vez que lo había visto.

Le había puesto el sobrenombre de «el Ángel». Era demasiado guapo para que se le pudiera considerar un hombre normal. Era alto y fornido, tenía un pelo negro y largo que se balanceaba contra sus hombros al ritmo de aquellas largas zancadas. Había pensado que sus ojos eran grises, pero jamás había estado tan cerca de él para asegurarlo. Durante la breve mirada masculina, había visto que en realidad eran de un precioso tono azul claro.

La primera vez que le había visto fue en el pueblo de Norford, y se había quedado tan impresionada que había imaginado un etéreo resplandor rodeándole, por lo que desde entonces había sido el Ángel para ella. Aquella impresión quedó reforzada la segunda vez que lo vio, cuando lo encontró paseando a caballo en el camino a Norford Hall y un rayo de sol, que se había filtrado entre las ramas de los árboles, había iluminado directamente su figura como si fuera un haz del cielo. Aquella vez también se había quedado muda de asombro. Habría creído que era cosa de su imaginación si no hubiera estado con su madre y ésta no hubiera notado su reacción.

—Está emparentado con tu futuro marido —había dicho Lilly—. Uno de los muchos primos de Raphael Locke, creo. Desde luego nadie puede negar que en esa familia todos poseen una belleza excepcional.

Su madre había creído que su hija acabaría casándose con el heredero de los Locke. Rebecca también lo había creído, por supuesto. Desde el primer día que vio a Raphael Locke en una de las fiestas campestres que había ofrecido Lilly, se había sentido cautivada por la belleza y los encantadores modales del heredero. Así que se había mostrado totalmente de acuerdo con su madre cuando había sugerido que podría ser su marido. Por desgracia, había ocurrido cinco años antes, cuando Rebecca era demasiado joven para pensar en el matrimonio y Raphael ya estaba en edad casadera.

Rebecca y su madre se habían preocupado cuando él había ido a Londres para su primera temporada. Pero luego les llegaron habladurías de que no andaba buscando esposa todavía. Después circuló el rumor de cómo la mayoría de las madres de las jóvenes que se presentaban en sociedad se habían negado a creer que él no se hubiera enamorado de sus hijas. Raphael había intentado darles largas manteniendo un idilio tras otro, buscando que le asignaran el título de vividor en vez de soltero cotizado.

Pero no había funcionado. Las madres habían seguido paseando a sus hijas delante de sus narices. Como heredero del duque de Norford, Raphael era un partido demasiado bueno para ser ignorado. Tal era el acoso al que lo habían sometido que prácticamente huyó de Londres para emprender un viaje de dos años por Europa. Aquello había sido un alivio para las Marshall que ganaron tiempo para que Rebecca creciera un poco más.

Pero cuando Raphael regresó a Inglaterra había ocurrido algo inesperado. Sin rumores que les hubiera puesto sobre aviso, ni noticias de cortejo alguno, se había casado con Ophelia Reed, la mujer más hermosa y rencorosa de Londres. Había sido una auténtica decepción. Rebecca se había quedado sin objetivo alguno.

Por supuesto, Lilly se había culpado a sí misma por haber pensado en el matrimonio de su hija cuando Rebecca no tenía edad para ello y no volvió a cometer el mismo error. El matrimonio era un tema del que seguían hablando, pero de una manera general, sin mencionar ningún nombre en concreto.

Pero mira por dónde allí estaba el primo de Raphael, donde ella menos hubiera esperado encontrarle. Aunque pensándolo bien, quizá no fuera tan descabellado verle en el palacio de Buckingham. Después de todo era marqués. O al menos debería serlo. ¿Acaso su madre no se había casado con uno? Por lo que sabía, ahora era viuda, así que el título tendría que haber pasado al hijo mayor. Ciertamente podían haberle invitado a palacio para una de las fiestas.

Saliendo de su estupor, se dio cuenta de que era la primera vez que veía al Ángel sin tener las miras puestas en su primo. Siempre había mostrado una impropia curiosidad por ese hombre. Además, no era demasiado conocido en Norford. Su madre, una de las muchas hermanas del duque, se había casado y trasladado a Londres antes de que Rebecca naciera, así que la joven nunca había conocido su nombre ya que la gente se refería a él como «el primo de Raphael» o «el hijo de Julie». Pero para ella era, simplemente, «el Ángel».

Por supuesto sabía que no era un ángel. Incluso le habían llegado ambiguos rumores de que el hijo de Julie Locke era un reconocido don Juan, lo que no era más que una manera suave de decir que era un calavera de la peor clase. Rebecca, por supuesto, no se había creído ni una sola palabra. ¿Cómo podían relacionarlo con algo tan vulgar y zafio?

A solas en el vacío corredor, Rebecca echó a andar de nuevo, pero esta vez no dio más que unos pasos antes de volver a detenerse. Se había quedado tan absorta sobre quién le había dado aquel aviso, que no había procesado lo que en realidad le había dicho.

¿No había baile de disfraces esa noche? ¿Se habría confundido realmente Elizabeth de día o le había mentido a Rebecca para hacerla quedar como una tonta? Ciertamente habría parecido una tonta si hubiera hecho acto de presencia en un acontecimiento normal vestida de esa guisa. Debía de tener lugar algún tipo de reunión o Elizabeth no habría urdido un plan para avergonzarla delante de todo el mundo. Si es que de verdad había sido un plan.

—No te apresures a sacar conclusiones —murmuró Rebecca para sí misma—. Dale el beneficio de la duda. —Quizá si se apresuraba a acusarla podía salirle el tiro por la culata. Sería una pena lanzar acusaciones equivocadas sólo para terminar pareciendo tonta de todos modos.

Lentamente, regresó a su habitación, cavilando sobre lo que podía haber ocurrido realmente si el Ángel no se hubiera cruzado con ella en el pasillo. ¿Qué habría hecho su madre en esa situación? Ojalá pudiera pedirle consejo, pero lo más probable era que Lilly estuviera de vuelta a Norford en ese momento.

Rebecca cerró la puerta de la habitación y se apoyó en ella. No estaba segura de si sólo debería retirarse para aparecer descansada en su primer día completo en palacio o si debía cambiarse de ropa antes de salir a buscar a Elizabeth para exigirle una explicación. La ventana captó su mirada. La maldita ventana. ¡Aquella tonta ventana cubierta con una de sus faldas! El sentimiento de rabia que había tratado de ignorar tomó la decisión por ella.

5

—¿La habitación es de tu agrado esta vez?

Rupert St. John, marqués de Rochwood, estaba echado sobre el sillón de una manera indolente, con una pierna sobre un reposabrazos y la espalda apoyada en el otro. Olió el brandy que le habían servido pero no lo bebió, y tampoco contestó a la pregunta. La falta de respeto que mostraba hacia su superior era deliberada. Despreciaba a Nigel Jennings y los dos los sabían.

La primera vez que le habían pedido a Rupert que residiera en palacio durante algunos días para estar cerca de su presa, le habían asignado a él y a su criado una habitación tan pequeña como una caja de cerillas. En esta ocasión, sin embargo, disfrutaba de la suite que acababa de desocupar un rey extranjero. Así que la pregunta no requería respuesta. Tampoco es que se hubiera quejado de la otra habitación, sólo le había dicho a Nigel que jamás volviera a pedirle que se quedara en Buckingham de nuevo, sobre todo porque su casa no estaba más que a cinco minutos a caballo del palacio. Pero Nigel había insistido en lo importante que era ese asunto. Así que Rupert se había quedado un poco sorprendido ante la suntuosidad de su actual alojamiento.

Clavó los ojos azul claro en Nigel mientras el hombre de más edad se servía también una copa de brandy, o más bien media copa y comenzaba a buscar otra botella en el gabinete. Bajo, enjuto y modesto, Nigel Jennings podía mezclarse fácilmente con la multitud, lo que lo hacía incluso más peligroso. Rupert no podía hacer lo mismo. Tenía una cara que nadie olvidaba. Era guapo, demasiado guapo, incluso en varias ocasiones le habían dicho que era hermoso, algo que le hacía sentir impulsos asesinos ya que había sido su belleza lo que le había metido en el papel que desempeñaba en ese momento.

No es que no le gustase lo que hacía. Disfrutaba del peligro. Era algo adictivo. Y también disfrutaba de la emoción del triunfo. Le gustaba ser un héroe desconocido. Pero odiaba cómo había comenzado todo eso.

Distraído por la búsqueda de una nueva botella, Nigel le preguntó:

—¿Qué has descubierto, querido?

Rupert se puso rígido al instante y respondió con frialdad:

—Lo más probable es que te mate un día de éstos.

Nigel se dio la vuelta sorprendido y, dándose cuenta de lo que había dicho sin querer, palideció ligeramente.

—No ha sido a propósito.

—¿De veras?

—Ha sido una broma. No volverá a ocurrir.

Rupert no le creyó y le habló con un tono duro y pensativo.

—Fuiste tú el que indujo a un crío a pensar que sólo él podría salvar a su país. Fuiste tú el que hizo que ese crío creyera que esta cara —señaló su mejilla con un dedo— era lo único que hacía falta para realizar el trabajo.

—Eras perfecto para esa misión —insistió Nigel—. La primera vez que te vi fue cuando apareciste en la corte del rey Jorge con tu padre. Santo Dios, eras el niño más guapo que había visto en mi vida. Jamás lo olvidé. Años después, cuando surgió aquella misión en particular, me di cuenta de inmediato de que eras la persona idónea para ella. Fue entonces cuando salí a buscarte y, aunque a los catorce años no eras aún un hombre hecho y derecho, sí eras lo suficientemente maduro para decidir por ti mismo...

Rupert continuó como si no lo hubiera interrumpido.

—Convenciste a un crío para que hiciera algo inconcebible por el bien de su país. Y en realidad hubieras preferido que él lo hubiera hecho a tu manera en lugar de encontrar una forma que no le dejara marcado de por vida. Es hora de que entiendas de que ese crío ya no existe.

—¡Por el amor de Dios, Rupert, lo he dicho sin pensar!

—Habló tu subconsciente —le corrigió Rupert con brusquedad mientras se ponía en pie—. Estuvimos de acuerdo, hace mucho tiempo, en que mantendrías esas corruptas emociones bajo control.

Estaba siendo demasiado rudo. La cara de Nigel enrojeció por la vergüenza. Había llorado cuando, ebrio por completo, le había confesado a Rupert que estaba enamorado de él. Le había dicho que era algo que, simplemente, había ocurrido, que no había podido evitarlo. Pero le había jurado que nunca más volvería a mencionarlo, que no dejaría que aquello interfiriera en su relación profesional. Para ser sinceros, las preferencias sexuales de Nigel jamás se habían inclinado en ese sentido. Había estado casado, aunque su esposa había fallecido. Tenía hijos. Mantenía amantes. Puede que fuera un montaje... o no. Rupert sabía que algunos hombres tenían una doble vida, pero tenía que darle a Nigel el beneficio de la duda, o no podría seguir trabajando con él.

Rupert suspiró.

—Quizás haya reaccionado de una manera exagerada. Dejémoslo estar, ¿de acuerdo?

Era lo más parecido a una disculpa que podía ofrecerle. Nigel la aceptó con una brusca inclinación de cabeza y, cogiendo la copa medio llena de brandy, se acercó al sillón que había al otro lado de la estancia. Era una habitación grande. Era lo que Nigel llamaba su hogar desde que la reina le había dicho que debía vivir en el palacio de Buckingham. Ya fuera allí, o en cualquiera de las demás residencias reales, Nigel tenía el honor de haber servido a tres monarcas hasta el momento.

Nigel era un espía, un agente real o como quiera que lo llamasen, que se encargaba de recabar información que podía beneficiar o dañar al país. Hombre prevenido vale por dos después de todo; para bien o para mal. Algunas personas incluso pensaban que era uno de los últimos bastardos del rey Jorge III, algo que explicaría por qué siempre estaba en el palacio con los monarcas. Nadie sospecharía que alguien tan modesto como él pudiera ser un espía real.

Las personas que trabajaban para Nigel no recibían sueldo. Los nobles se alistaban para servir a su país. La paga estaba reservada para la chusma en la que no se podía confiar a menos que se le diera una moneda a cambio de sus esfuerzos. Sin escrúpulos, aunque con algunas cualidades redentoras, Nigel haría lo que fuera necesario por el bien de su país.

Con la tácita disculpa flotando entre ellos, Nigel volvió a hacer la pregunta:

—¿Has averiguado algo?

—¿Acaso me crees capaz de obrar milagros? Acabo de llegar.

El hombre sonrió ante la sarcástica respuesta de Rupert.

—Bueno yo no lo llamaría exactamente milagros, pero tienes que reconocer que de vez en cuando obtienes resultados asombrosos.

—Todavía no comprendo por qué quieres que me instale aquí. El primer ministro no es estúpido. No va a nombrar a ninguna dama de honor que le haga quedar mal.

Tras tantos años con los Whigs en el poder, Nigel tenía una larga lista de contactos entre ellos. Incluso había hecho uso, en ocasiones, de algunas damas de la corte que simpatizaban con los Whigs para misiones menores. Pero ahora que los conservadores controlaban el parlamento, su vida sería algo más difícil. Aquello no favorecía la política de Nigel. Y era algo que no podía permitirse. Tenía que comenzar desde cero, volviendo a hacer contactos entre las damas de la corte.

—Desde luego, todas provienen de buenas familias. Aunque eso en realidad me importa un bledo... por ahora —dijo Nigel—. Pero había dos damas asignadas a la duquesa después de que se reconciliara con la reina tras el nacimiento de la princesa que mostraban una gran inclinación por mi causa. Habían comprendido la necesidad de comunicar cualquier cosa fuera de lo normal en lo que concerniera a la duquesa. Haberlas perdido...

Rupert lo interrumpió.

—¿Me estás diciendo que todavía estás preocupado por la duquesa de Kent? Agua pasada no mueve molino. ¿Acaso la reina y ella no se llevan de maravilla ahora?

Victoria y su madre habían tenido un distanciamiento durante el cual la reina no había permitido que su madre viviera en la corte. Había sido por culpa de John Conroy, secretario particular y asesor de la duquesa. Era sabido por todos que también era su amante, aunque nadie había podido demostrarlo jamás. Pero incluso la propia Victoria lo sospechaba. Cuando Conroy había tenido la audacia de intentar forzar a Victoria para que lo convirtiera en su secretario personal, ella había tenido los arrestos necesarios para deshacerse de ambos y desterrarlos de la corte.

El príncipe Alberto, marido de la reina y sobrino de la duquesa, había mediado para resolver las diferencias entre ambas mujeres después de que Victoria diera a luz a su primera hija el año pasado. También había ayudado que Conroy hubiera abandonado el país para entonces. A Rupert le sorprendía que Nigel no hubiera ordenado el asesinato del hombre, pero no dudaba del papel que había jugado su jefe en el exilio de Conroy, si bien Nigel jamás lo había admitido.

Ahora Nigel estaba de acuerdo con la afirmación de Rupert.

—Según dicen, la duquesa se ha convertido en una amorosa abuela y Victoria y ella vuelven a estar unidas de nuevo. Pero no estaría cumpliendo con mi trabajo correctamente si asumiera que no hay necesidad de vigilarla de cerca, en particular cuando Sarah Wheeler no ha sido reemplazada como el resto de las damas de honor de inclinaciones Whigs. La mujer ha sido lo suficientemente lista para no manifestar sus preferencias políticas.

—¿Obtuvo su nuevo cargo en la transición?

—No oficialmente, pero como todas las demás damas son recién llegadas, la duquesa le ha otorgado autoridad sobre las damas de honor asignadas a ella.

Rupert sabía muy bien que Nigel había sospechado de lady Sarah desde que la vio por primera vez en la corte. Una empobrecida dama de la nobleza, la última de su linaje, había formado parte de la corte de la duquesa desde antes del traslado de la reina a palacio y jamás había recibido un cargo en realidad. Lady Sarah sólo había formado parte del círculo de la duquesa. Durante ese tiempo, Nigel y ella se habían convertido en una especie de rivales. Sí, rivales era una buena definición para la competencia que se había desarrollado entre ellos a principios de año.

A Sarah Wheeler también le gustaba recabar información sobre las personas que formaban parte de la corte. Pero Nigel jamás había podido averiguar lo que hacía luego con ella. Estaba seguro de que no la estaba utilizando para ganarse el favor de la reina porque él le había puesto varias trampas y jamás la había atrapado.

Incluso había incluido la asistencia de Rupert en determinados eventos de mujeres. Por supuesto, la sugerencia de Nigel había sido que Rupert se convirtiera en amante de lady Sarah. Pero Rupert rara vez seguía las sugerencias de Nigel. Además, había desarrollado una rápida aversión por la dama que no tenía nada que ver ni con Nigel ni con su petición. La consideraba demasiado impúdica, incluso vehemente, para su humilde posición. Y además lo llamaba hermoso...

Todo lo que Rupert había sacado en claro hasta ese momento era que ella no representaba una amenaza inmediata para la monarquía. ¿Pensaba la mujer chantajear a alguien? Fuera lo que fuese aún estaba por verse.

—La mitad de las damas que han llegado son desconocidas socialmente. No he encontrado nada malo en ellas. Proceden de buenas familias sin radicales entre sus miembros. La mayoría simplemente disfruta de los eventos. Unas cuantas se muestran cautelosas porque saben que la reina favorece a los Whigs —dijo Rupert, ciñéndose al asunto.

Nigel suspiró.

—Ojalá eso no fuera de conocimiento público. Le han advertido que deje de cartearse con lord Melbourne, pero sigue haciéndolo.

Rupert se compadeció de la reina.

—Para mí sería un fastidio que me dijeran que no puedo comunicarme con mis amigos. Lord Melbourne no ha sido sólo uno de sus más íntimos consejeros mientras estaba en funciones, sino que además le enseñó todo lo que hay que saber de política y han sido grandes amigos desde que ella subió al trono. Tener que cortar sus lazos con él sólo porque el primer ministro actual es un Tory...

—Sabes muy bien que la monarquía debe atenerse a unas normas diferentes a las nuestras. Ella dependía de Melbourne, pero ahora puede confiar en el príncipe Alberto, así como en sus propios instintos políticos... y ha aprendido mucho de eso en los últimos cuatro años. Y como monarca, sabe bien que no puede mostrar favoritismos por el partido que no ostenta el poder.

Rupert sonrió ampliamente.

—No olvidemos que me has hecho entregarte unas cuantas cartas secretas de su majestad.

—No me atrevo a ofender a la reina. Si me pide algo, lo hago sin dudar. Pero al menos ahora, lo hace en secreto. Entiende que no puede desairar públicamente a Peel una segunda vez.

Rupert casi se rio. La primera vez que había ocurrido eso había sido cuatro años atrás, y aquel incidente se había conocido como la crisis de las damas de cámara. Melbourne había renunciado y Peel había ocupado su lugar. Pero cuando Peel había intentado colocar a las esposas de un grupo de conservadores en el entorno de la reina, Victoria se había negado en redondo. No pensaba renunciar a sus damas de cámara Whigs. Eran sus amigas más íntimas, no títeres al servicio de la política. Eso llevó a la dimisión de Peel y a que Melbourne fuera restituido en el cargo. Pero cuatro años después, Melbourne había renunciado finalmente para siempre, Peel había vuelto a ganar las elecciones y Victoria no cometería el mismo error dos veces. Además, después de casarse con Alberto, por quien profesaba un profundo amor, ya no confiaba tanto en sus damas de compañía. Por tanto las nuevas damas de honor nombradas por Peel habían comenzado a llegar a palacio, y Rupert estaba allí para asegurarse de que todas eran apropiadas para la tarea, una misión que a Rupert no le importaba cumplir. Pero no acababa de aceptar que tuviera que vivir en palacio para hacerlo.

Por supuesto sabía exactamente por qué Nigel había insistido tanto en que se quedara allí. Si Rupert tenía que recurrir a seducir a una de las damas para averiguar lo que necesitaba saber, Nigel quería estar seguro de que disponía de una estancia lo suficientemente cerca para ponerse manos a la obra.

6

El evento tenía lugar en la sala amarilla, en el ala opuesta a donde se encontraban las habitaciones principales. Rebecca había ido en la dirección contraria, así que tardó mucho más tiempo del que esperaba en encontrar la sala. Si la reina había estado allí, ya se había retirado porque Rebecca sólo vio a unas veinte personas, casi todas damas, charlando en pequeños grupos. Había un pequeño estrado vacío en medio de la estancia. Quizás esa noche el entretenimiento había sido un recital de poesía. La madre de Rebecca le había dicho que las damas de la corte a menudo organizaban pequeñas funciones para su propia diversión cuando no había ningún acto oficial que requiriera su presencia en otro lugar.

Parecía que el recital había acabado ya. Rebecca se hubiera ido de no haber divisado a Elizabeth Marly al otro lado de la estancia hablando con otras dos jóvenes de su edad. Llevaba el mismo vestido que antes, cuando había abandonado la habitación que compartían. No cabía duda de que

Elizabeth no se había disfrazado. Algo que confirmaba el presentimiento de Rebecca de que Elizabeth lo había planeado todo para que se viera involucrada en una escena bochornosa.

Sin vacilar, Rebecca cruzó la estancia y se acercó a su compañera de habitación. Saludó a las otras dos chicas con un gesto de cabeza y luego se inclinó para murmurarle a Elizabeth al oído:

—¿Por qué me has mentido?

Elizabeth se puso rígida ante la acusación. Sin preocuparse de presentar a Rebecca a sus compañeras ni de despedirse de ellas, apartó a Rebecca de las demás antes de responderle con altanería.

—No seas absurda, yo no miento. Y bien, dime, ¿en qué se supone que te he mentido?

—¿En el disfraz que te sacaste de la manga para que yo asistiera al baile de disfraces? ¿Refresca eso tu memoria?

Elizabeth se encogió de hombros, aunque fue incapaz de ocultar el tono de satisfacción de su voz.

—Me confundí de día, es algo que suele pasar aquí.

—Si eso es cierto, ¿por qué no regresaste para avisarme? —inquirió Rebecca.

—Envié a un lacayo, pero al parecer no te ha dado el recado. Actúas de muy mala fe al sugerir que te he mentido.

Rebecca sabía que ésa no era más que otra mentira. La expresión presumida y maliciosa de la joven hablaba por sí sola. Ni siquiera parecía un poquitín arrepentida.

—Pues vayamos a buscar a ese lacayo, ¿te parece bien?

—Oh, demonios —espetó Elizabeth con impaciencia—. Te has empeñado en ponerte en ridículo con todo este asunto, ¿verdad? No has venido disfrazada, así que obviamente descubriste a tiempo que el baile de disfraces no era esta noche. ¿Quién te lo dijo?

—Tengo un ángel de la guarda.

Elizabeth arqueó una ceja, pero parecía demasiado decidida a ceñirse al tema en cuestión y no se dejó distraer por comentarios absurdos.

—Entonces no hay de qué lamentarse, ¿verdad?

No, pero podría haberlo habido y las dos lo sabían. La rabia de Rebecca no estaba cerca de aplacarse. Una disculpa quizás habría ayudado, pero resultaba evidente que su compañera no le daría ninguna. Y aquella conversación no conducía a ninguna parte. No había pensado que Elizabeth se limitaría a negar las acusaciones. Con lo ofensiva que había resultado al conocerla, Rebecca había esperado que se riera de ella o se burlara de su credulidad.

Así que se limitó a decirle lo único que podía:

—No intentes volver a dejarme en evidencia. No te gustarán las consecuencias —y añadió—: Y harías bien en no despertarme cuando regreses a la habitación.

—¿O si no qué? —le espetó Elizabeth.

Ésa era una buena pregunta. Rebecca se lo pensó un momento antes de responderle:

—O si no me las arreglaré para que el sol entre en nuestra habitación a primera hora de la mañana.

Rebecca sabía que como amenaza aquélla era patética, pero al menos dejaba las cosas claras. Si Elizabeth quería guerra, tendría guerra.

Tras haber dejado clara su postura, Rebecca se volvió para marcharse y se encontró frente a tres jóvenes damas que le brindaban unas amplias sonrisas. Al darse cuenta de que debían haber oído gran parte de la conversación, se sonrojó y se dirigió a la puerta. Una de ellas la siguió al vestíbulo y ajustó su paso al de ella.

—Ya iba siendo hora de que alguien pusiera a Elizabeth Marly en su lugar por sus deplorables payasadas. Muy bien hecho —dijo la joven con una sonrisa brillante y sincera—. Soy Evelyn DuPree. Supongo que tú eres lady Rebecca Marshall, ¿no?

—Sí, pero ¿cómo lo has sabido?

—Nos dijeron que llegarías mañana. Eres la cuarta dama de honor asignada a la duquesa de Kent. Por desgracia, Elizabeth Marly también es una de ellas, por lo que no podremos evitarla tanto como nos gustaría.

Evelyn era una bonita joven con el pelo color arena y los ojos de tonalidad avellana. Rebecca supuso que sería un par de años menor que ella. No todas las damas de honor tenían que estar en edad casadera. Sus servicios duraban por lo menos cuatro años, o hasta las siguientes elecciones.

—¿Así que no soy la única de quien no se ha hecho amiga? —preguntó Rebecca mientras cruzaban el vestíbulo.

—Cielos, no. Estoy segura de que desagrada a todo el mundo por igual. Llegó aquí antes que nadie y se cree que puede manejarnos a su antojo como si tuviera algún derecho por antigüedad —respondió Evelyn y luego frunció el ceño—. Lo cierto es que se comportó de una manera muy desagradable con su primera compañera de habitación la semana pasada y, por lo que acabo de oír en la sala amarilla, parece que tú tienes el desafortunado honor de ocupar ahora ese lugar.

Rebecca asintió con una mueca.

—No parece que haya manera de poder evitarlo.

—En realidad sí la hay —le dijo Evelyn—. Pide otra habitación. Acabará por hacerte la vida imposible si no lo haces. Puede que lleve algunos días arreglarlo todo, pero valdrá la pena la espera si al menos no tienes que compartir cuarto con ella.

—No me atrevo a hacerlo —dijo Rebecca, y le explicó lo que le había dicho el lacayo.

—Bueno, es una pena, pero tienes razón —convino Evelyn—. No puedes dejar que la reina piense que su sugerencia fue un error.

—Intentaré sacar el mayor partido posible —le aseguró Rebecca a la chica—. Ahora que sé que mi compañera es una mentirosa, no volveré a pecar de ingenua. Pero ¿qué le hizo a su anterior compañera de habitación?

—La chica cayó en desgracia y acabó volviendo a casa sólo dos días después de su llegada. Elizabeth la provocó hasta que al final la chica montó una escandalosa escena. La chica le gritó e insultó sin dejar de llorar todo el rato. Jamás había visto a nadie tan trastornado. —Luego Evelyn agregó en un susurro—: La joven incluso llegó a insultar a lady Sarah cuando trató de intervenir, lo que no fue una buena idea.

—¿Te refieres a Sarah Wheeler? ¿La dama a la que debo presentarme mañana?

—Sí, es quien tiene autoridad sobre nosotras. No está mal. Al menos es inglesa. Aún no has conocido a la duquesa, ¿verdad? Su lengua materna es el alemán. La mayoría de la gente apenas comprende el inglés que chapurrea.

Rebecca esbozó una amplia sonrisa.

—Sí, ya lo sabía. El alemán no es mi segunda lengua precisamente, pero espero que aprendamos a hablarlo mientras estemos aquí.

—¡Cielos, pues yo no! —dijo Evelyn con fingido horror—. ¡He podido librarme de la última parte de mi educación gracias a mi puesto aquí, y me gustaría que siguiera siendo así! Pero no creo que estemos demasiado tiempo con la duquesa aunque nos pasemos la mayor parte del día en sus habitaciones. Serán sus damas de cámara las que tengan que aprender alemán para comprenderla. Ellas sí que tendrán que atenderla personalmente. Nosotras, como diría mi madre, sólo somos pura fachada. Si hay una ceremonia real donde la duquesa deba aparecer en público, entonces por supuesto, formaremos parte de su séquito, pero si no es así, no se espera que seamos sus acompañantes a menos que ella, personalmente, solicite nuestra compañía. Además, pasa la mayor parte del tiempo con la reina o en las habitaciones infantiles. —Evelyn se rio entre dientes—. Adora a su nieta.

Mientras seguían caminando, los pensamientos de Rebecca regresaron a su compañera de habitación. Ahora comprendía lo que John Keets, el lacayo, había querido decir con su sutil advertencia.

—Si la anterior compañera de Elizabeth fue despedida por montar una escena que en realidad provocó la propia Elizabeth, ¿cómo es que a ella no la despidieron también? —preguntó Rebecca.

—Es que no hubo ningún despido —dijo Evelyn—. Probablemente la joven esperaba que la despidieran, así que tomó las de Villadiego, por así decirlo y dimitió, marchándose ese mismo día. Lady Sarah prefirió echar tierra sobre el asunto y no mencionar el incidente nunca más, pero pensé que debía advertirte, pues según parece Elizabeth intentará implicarte también en una escena escandalosa. Por un instante esa noche llegué a pensar que tendría éxito.

Durante un momento esa noche, Rebecca también lo había pensado.

—¿Sabes por qué Elizabeth es tan maliciosa? Quizá si supiera la causa podría encontrar un modo de soslayar sus artimañas

Evelyn pensó en ello un momento.

—¿Te refieres a si lo hace por celos o algún tipo de rencor?

—Sí.

Evelyn se encogió de hombros.

—Yo no creo que sea rencor a menos que culpe a todo el mundo de sus aflicciones, lo que sería algo tonto, ¿no te parece? Pero los celos, mmm..., puede ser. En mi opinión creo que tiene algo que ver con su falta de dinero. Su familia no es rica, así que podría sentir el aguijón de los celos ahora que se encuentra entre tanta opulencia. Parece ser que uno de sus antepasados malgastó la fortuna familiar en el juego. ¿Sabes?, quizá sea por eso que se lleve tan bien con lady Sarah. Sarah también proviene de una familia noble empobrecida. Pero realmente no puedo asegurarlo. Puede que Elizabeth se comporte de esa manera tan provocadora porque odia compartir la habitación. Su actitud pareció mejorar la semana pasada, cuando creyó que la habitación sería sólo para ella.

Llegaron entonces a su destino. De entre todas las estancias de palacio habían ido a parar a la... ¡cocina!

Evelyn se rio al ver la cara de sorpresa de Rebecca y le preguntó:

—¿No tienes hambre? Yo estoy famélica. Por supuesto, se nos está permitido entrar aquí. Una de las primeras cosas que hice cuando llegué a palacio fue hacerme amiga de las cocineras, algo que te recomiendo encarecidamente. Es maravilloso tener pasteles recién hechos en la habitación cada mañana. Cuando llegan a las habitaciones de la duquesa, que es donde comemos casi siempre, suelen estar bastante rancios.

Aquella enorme área todavía estaba rebosante de actividad a pesar de que era de noche. Había criadas fregando platos y suelos y los ayudantes de cocina aún estaban preparando las comidas del día siguiente. Rebecca pensó que la sugerencia de Evelyn sobre los pasteles era excelente, incluso aunque tuviera que compartir aquellos pasteles recién hechos con su desagradable compañera de cuarto.

—Ahora que lo dices, me he perdido la cena de esta noche —dijo Rebecca con una amplia sonrisa—. ¿Está la cocinera por aquí? Me encantaría conocerla.

—No, pero no me importará presentártela mañana.

—Gracias, de todo corazón —le dijo Rebecca a su nueva amiga—. Has sido una gran ayuda.

—Ha sido un placer. Me ha alegrado mucho ver que tú no eres otra Elizabeth. ¡Con una ya es suficiente!

7

Flora resultó sumamente perspicaz. Rebecca pudo contarle a su doncella todo lo ocurrido el día anterior porque Elizabeth había abandonado la habitación haciendo aspavientos antes de que llegara Flora. Después de mostrar un profundo resentimiento por el trato que había recibido Rebecca, Flora expuso un plan de acción.

—No me importará peinarla.

Sorprendida, Rebecca se volvió en el taburete para mirar a Flora, quien le estaba arreglando el pelo.

—Te aseguro que no tienes por qué hacerlo.

—Lo sé. Pero su madre no esperaba que acabara en medio de un nido de víboras. Esperaba que usted disfrutara de su estancia aquí. Y no podrá hacerlo con esa bruja planeando la mejor manera de enviarla de vuelta a casa lloriqueando como una niña como hizo su anterior compañera de cuarto.

—Puede que ofrecerte a arreglarle el pelo no suponga ninguna diferencia —la advirtió Rebecca.

—Si es así, entonces dejaré de hacerlo. Pero no se pierde nada por intentarlo, ¿verdad?

Flora era optimista por naturaleza. Rebecca también lo era, salvo en ese caso. El desagradable temperamento de Elizabeth parecía ser parte de su carácter, con lo cual una oferta de paz no mejoraría la relación entre ambas. Pero Rebecca sabía que su doncella tenía razón. No perderían nada por intentarlo.

Esa mañana, John Keets la esperaba en el pasillo para acompañarla a las habitaciones de la duquesa. Rebecca se sintió agradecida e intentó no parecer demasiado divertida cuando él comenzó a hacerle algunas preguntas sutiles sobre Flora.

Las habitaciones donde ella y las demás damas de honor pasarían la mayor parte del tiempo eran de un tamaño aceptable y estaban muy bien amuebladas. Mary Louise Victoria, duquesa de Kent, podía haberse trasladado a palacio en una desastrosa situación financiera, pero ahora la mantenía la reina.

Sólo Evelyn y otra jovencita, a la que le presentaron como lady Constance, estaban en la salita cuando llegó Rebecca. Estaban sentadas ante una mesita de té, bordando.

Constance parecía un poco mayor que Rebecca, casi de la misma edad de la reina que tenía veintidós años. Pero aunque se había ganado el puesto de dama de honor, todavía no estaba casada. Era poco atractiva, y Rebecca se preguntó si ése era el motivo por el cual no tenía marido.

—¿Qué estáis bordando? —preguntó Rebecca, sentándose junto a ellas.

Evelyn levantó la mirada del cuadrado de raso con un patrón de vides y flores en el que había estado trabajando.

—Ha sido idea de la duquesa. De hecho, es ella quien está bordando el cuadrado central de la colcha. Cuando unamos todos los retazos, se la regalaremos a la princesa real. Si tienes una mano firme, únete a nosotras. Hay hilo y tela de sobra en ese cajón de ahí.

Evelyn señaló con la cabeza hacia el aparador que había en una esquina junto a varias sillas y un gran número de instrumentos musicales. Rebecca esperaba que no le pidiesen tocar ninguno de ellos.

Disfrutaba bordando, pero se sentía demasiado nerviosa en su primer día como dama de honor para emprender una tarea tan delicada como una colcha para la princesa.

—¿Ha regresado la duquesa a palacio? —preguntó.

—Todavía no, pero llegará en algún momento de la mañana. Y no te preocupes si no puedes conversar con ella. Suele quedarse en su salita privada cuando está en palacio. Lady Sarah se encuentra allí en este momento, asegurándose de que todo está en orden.

—Y, sin duda, aterrorizando a las criadas —añadió Constance.

—Tonterías. —Evelyn sonrió ampliamente—. Al menos no lleva látigo.

Rebecca arqueó una ceja.

—¿Hay algo que debería saber?

—En realidad no. En ocasiones Sarah se muestra demasiado brusca con los sirvientes. Pero también hemos oído rumores sobre lo perezosas que eran las criadas que servían a la reina la primera vez que ésta residió en palacio. Sarah ha debido de oírlos también. El palacio estaba muy sucio, ¿sabes?, había hollín por todas partes. Pero el príncipe Alberto lo solucionó con las mejoras que hizo. Y los sirvientes son de lo más eficientes ahora. Sarah es muy perfeccionista.

—Es más que eso, Eve, y lo sabes —dijo Constance en tono de desaprobación—. Incluso a nosotras nos trata como si fuéramos sus sirvientas personales. En mi opinión, algunas de las tareas que nos encomienda son totalmente inapropiadas para el puesto que ocupamos.

—¿Como cuáles? —preguntó Rebecca muerta de curiosidad.

Constance comenzó a contestarle, pero frunció el ceño y cerró la boca. Evelyn se rio entre dientes y reprendió a la joven con ligereza.

—No te preocupes, Rebecca no es una de las espías de Sarah. Puede que Elizabeth sí lo sea, pues ya hemos visto lo íntimas que son. De hecho en este mismo momento está fuera cumpliendo sus órdenes.

—¿A qué tipo de órdenes te refieres? —le preguntó Rebecca a Evelyn directamente.

—Según dice, lady Sarah se dedica a las intrigas palaciegas. Le ordenó a Constance que siguiera a uno de los embajadores cuando saliera de palacio y la informara de adónde iba y lo que hacía. Parecía algo inofensivo. Ciertamente no hemos podido averiguar para qué quería esa información. Pero, aunque de vez en cuando lady Sarah ordene hacer recados, no le debería haber pedido a Constance que saliera de palacio. ¡Y mucho menos sin chaperona!

—¿Por qué no te negaste? —le preguntó Rebecca a Constance.

—Nadie puede negarle nada a lady Sarah —repuso Constance con consternación—. Una sola palabra de ella a la duquesa y perdería mi puesto aquí. Tiene mucho poder sobre nosotras.

Rebecca frunció el ceño.

—¿Y eso no es un abuso de poder?

Evelyn suspiró.

—Nos ordena hacer muchas cosas de ese estilo. Después de todo, ella recibe órdenes de la duquesa. Jamás nos ha dicho nada, pero la información que recaba debe de ser por órden de ella, y ésta, finalmente, debe de llegar a oídos de la reina. No se atrevería a utilizarnos para nada malo.

Rebecca no podía más que estar de acuerdo con ese razonamiento. Pero su madre no la había advertido de que podría verse involucrada en intrigas palaciegas. Aunque mirándolo bien, aquello sonaba muy excitante.

Evelyn parecía pensar lo mismo, porque dijo con una amplia sonrisa:

—Yo lo suelo encontrar bastante divertido. Por ejemplo, esta noche, en el baile de disfraces, debo distraer a cierto caballero y, al final, hacerle determinada pregunta impertinente. Se supone que para entonces él tendrá la guardia baja y me contestará sin pensárselo dos veces en vez de darme largas. Sarah dejó a mi elección cómo distraerlo.

Constance soltó un bufido.

—Sabes de sobra que te ha insinuado que debes permitir que te bese.

Evelyn soltó una risita tonta.

—Lo que espero que ocurra de todas maneras. Después de todo, es un buen partido, y divinamente atractivo.

La palabra «divinamente» hizo que Rebecca pensara en el Ángel. Esperaba que Evelyn no estuviera refiriéndose a él. Pero se contuvo y se abstuvo de preguntarle el nombre del caballero al que se suponía que debía distraer porque ni siquiera sabía cuál era el nombre del Ángel.

La dama sobre la que habían estado hablando apareció de repente. Salió como un torbellino de la salita privada de la duquesa. Sarah Wheeler no se detuvo, ni siquiera un instante, cuando se percató de la presencia de Rebecca.

—Acompáñame a mi estudio —le dijo mientras atravesaba la sala y salía por la puerta al pasillo.

—Será mejor que te apresures —le sugirió Evelyn—.

Por si la pierdes de vista, su estudio es la primera puerta del pasillo.

Rebecca asintió con la cabeza y se apresuró a seguir a la dama. Sarah ya había desaparecido, aunque había dejado la puerta abierta. Internándose en un estrecho pasillo, Rebecca se dio cuenta de que era la entrada privada al dormitorio de la duquesa.

—Es aquí —la llamó Sarah antes de que Rebecca cometiera el error de continuar recorriendo el estrecho pasillo y entrara en el dormitorio principal.

Rebecca entró en la primera habitación a la izquierda, que era un poco más grande que un armario. Sarah se había sentado en un pequeño y atestado escritorio pegado a la pared. Observó que a las dos sillas de madera que había un poco más allá les faltaban los cojines. No había espacio para mucho más en aquel pequeño cubículo. No había ventanas, sólo una sencilla lámpara encendida sobre el escritorio que dejaba una pequeña neblina en la estancia. Pero aquella tenue luz era suficiente para la dama.

Rebecca pensó que aunque lady Sarah podía ser considerada fea, ciertamente tenía una cara interesante. No habría sido así de no ser por aquellos extraños ojos grises, demasiado juntos, que combinaba con aquella cara larga y estrecha. La nariz torcida indicaba que se la había roto en algún momento, algo que no contribuía a mejorar su apariencia. Le echaba unos treinta y pocos, aunque era difícil adivinar su edad. Alta, incluso un poco más que la propia Rebecca, era tan delgada que carecía de curvas. Y llevaba el pelo, negro azabache, recogido en un moño severo. Algunos tirabuzones habrían suavizado sin duda aquella cara alargada. ¿Acaso no se había dado cuenta de ello? Podría resultar más atractiva con bastante facilidad. ¿O es que, sencillamente, no le importaba su apariencia?

—Supongo que eres Rebecca Marshall, ¿no? —dijo la mujer, y apenas esperó el gesto de asentimiento de Rebecca antes de continuar—: Me alegra saber que has llegado puntual a palacio. Soy Sarah Wheeler. Es mi deber asegurarme de que no te dedicas a hacer el vago, que asistes a todos los actos a los que se espera que asistas y que estás disponible para cualquier cosa que la duquesa requiera de ti. Tu estancia aquí no sólo beneficia a la corte sino a ti misma. Así que tú y yo nos llevaremos bien en tanto no me avergüences y cumplas las órdenes que te dé.

La mujer esbozó una cálida sonrisa con la intención de tranquilizar a Rebecca, si bien había algo perturbador en aquel gesto que de alguna manera no parecía sincero.

—¿Te han informado ya de que esta noche hay un baile de disfraces? Incluso es probable que asista la propia reina, aunque tampoco sería de extrañar si al final no lo hace. Después de todo, su segundo embarazo está bastante avanzado. De todas maneras tenemos que estar preparadas. ¿Tienes disfraz?

—Mi madre y yo pasamos por alto incluirlos en mi equipaje debido a nuestros apresurados preparativos para llegar aquí a tiempo. Pero mi compañera de habitación me ha ayudado a encontrar un disfraz para esta noche.

—Compartes habitación con Elizabeth Marly, ¿no es así? Es una buena chica. Estoy segura de que podrás sacar provecho de sus consejos. Pero será mejor que la próxima vez estés mejor preparada.

Rebecca tuvo que contener la risa ante la brillante descripción de su compañera, pero Evelyn ya le había advertido que Elizabeth y Sarah se llevaban muy bien.

—Lo estaré —le aseguró Rebecca—. Ya he enviado una nota a mi...

—Con respecto a esta noche —la interrumpió Sarah, sin

interesarle cualquier otra información que pudiera darle—, es posible que tengas que hacer algo especial antes de que comience el baile. Es un asunto de vital importancia, pero no estoy segura de que puedas llevarlo a cabo. —Tras fruncir los labios indecisa, añadió—: Estoy segura de que eres tan inocente como debe serlo una joven de buena cuna, pero ¿eres también tan ingenua como pareces?

Intrigas palaciegas. Las demás chicas ya le habían advertido, pero Rebecca no había esperado que la escogieran con tanta rapidez para esa clase de tareas. ¿De verdad quería involucrarse en aquellas cuestiones? ¿Acaso tenía elección? Tal vez, pero sospechaba que su respuesta determinaría si ella podría hacer algo beneficioso para su país o si sólo sería una desconocida dama de honor que jamás conocería a la reina...

Imaginándose como una figura heroica recibiendo la gratitud personal de la reina Victoria, respondió:

—Tan ingenua como deba serlo.

Sarah Wheeler se rio entre dientes.

—Me gusta esa respuesta. Creo que lo harás de maravilla.

8

Rebecca no pensó que hubiera nada heroico ni audaz en colarse en la habitación de un hombre para buscar algo. De hecho, se sentía como una vulgar delincuente. Aun así, allí estaba, vestida con los pantalones, la chaqueta y el sombrero con una pluma de su disfraz de caballero, fisgoneando en los cajones de otra persona mientras intentaba no pensar en cómo se sentiría ella si alguien hiciera lo mismo en su habitación.

Ni siquiera sabía lo que andaba buscando. O peor todavía, ni siquiera creía que lady Sarah supiera lo que quería que buscara.

—Cartas —le había dicho la mujer cuando le ordenó registrar la habitación—. O cualquier cosa fuera de lo normal.

Pero no había nada en aquella habitación que pudiera calificarse como fuera de lo corriente. Incluso los muebles eran tan espartanos que a primera vista no parecía que allí viviera alguien.

—Jamás deja la habitación sin echar la llave —le había

dicho lady Sarah—. Lo sé porque lo vigilo a menudo. Pero hoy lo ha hecho. No puedo imaginar por qué, a menos que quiera que entre uno de sus agentes para recoger o dejar algo. Así que si la puerta sigue abierta esta noche, no tendrás ninguna dificultad en encontrar lo que sea.

Rebecca había esperado que la puerta tuviera la llave echada. Había ido al baile de disfraces, pero se encontraba demasiado nerviosa por la tarea que tenía entre manos y no podía hacer otra cosa que observar a lady Sarah y esperar a que ésta inclinara la cabeza para que diera comienzo aquella intriga nocturna. En cuanto hizo el gesto, Rebecca había salido corriendo de la sala, abriéndose paso por los largos corredores del palacio de Buckingham hacia la habitación que se suponía que debía registrar. Lady Sarah no le había dicho a quién pertenecía aquella estancia.

—Será mejor que no lo sepas —le había dicho—. Así si alguna vez tienes ocasión de hablar con él, podrás parecer genuinamente ignorante de su identidad. Pero no cometas errores, Rebecca. Eres una de las damas de honor de la corte de la reina, así que mantente alerta. Esto es tan importante que lo haría yo misma si conociera a alguien que lograra distraerlo el tiempo suficiente para hacerlo. Pero soy la única persona que puede mantenerle ocupado un tiempo razonable, así que no tienes por qué temer que te descubra. Aun así no pierdas el tiempo. Dispondrás de diez minutos y no más.

Cuando Rebecca descubrió que la puerta no tenía el cerrojo echado, no entró en la estancia de inmediato. Perdió algunos de aquellos valiosos minutos debatiendo consigo misma si no sería mejor mentirle a lady Sarah y decirle que la habitación estaba cerrada con llave. Pero la mujer había hecho hincapié en la importancia de aquella tarea. Rebecca podría descubrir un complot contra la Corona, un plan de ataque contra una de las colonias o, al menos, probar que el inquilino de aquella habitación era un traidor que estaba en el palacio bajo falsos pretextos.

No encontró nada. Examinó con rapidez todos los cajones pero no halló ninguna carta, ni siquiera una nota. El ánimo heroico que había impulsado antes a Rebecca había desaparecido, dejándole sólo la sensación de ser un vulgar delincuente.

Cerró el último cajón con un suspiro justo cuando oyó que la puerta se abría de repente a sus espaldas. ¡Se suponía que no la atraparían! Sarah no le había dicho qué debía hacer en esas circunstancias.

—Si usted no es el amante de Nigel, va a tener que dar un montón de explicaciones —aseguró una profunda voz masculina.

Rebecca intentó controlar el miedo que sentía. No era el inquilino de la habitación, sólo alguien que le conocía. Pero entonces sintió el cañón de un arma en la espalda y fue presa del pánico.

—Está cometiendo un err...

—¿Una mujer? —El hombre se rio y apartó el arma—. Menuda gracia. ¿Le obliga a vestirse de hombre? Supongo que le va bien de esa manera.

Rebecca no comprendía qué quería decir con eso aquel individuo, pero se dio cuenta de que le había dado una excusa para estar allí. Sólo que no se atrevía a usarla. Al final decidió mostrarse resentida ante la irrupción de él en aquella habitación. ¿Acaso aquel lugar tenía un imán que atraía a los entrometidos?

—Va a tener que explicarme por qué...

Se volvió mientras hablaba, pero las palabras murieron en sus labios. ¿Era él? El Ángel. El primo de Raphael Locke. Por cuarta vez en su vida, Rebecca se quedó deslumbrada y sin habla en su presencia. Al igual que ella, estaba disfrazado con ropa de otro siglo, aunque la de él pertenecía a un pasado más reciente. Vestía como un dandi, con un abrigo de raso, una camisa con encajes en los puños y el cuello y pantalones bombachos hasta las rodillas en un tono azul que no era tan pálido como sus ojos. El pelo negro le llegaba hasta los hombros, pero debería haberse afeitado para la ocasión. La imagen de hombre emperifollado quedaba deslucida con aquella sombra oscura en las mejillas. Por otra parte, también era muy ancho de hombros. Rebecca jamás se había dado cuenta de eso, claro que jamás había estado tan cerca de él antes. Por lo general, todo lo que podía hacer era clavar los ojos, boquiabierta, en su hermosa cara, justo como estaba haciendo ahora.

—¿Acaso la he dejado sin habla? Oh, vamos —añadió él en tono impaciente—. Esa reacción es típica de las jóvenes inocentes, no de sofisticadas mujeres de mundo como usted. ¿O es que me equivoco?

Ella no podía pensar con la claridad suficiente para preguntarse de qué diablos estaba hablando él. ¿Estaba rodeado por un resplandor etéreo o es que los ojos de Rebecca habían sido cegados por el brillante raso de la chaqueta?

—Sólo voy a asegurarme, ¿entendido? —explicó él antes de alargar las manos y apretarle con suavidad los dos pechos.

Sin lugar a dudas, aquello sacó a Rebecca de su estupor. Consternada, intentó apartarlo de ella cuando él le deslizó el brazo alrededor de la cintura y la estrechó contra su cuerpo.

—Pensé que eso la haría reaccionar —dijo él con una risa ahogada.

—Suélteme —le exigió ella con voz jadeante.

Él negó con la cabeza lentamente.

—Creo que es hora de que deje claro quién de los dos

tiene aquí la sartén por el mango. —Aunque sus palabras eran amenazadoras, el hombre esbozó una amplia sonrisa—. Y mientras se lo aclaro, voy a descubrir qué ve en usted un hombre con unos gustos tan peculiares como Nigel.

Le rozó la mejilla con la mano. Tenía los dedos cálidos, cálidos de verdad, y no suaves y fríos como los de un dandi sino ásperos y callosos. Lentamente le rozó la mejilla con una caricia tan sensual que hizo que la cabeza de Rebecca diera vueltas. Definitivamente, desmayarse se había convertido en toda una posibilidad. ¿El Ángel la estaba abrazando? Ella jamás había imaginado que alguna vez estaría tan cerca de él, que algún día llegaría a estrecharla entre sus brazos.

La mano masculina continuó subiendo hasta que los dedos alcanzaron el nacimiento del pelo. Luego, él le apartó el sombrero con un suave golpecito. Cayó al suelo detrás de ella. Era un sombrero de hombre, así que le quedaba bastante flojo. Los rubios mechones de Rebecca cayeron sobre su espalda y su frente. Flora le había recogido el pelo, pero no antes de que se lo peinara como de costumbre.

—Vaya, vaya —dijo el Ángel.

El hombre deslizó los ojos lentamente por aquel rostro que ya no quedaba ensombrecido por el ala del sombrero. No parecía demasiado divertido en ese momento. Y sin aquella pizca de diversión, él ya no le parecía tan angelical. Con los pies de nuevo sobre la tierra, por así decirlo, era sólo un hombre. Un hombre que podía ser peligroso. ¿Qué le había hecho pensar eso? ¿Quizás el duro brillo de aquellos ojos azul pálido? ¿O la manera tan fuerte con que le sujetaba la cintura?

—Es usted demasiado hermosa y joven para Nigel —dijo él, sin apartar la mirada de su cara—. Aunque supongo que con la ropa adecuada podría pasar por un jovencito. Al menos, gracias a Dios, no se parece a mí. Así que la pregunta que viene a continuación es si es usted una participante inocente de esta charada, cariño.

Rebecca no tenía ni la más ligera idea de qué la estaba acusando ahora, pero la suposición del joven de que ella estaba allí por alguna razón en concreto ya había durado demasiado tiempo. Como era muy ingeniosa cuando no estaba deslumbrada, pasó al ataque.

—No tengo ni la menor idea de quién es ese Nigel que ha mencionado, pero usted, señor, tendrá que explicarme qué está haciendo en la habitación de lady Sarah. Me ha enviado aquí a buscar una bufanda. Y dudo mucho que también le haya enviado aquí a recoger otra cosa. ¿Quién es usted y qué está haciendo aquí?

—Rupert St. John —dijo él con aire distraído mientras le estudiaba la cara lentamente con la mirada. ¿Intentaba averiguar si mentía? No debió de ver nada en sus rasgos porque le preguntó—: ¿De verdad espera que me crea que se ha equivocado de habitación?

Por fin tenía un nombre para el Ángel, aunque ciertamente Rupert no le quedaba nada bien. No cabía duda de que le había dado un nombre falso, y aquello la molestó.

—No le pega ese nombre.

Alarmado, él arqueó una ceja negra.

—No me atrevo a preguntarle cómo cree que debería llamarme.

—Lobo hambriento.

Él no se rio ante tal descripción, pero la soltó bruscamente.

—Lobo, quizá —dijo con sequedad—. ¿Hambriento? No por el momento.

Rebecca había recuperado el suficiente sentido común para darse cuenta de que la había insultado. ¿Había tocado quizás una fibra sensible? Bien, porque él, realmente, había tocado bastantes de las suyas.

Recuperando el equilibrio después de trastabillar cuando él la soltó, Rebecca se dispuso a enderezarse las faldas con indignación, pero recordó que no llevaba ninguna. ¿Cómo podía parecer ofendida cuando llevaba pantalones? Se inclinó para recoger el sombrero del suelo y se lo puso bruscamente en la cabeza.

¡Qué cosas! ¿Así que no estaba hambriento por el momento? Como si Rebecca no supiera que ella no era de su gusto.

Rupert cruzó los brazos y continuó con los ojos clavados en ella. A Rebecca no le pasó desapercibido que él se encontraba colocado entre ella y la puerta.

—No ha encontrado ninguna bufanda, ¿verdad? —dijo él.

¿Así que iba a poner a prueba la excusa de la joven esperando que se contradijera?

—No, pero apenas había comenzado a buscar cuando usted irrumpió de repente en la habitación.

—Ni la encontrará.

—Tonterías. Me dijeron cuántas puertas debía contar antes de dar con la habitación correcta.

—Si dice la verdad, querida, está usted en el ala equivocada de palacio. Sarah Wheeler, y, sí, no tengo duda de que ha sido ella quién la ha enviado, tiene su cuartel en otro sitio.

Rebecca compuso una expresión horrorizada o eso esperaba.

—¿Quiere decir que al final tendré que disculparme con usted?

—No conmigo. Ésta no es mi habitación. Pero puede estar segura de que informaré al propietario de su... error.

Ella lanzó un suspiro.

—Hoy es mi segundo día en palacio. Aún no me oriento bien. Sólo ha sido una confusión.

—¿De veras? Entonces no ha sido nada. Pero no se sorprenda si le digo que se largue de aquí ya.

La joven se sonrojó, asintió con la cabeza e intentó pasar rápidamente por su lado. Él la sujetó por el brazo para hacerle una última advertencia.

—Si vuelvo a encontrarla en cualquier otro lugar donde no debería estar, haré unas suposiciones más a mi gusto.

—¿Qué quiere decir?

La soltó.

—Váyase, moza. Es demasiado joven para comprenderlo.

9

—Sí señor, admiro tu osadía por llevar ese disfraz —comentó Evelyn mientras se acercaba a Rebecca—, pero ¿no se te ha ocurrido pensar que una mujer con pantalones no recibirá demasiadas invitaciones para bailar?

La joven se detuvo junto a ella en el borde de la pista de baile. El salón de baile del palacio de Buckingham era enorme. Había tantas lámparas de araña encendidas y tantos espejos en las paredes que toda la estancia brillaba con intensidad.

Sin embargo, Rebecca no se había alejado demasiado de la entrada. Había estado observando la puerta por si aparecía Rupert St. John mientras esperaba a que lady Sarah terminara su conversación y se reuniera con ella. Se había acercado a la dama al regresar de su misión para advertirle de que había sido descubierta, pero Sarah le había interrumpido con un gesto seco de la mano.

Rebecca estaba nerviosa. La intriga no había acabado todavía. A Rupert no podría quitárselo de encima con un simple gesto de la mano si decidía interrogar a Sarah sobre la supuesta bufanda que le había ordenado recoger a Rebecca. Así que realmente necesitaba hablar con Sarah antes que él.

—Este disfraz no ha sido idea mía —dijo Rebecca en respuesta a la pregunta de Evelyn—. No incluí ninguno en mi equipaje.

—Déjame adivinar, Elizabeth, ¿verdad? —Cuando Rebecca asintió con la cabeza, la otra joven puso los ojos en blanco—. Supongo que no te habló de la habitación de disfraces, ¿no? Allí tenemos a nuestra disposición toda clase de prendas con las que crear multitud de disfraces diferentes. Por Dios, debe de haber por lo menos cinco bastones como éste allí dentro —añadió, golpeando ligeramente el suelo con el bastón de pastora que llevaba en la mano.

Al enterarse de la existencia de la habitación de disfraces, Rebecca debería haberse enfadado, pero en ese momento estaba demasiado nerviosa para dar prioridad a cualquier otro sentimiento.

—Supongo que podríamos bailar juntas —dijo Evelyn con una risita.

Rebecca sonrió. Mirándolo bien, no podía imaginarse a un hombre pidiéndole que bailara con ella, no cuando los dos llevaban pantalones. Estaba segura de que cualquier caballero se avergonzaría de ello.

Pero bailar o no, era la menor de sus preocupaciones.

—No pasa nada —dijo—, ya habrá más bailes.

Al menos tenía que reconocer que aquel disfraz no le disgustaba en absoluto. En su opinión, era original y elegante. Casi todos los demás invitados llevaban disfraces repetidos. Había visto a dos jóvenes en la pista de baile mientras hablaba con Evelyn, que también iban disfrazadas de pastora. Y hasta ahora había contado al menos a cuatro caballeros vestidos de piratas.

Rupert todavía no había aparecido. Quizá no asistiera al

baile. Quizá sólo había ido a palacio para espiar y se había disfrazado de dandi para pasar desapercibido en el baile de disfraces que se celebraba esa noche. Pero ¿cómo se le ocurría pensar eso? Él era un miembro de la familia Locke. No podía ser un espía. También lo había visto el día anterior en palacio y, en esa ocasión, vestía con total normalidad.

Si tenía que lamentar algo era haberlo conocido bajo aquellas bochornosas circunstancias. Pero ¿qué estaba haciendo él en la habitación de aquel tipo? ¿Había ido allí por el mismo motivo que ella?

Rebecca palideció ligeramente al comprender que había hecho algunas descabelladas suposiciones sobre Rupert basándose en la tarea que le habían ordenado realizar. Sarah jamás le había dicho qué era lo que debía buscar en aquella habitación, sólo que era importante, pero ¿importante para quién?

—¿Me acompañas? —dijo Sarah mientras se acercaba a Rebecca y hacía un gesto con la cabeza a Evelyn para que las disculpara.

Rebecca no tuvo otra alternativa, ya que la dama enlazó su brazo con el de ella y la guio entre la multitud. Sarah no se había disfrazado, sólo llevaba una máscara negra de dominó.

—¿Qué has encontrado? —preguntó Sarah con impaciencia.

—Me descubrieron.

Sarah se detuvo bruscamente.

—¿Quién? ¿Un criado?

—No. Pero parecía saber a quién pertenecía la habitación. Sin embargo, ya había terminado mi tarea y no había encontrado nada interesante. La habitación estaba impoluta. Incluso diría que no vive nadie en ella si no fuera porque encontré ropa pulcramente doblada en los cajones.

Sarah pareció un poco excitada ante aquella información.

—Si no fuiste descubierta por un criado, debió de ser por el agente que Nigel estaba esperando. Eso explicaría por qué no llamó a un guardia al verte allí. Porque no lo hizo, ¿verdad? —Cuando Rebecca negó con la cabeza, Sarah asintió—. Tengo que saber quién es. ¿Te ha dado su nombre?

Rebecca no lo dudó ni un segundo.

—No —mintió, sin sentirse ni un poquito culpable. Tanto si el nombre que le había dado «Rupert» era falso o no, Rebecca no estaba dispuesta a tildar al Ángel de «agente de Nigel», fuera lo que fuera lo que eso quisiera decir, a menos que estuviese realmente segura de ello. Después de todo, ¡era un familiar del duque de Norford! No podía formar parte de ninguna traición.

—Bueno, con una descripción servirá. ¿Cómo era?

Era un ángel, pensó Rebecca intentando no esbozar una sonrisa. No estaba segura de por qué estaba tan decidida a proteger a Rupert St. John, si es que ése era su nombre de verdad, pero lo estaba.

—Me gustaría poder ayudarla, lady Sarah, pero estaba completamente disfrazado para el baile de esta noche. He estado buscando entre la multitud a alguien que llevara la misma ropa, pero no he visto a nadie. Aunque tampoco creo que sirviera de mucho ya que llevaba puesto un hábito de monje con capucha y una máscara le cubría el rostro por completo. También llevaba el pelo cubierto por la capucha y los ojos ocultos por la máscara. Era de estatura media. Si se quitase el hábito y se parase a mi lado, ni siquiera lo reconocería. Incluso podría haber otra persona con el mismo disfraz. Teniendo en cuenta que esta noche todo el mundo va disfrazado, supongo que es el momento perfecto para pasar desapercibido en palacio.

Sarah masculló por lo bajo y luego dijo en voz alta:

—Vaya pérdida de tiempo. Si hubieras utilizado tu ingenio, le habrías quitado la máscara para, de esa manera, reconocerlo en caso de volver a verlo.

Incrédula, Rebecca respondió:

—Bastante suerte he tenido de salir airosa de aquella situación. ¿Con qué excusa hubiera podido hacer tal cosa?

—Muy bien podrías haber usado tus artimañas y quitarle la máscara para que te besara, ¿no te parece eso una buena excusa? ¿O es que en realidad eres tan inocente que no sabes lo fácil que le habría resultado hacer eso a una chica tan guapa como tú?

Rebecca no respondió de inmediato. Se vio atrapada por la imagen de ser besada por él, lo que, ya puestos, era muy fácil de imaginar después de que él la hubiera estrechado entre sus brazos. Sin duda alguna era una pena que no poseyera esas artimañas de las que Sarah hablaba...

—¡Respóndeme! —la apresuró Sarah.

Rebecca ahuyentó aquella imagen y se dio cuenta de lo enfadada que estaba Sarah. ¿Y por qué? ¿Por la falta de artimañas de Rebecca? ¡Pero si se suponía que debía ser una joven carente de artimañas!

Rebecca notó que comenzaba a enfadarse. ¿Acaso era así cómo lady Sarah obtenía información de otras damas de honor? ¿Insultándolas y haciéndolas sentir unas completas inútiles? ¿Con arrebatos de cólera para hacerlas creer que perderían su puesto en caso de que no hicieran lo que se les ordenaba? Si alguien tenía que perder su puesto era Sarah Wheeler. Rebecca tenía el presentimiento de que aquella mujer estaba abusando de su autoridad.

—Desde luego no soy tan inocente como para no saber que besar a perfectos desconocidos no es uno de mis deberes en la corte, lady Sarah. Sé las funciones que conlleva este puesto y emular a un ladrón no es una de ellas. Quizá deberíamos hablar de este asunto con la reina.

El rostro de Sarah se puso lívido.

—¿Estás amenazándome?

—¿Amenazándola? —Rebecca abrió mucho los ojos—. Sin duda alguna usted cuenta con la aprobación de Su Majestad para utilizar a las damas de esta manera. ¿Por qué cree que estoy amenazándola? Quizás haya exagerado un poco. No me atrevería a molestar a la reina con algo tan banal. Y soy consciente de que la duquesa podría no comprenderme si hablo con ella. Pero...

No fue necesario que Rebecca mencionara a más personas poderosas como el primer ministro que era amigo de su madre. Sarah había captado la idea y todavía seguía furiosa. Probablemente Rebecca había ido demasiado lejos. Lo más seguro era que la mujer la despidiera por la mañana con lo cual Lilly iba a sentirse muy decepcionada.

Rebecca suspiró y dijo:

—Creo que acaba de ser testigo de mi reacción ante el hecho de haberme sentido como una vulgar delincuente esta noche. Le pido disculpas. Pero si lo que quiere es reclutar a más espías para el reino, la próxima vez tendrá que buscar a alguien más valiente.

—Ya veo —dijo Sarah, frunciendo sus finos labios—. Inútil e incompetente, esperaba algo más de alguien de tu clase.

—Precisamente —repuso Rebecca con rigidez. Santo Dios, ¿por qué siempre que intentaba hacer las paces sólo conseguía que la insultaran todavía más?—. A propósito, si alguien le pregunta esta noche si me envió a buscar una bufanda, le aconsejo que le diga que sí.

Sarah se quedó sin aliento.

—Santo Dios, no habrás utilizado mi nombre, ¿verdad?

—La única excusa que se me ocurrió para explicar mi presencia en una habitación en la que no debería estar fue decirle a quien me encontró que me había enviado a buscar una bufanda y que no sabía qué estaba haciendo él en su habitación. Le obligué a que me convenciera de que era yo quien se encontraba en la habitación equivocada. Así que mi presencia allí sólo pareció fruto de un error.

—¿Y te creyó?

—Soy muy buena mostrándome indignada.

Sarah casi se rio.

—Muy bien, quizá no seas tan incompetente después de todo. Pero la próxima vez...

Rebecca la interrumpió bruscamente.

—No habrá una próxima vez, no a menos que usted me dé una buena razón para cumplir sus encargos. ¿Por qué no me aclara algo más sobre por qué me envió a esa habitación esta noche? ¿Corre peligro la vida de la reina? ¿Tiene noticias de un complot que requiera estas medidas inusuales? No puedo creer que nuestro país no disponga de personas entrenadas para este tipo de misiones.

—Ciertamente existen tales personas, pero no pueden dedicarse a misiones tan triviales como ésta.

—¿Triviales? —Rebecca frunció el ceño—. Me dijo que esto era importante. Para ser exactos me dijo que era «muy importante».

—Es muy importante para mí —escupió Sarah y se marchó.

Rebecca se quedó atónita. ¿Así que las suposiciones que se había hecho esa noche habían sido falsas también? ¿No había nada ni remotamente heroico en lo que ella había hecho? Comenzaba a no gustarle en absoluto vivir en palacio.

10

Rebecca se dirigía de vuelta al salón de baile donde había dejado a Evelyn cuando una chaqueta de raso brillante captó su atención. Rápidamente se abrió paso entre la gente para poder ver mejor.

No había duda, era Rupert St. John con su disfraz de dandi. Debía de haber llegado mientras ella estaba hablando con Sarah. Incluso de espaldas a ella y con el brazo apoyado en la pared, Rebecca podía ver el perfil de su apuesta cara. Estaba con una mujer. Pudo observar una falda amplia entre sus piernas cuando él se cernió sobre la dama. Aunque los hombros de él le bloqueaban la vista de la cara de la mujer, parecía que ella estaba apoyada contra la pared, sin duda contemplando a Rupert con arrobada atención.

Él se rio, y se inclinó para susurrarle algo a la joven. Rebecca creyó oír una risita nerviosa propia de alguien muy joven. Evidentemente, Rupert estaba coqueteando con la mujer. Bueno, había oído ambiguas alusiones a que él era un reconocido calavera. A ella no le parecía nada ambiguo, sino muy evidente. Rebecca se dijo a sí misma que no debería preocuparle si el halo radiante con el que lo imaginaba estaba un poco deslustrado.

Comenzó a darse la vuelta para marcharse cuando Rupert se enderezó, apartando la mano de la pared. Eso le permitió ver a la mujer con la que él estaba coqueteando. A Rebecca le costaba trabajo creer lo que veían sus ojos. ¿Elizabeth Marly? Santo Dios, ¿estaba el Ángel coqueteando con su compañera de habitación?

Rebecca se dio la vuelta de golpe, sintiéndose... no estaba segura de cómo se sentía. ¿Enfadada? Por supuesto que no. ¿Indignada? ¿Y por qué debería estarlo? ¿Porque jamás en la vida había imaginado que Rupert St. John podía sentirse atraído por una joven tan mezquina y ruin? Probablemente no sabía cómo era ella en realidad. Además Elizabeth era una jovencita bastante guapa cuando componía su mejor expresión. Bueno, ¡menudo bobo!

Rebecca volvió hacia el lugar donde había dejado a Evelyn, pero su nueva amiga no estaba allí. Estaba en la pista bailando. Rebecca esperó algunos minutos para ver si cesaba la música, pero la orquesta no dejó de tocar, y se dio cuenta de que no tenía ninguna razón para seguir allí. No iba a recibir invitaciones para bailar vestida de esa manera.

Sintiéndose un poco desesperada, se abrió paso entre la gente hacia la puerta. Al menos podía quedarse a oír la música. La orquesta era la mejor que hubiera escuchado nunca. Aunque se suponía que tenían que ser los mejores si querían tocar en palacio.

—¿No cree que es un poco pronto para marcharse?

Por primera vez, Rebecca no se quedó muda ante la repentina presencia de Rupert al verlo aparecer a su lado. Era sólo un hombre, aunque fuera tan guapo como un adonis. Alto, robusto, oh Dios, un culmen de la perfección absoluta... pero no por ello dejaba de ser sólo un hombre. Su halo deslustrado era buena prueba de ello.

—Sí, pero como puede ver, definitivamente me voy —le respondió con acritud—. Me siento fuera de lugar vestida de hombre, y de eso tiene la culpa una de sus amistades.

—¿Nigel? —inquirió él con sorpresa.

—No, ya le dije que no lo conozco.

—Entonces, ¿a qué amistad se refiere?

—A Elizabeth Marly.

—Ah, sí, la pequeña Beth. Una jovenzuela de lo más superficial. No tiene un talento natural para la duplicidad. Se la cala enseguida. A usted por el contrario...

No terminó la frase. Cogió la mano de Rebecca y la guio hasta el centro de la pista de baile. ¿Iba a bailar con ella? Eso parecía, pues tomó una de las manos de la joven en la suya y le puso la otra en la cintura. Luego comenzó a dar vueltas con ella al compás de la alegre melodía de un vals.

¡Qué atrevimiento! ¿Es que se había olvidado de que ella llevaba pantalones? Imposible, la propia Rebecca acababa de mencionarle aquel detalle, pero al parecer a Rupert no le importaba en absoluto.

—Mucho mejor —dijo él mientras paseaba la mirada por las parejas que los observaban—. Me disgusta mucho que la gente hable de mí. Pero un baile es irrelevante y puede deberse a innumerables razones que nada tengan que ver con la elección de uno.

Rebecca tardó sólo un momento en comprender lo que había querido decir.

—Así que bailar conmigo no es una elección de su gusto, pues le aseguro que yo no le he puesto una correa para mantenerle a mi lado. Bailar puede ser también un modo de satisfacer las demandas de la etiqueta.

—¡Exacto! Sabía que era una chica inteligente, querida.

Rebecca no estaba segura de si debía desconfiar de aquel cumplido o no. Podría significar que él no se había creído ni una sola palabra de la excusa que le había dado antes, y la hacía pensar en la advertencia que él le había lanzado antes de que ella hubiera salido de la habitación de Nigel. Aun así la había dejado marchar, ¿por qué?

No pensaba preguntarle. Puede que ella le hubiera atribuido más inteligencia de la que en realidad poseía. De hecho, muchas de las cosas que él le había dicho podían ser atribuidas a su fama de calavera. Santo Dios, no estaría tratando de seducirla sutilmente, ¿verdad?

—Así que... —comenzó él.

Bajó los ojos a los de ella y le sostuvo la mirada. Era muy desconcertante que él fijara de esa manera toda su atención en ella. Y ¡¡acaso le estaba acariciando la cintura?! Rupert había colocado la mano sutilmente por debajo de la chaqueta, fuera de la vista, así que nadie podía advertir que no estaba comportándose de manera correcta... salvo ella. ¿Sería cosa de su imaginación? ¿O es que sus artes amatorias estaba tan arraigadas en él que le resultaba de lo más natural acariciar a una mujer —cualquier mujer— que tuviera entre sus brazos?

Una cálida sensación se extendió por el cuerpo de Rebecca. Podía sentirla en su rostro, aunque no creía haberse sonrojado. ¡Aquel ángel caído era ciertamente un peligro para sus sentidos!

—¿Voy a notar el aliento de su mentora en el cogote por impedirle ir a buscar su bufanda? —continuó él en un tono que decía que los dos sabían que nadie la había enviado a buscar esa estúpida bufanda.

Eso por pensar que él estaba intentando seducirla. ¡Aquel baile no iba a ser más que un interrogatorio! Pues muy bien, estaría a la altura de las circunstancias.

—No, le mentí. Le dije que usted era bajo, gordo y que vestía un hábito de monje.

Rebecca se dio cuenta al instante de que no debería haberle dicho eso. Era una prueba de que Sarah la había estado interrogando sobre él. Y también una prueba de que ella la había estado mintiendo.

Pero él se limitó a arquear la ceja sorprendido y luego esbozó una amplia sonrisa.

—¿De verdad le ha dicho eso?

Como lo único que parecía peligroso de él en ese momento era su seductor encanto, ella no encontró razones para mentirle.

—Ella ha querido convencerme de que tanto su amigo como usted no son más que criminales. Yo prefiero juzgar por mí misma.

—Sin embargo, supongo que le habrá mencionado mi nombre.

—¿Por qué habría de hacerlo si no creo que el nombre que me dio fuera real?

—Agradezco su franqueza, pero ¿qué es lo que le encuentra de malo a mi nombre?

Ella no le respondió de inmediato. En lugar de eso le preguntó:

—¿Se da cuenta de la sensación que causa?

Rebecca se había dado cuenta de que toda la gente del salón clavaba su mirada en él repetidamente. Tanto hombres como mujeres parecían fascinados por aquel ángel. Algunas personas incluso se tropezaban en la pista de baile porque no podían apartar la vista de él.

—¿De verdad cree que podría ignorarlo? —respondió él con sequedad.

—Bueno, ¿entonces entiende lo que quiero decir?

—¿A qué se refiere? ¿Acaso me cree capaz de leer los pensamientos? Lo normal es explicar las cosas si uno quiere que los demás las entiendan.

Le estaba tomando el pelo. ¿Sería todo una broma? Eso era algo en lo que ella no era una experta. Durante las reuniones sociales a las que su madre y ella habían asistido durante años no se había relacionado con jóvenes caballeros, ni mucho menos con auténticos seductores como su ángel caído. Además, Rebecca prefería las conversaciones de verdad, no aquellas ingeniosas réplicas sin sentido que no conducían a ninguna parte y que no revelaban nada.

Pero se limitó a encogerse de hombros y a explicarle su punto de vista.

—A mi parecer, usted debería de tener un nombre más exótico, uno más acorde con su imagen.

Él se rio entre dientes.

—¿Así que soy exótico? Supongo que eso es mejor que ser un lobo hambriento.

Ella también sonrió ampliamente. Quizá sí podría acostumbrarse a ese tipo de conversación burlona después de todo. Él parecía un maestro excelente.

—Según como se mire, ¿no? —bromeó ella.

—Bueno, que me condenen si no estoy de acuerdo con usted. No deja de asombrarme. Ni de fascinarme.

Finalmente, Rebecca se sonrojó. Y él perdió su tono jocoso y añadió:

—¿Tiene que decir algo más sobre la debacle de esta noche antes de que proceda a lanzar mis funestas advertencias?

Ella se tomó su tiempo, no por las «advertencias» que no se tomó en serio, sino para meditar bien la pregunta. ¿Podía ser que la finalidad de todas aquellas bromas fuera hacerla bajar la guardia para que respondiera sin pensar? Recordó lo que Evelyn le había dicho sobre distraer a alguien antes de hacerle la pregunta importante. Y que él parecía ser un espía.

Pero Rebecca ya había llegado a la conclusión de que Sarah Wheeler era la única intrigante aquella noche. La mujer incluso había admitido que la tarea que le había asignado había sido de carácter personal más que político, así que Rebecca no veía ninguna razón para no decirle lo importante que era para Sarah saber algo sobre aquello que estuviera buscando.

—Según ella, debería haberle quitado la máscara que le dije que usted llevaba puesta.

Rebecca había conseguido sorprenderle otra vez a tenor de su expresión y la mirada chispeante que apareció en los ojos masculinos.

—Eso sí que suena muy interesante. Ha captado toda mi atención. Adelante, cortéjeme.

—No sabría cómo —admitió ella, inclinando la cabeza con repentina timidez.

—Acérquese un poco más, querida. Le prometo que se lo pondré fácil.

Ella levantó la cabeza de golpe.

—Es usted demasiado atrevido, Rupert St. John.

—Lo sé. ¿No le parezco maravilloso?

Rebecca puso los ojos en blanco. Para ella este Rupert era preferible al hombre peligroso que se había encontrado en la habitación de Nigel. Pero ¿cuál de los dos era realmente el auténtico St. John?

Consciente de que el baile terminaría de un momento a otro, ella dijo:

—Ahora me toca a mí. ¿Es de verdad un espía?

—Santo Dios, ¿de verdad cree que se lo diría si así fuera? —respondió él, con una expresión horrorizada que evidentemente era fingida.

—Creía que estábamos siendo sinceros.

—No, usted es sincera. Yo sólo disfruto con ello.

Rebecca rechinó los dientes. Al final, él había logrado provocar su ira con sus respuestas evasivas. Dejó de bailar, le apartó las manos y se alejó de él.

Sin embargo, oyó que la llamaba suavemente.

—¡Espere! ¡Aún no ha escuchado mis funestas advertencias!

—Guárdeselas —le respondió airada—. De todas maneras no hubiera hecho caso de ellas.

¿Había tenido Rupert St. John el descaro de reírse de sus palabras?

11

—¿Una noche dura? —le preguntó Nigel a Rupert al día siguiente mientras le propinaba un codazo para que se despertara.

Rupert se incorporó al instante, furioso consigo mismo por haberse quedado dormido precisamente en la habitación de Nigel mientras esperaba que apareciera su superior. No podía soportar la idea de que Nigel le estuviera observando mientras dormía, y no tenía ninguna duda de que Nigel lo había hecho.

El problema era que la actual misión de Rupert, investigar a las nuevas damas de la corte, era demasiado sencilla y le aburría soberanamente. No conllevaba ningún peligro. Y, aunque él era un experto en la materia debido a su reputación con las mujeres, prefería misiones que implicaran algún tipo de riesgo. Jamás se quedaba dormido en medio de una misión cuando estaba armado y alerta.

—No —respondió Rupert, relajándose ligeramente—. Sentarme a esperarte durante tanto tiempo es lo que ha conseguido que me quedara dormido. Supongo que debería de haber venido en medio de la noche cuando sé que estás aquí.

—¿Y tener que despertarme cuando podrías limitarte a dejarme una nota?

—Ése es el problema, dejarte notas en la habitación ya no es una opción —respondió Rupert, incapaz de contener un bostezo. Sacudió la cabeza con brusquedad para terminar de despejarse—. Y tampoco es aconsejable que dejes la puerta de la habitación abierta para que yo entre, a menos que tú estés dentro.

—He estado muy ocupado, de lo contrario habría conseguido una llave para ti.

—Entonces cierra con llave hasta que la tengas. ¿O prefieres que te registren la habitación?

La única razón por la que Nigel no cerraba con llave era para que Rupert no tuviera que esperarle en el pasillo, donde cualquiera podría verlo. Ni siquiera quería que los sirvientes de palacio los vincularan de ninguna manera. Estaba obsesionado con ello. Y ahora Rupert iba a tener que decirle que alguien le había encontrado allí dentro.

Pero Nigel se mostró divertido al sacar una conclusión errónea.

—Oh, Santo Dios, ¿de verdad registraste mi habitación?

—No seas absurdo. Y vamos al grano. Esta tarde tengo una cita con la joven Marly en los jardines reales.

Nigel asintió con la cabeza.

—Yo también tengo una cita, así que adelante. Supongo que has averiguado algo nuevo, ¿no?

—Sí, dos de las nuevas damas son fieles a Sarah, y ambas se creen enamoradas de mí —gimió Rupert cerrando los ojos.

—¿Y?

—¿Acaso no te sorprende?

—No seas tonto —dijo Nigel—. Sabes de sobra que las mujeres se enamoran de ti todos los días. Por supuesto que no me sorprende.

Rupert se rio.

—¿No te parece que exageras un poco, hombre?

—En absoluto. Incluso la propia Sarah Wheeler se enamoró de ti a principios de año cuando volcaste todos tus encantos en ella. Fue una de tus mayores hazañas. —Nigel se rio entre dientes—. Jamás comprendí cómo lo conseguiste, sobre todo cuando me confesaste que ni siquiera tuviste que hacer el amor con ella.

—La convencí de que me resultaba de lo más fascinante en otros aspectos. No siempre hay que recurrir al atractivo físico, ¿sabes? Me hice amigo de ella. Y eso fue todo, hasta que Sarah comenzó a querer algo más. —Rupert no añadió que Nigel debería saber mejor que nadie cómo las emociones más fuertes podían afectar de manera inesperada a una persona, como había ocurrido con Sarah—. Ya sabes que la amistad hace bajar la guardia con más facilidad que el amor.

—¿Y la tercera dama?

—¿Constance? Se resiste a acatar las órdenes de Sarah y le ha cogido una fuerte aversión. Una buena candidata para ti, creo.

—¿Cuál es el pero?

—Yo no te recomendaría aprovecharme de su resentimiento para intentar atraerla a tu bando. No me parece muy competente. Creo que le falta cerebro. —Rupert se dio un golpecito en la cabeza—. Ya sabes a qué me refiero. En lo que concierne a lady Elizabeth, registré su habitación antes de que le fuera asignada una nueva compañera de cuarto. No había más que un montón de ropa. Supongo que tendré que volver a registrarla ahora que ha llegado su nueva compañera. Se quejaba de ella anoche.

—¿Ya ha llegado la nueva dama de honor?

—Eso parece y creo que incluso la he conocido. Pero hay algo más que debes saber sobre Elizabeth. Tendrás que vigilarla de cerca después de que me vaya. Reconoció que había provocado un escándalo para deshacerse de su última compañera de habitación. Decía que de esa manera podría visitarla en su habitación si así lo quería. Puede que haya recurrido a esas medidas tan drásticas por haberse encaprichado de mí, pero mi instinto me dice que carece por completo de principios. Así que podría estar metida de lleno en los turbios asuntos de Sarah.

—Tomo nota. ¿Y qué hay de la última dama que has conocido? ¿Por qué dudas de que sea la nueva compañera de habitación de Elizabeth?

Rupert no estaba dispuesto a admitir que la jovencita lo había distraído hasta tal punto que se había olvidado de preguntarle su nombre. Sin embargo, no podía imaginar quién más podía ser, ya que también había sido invitada al baile la noche anterior y había admitido que conocía a Sarah. A pesar del disfraz que llevaba, no le había cabido duda de que era una dama.

—Estoy casi del todo seguro que es Rebecca Marshall, quien se esperaba que llegara ayer. Pero estaba más interesado en averiguar otras cosas de ella y más teniendo en cuenta cómo la conocí.

Nigel arqueó una ceja con curiosidad.

—¿Por qué presiento que eso no presagia nada bueno?

—Porque la conocí aquí mismo, en tu habitación, cuando la pillé rebuscando entre tus pertenencias por orden de Sarah.

Nigel frunció el ceño de inmediato.

—¿Así que ahora Sarah se dedica a convertir en ladronas

a las damas de honor que están bajo su tutela? ¡Cómo se atreve!

—Veo que provoca tu ira. —Rupert sonrió.

—Demonios —bufó Nigel—. Estamos hablando de robar. Sarah está yendo demasiado lejos.

Rupert tuvo que reírse ante la hipocresía de su superior.

—Me has convertido en un ladrón en más de una ocasión. ¿Dónde está la diferencia?

—Si has tenido que robar ha sido por una cuestión de seguridad real y además tenías libertad para hacerlo. Por otro lado, podías devolver cualquier cosa que cogieras después de examinarla. Y siempre podías negarte a realizar cualquier trabajo con el que te sintieras incómodo. Pero ahora estamos hablando de jóvenes e inocentes damas que no saben lo que hacen.

—¿Es posible que esa chica encontrara algo útil?

—No a menos que tú dejases algo antes de que ella llegara. Nunca he dejado nada importante aquí, ni siquiera cuando cierro la puerta con llave.

—Pensaba dejarte una nota con todos los datos que acabo de darte, pero después de encontrar a esa jovencita en tu habitación, preferí entregarte el informe en persona. Esta dama de honor es inteligente y experta, por lo que no he podido hacerme un juicio rápido de ella. Puso una excusa con mucha facilidad y una muy creíble por la manera en que la expuso.

Nigel suspiró.

—Así que esta joven te ha relacionado conmigo. Ahora no me serás de mucha utilidad en esta misión, puesto que sin duda ya habrá informado a Sarah. Seguro que querrá vengarse en cuanto se dé cuenta de que tu amistad con ella era una farsa para recabar información.

Rupert juntó las manos y tamborileó con los dedos en la

barbilla varias veces antes de contestar con aire pensativo:

—No estoy seguro de que haya informado a Sarah.

—¿Estás de broma?

—No, Rebecca Marshall y yo mantuvimos una extraña conversación un poco más tarde, en el baile. Me dijo que le había dado a Sarah una descripción falsa de mí y que ocultó mi nombre. Como bien sabes, soy demasiado conocido para intentar utilizar un nombre falso a menos que me encuentre fuera del país.

—¿Qué razón te dio para haberte protegido?

Rupert se enderezó y frunció el ceño.

—¿Haberme protegido?

—Si es verdad lo que ella dice, eso es exactamente lo que hizo al ocultarle tu identidad a Sarah.

—Ah, pero ése es el problema, que no sé si creerla. Ya te lo he dicho, es una joven inteligente. Es demasiado rápida en sus respuestas para no poseer más inteligencia de la que suelen tener estas jóvenes damiselas. Incluso sabe fingir emociones con rapidez cuando es necesario. Si es verdad lo que me ha dicho, es un material de primera que podrías moldear a tu antojo

—¿Qué te dice el instinto?

—Por una vez no sé qué pensar —dijo Rupert con un suspiro—. Pero no voy a negar que posee un talento natural para mentir y fingir. Me ha dejado sorprendido en varias ocasiones. Y eso no es algo que suela ocurrirme.

—Entonces, ¿por qué razón no te ha entregado a Sarah en bandeja de plata?

—Bueno, eso aún está por ver. Dijo que Sarah le había hecho creer que éramos criminales y que prefería juzgar por sí misma.

—¿Quieres decir que esa joven está dispuesta a investigar a Sarah por su cuenta? —sugirió Nigel.

Rupert se rio entre dientes.

—Haces que parezca realmente divertido.

Nigel puso los ojos en blanco.

—Estás demasiado acostumbrado a ese tipo de artimañas puesto que son las mismas que tú usas. Pero recuerda quién es ella y que apenas acaba de llegar a palacio. La primera táctica de Sarah con estas damas es hacerles creer que todo lo que hacen por ella es por el bien del país. ¿No podría ser ése su caso?

—Nuestra conversación no llegó tan lejos.

—Bueno, si eso fue lo que ocurrió anoche, si esa jovencita piensa que estaba haciendo algo noble, entonces no es tan malo como parece. Pero antes de que dejemos de lado este tema —continuó Nigel—, debes confirmar su identidad. Por otra parte, asegúrate de que ella no quiere ser partícipe de las intrigas de Sarah. Y, además, quiero saber cosas concretas sobre Rebecca Marshall. Conoces las reglas. No importa lo que tengas que hacer. Y si ella está tan avezada en el engaño como dices, no la quiero en palacio. Intentaré que se vaya.

Rupert se puso rígido al oír la frase «no importa lo que tengas que hacer». Sacaba a relucir sus peores recuerdos. Nigel había utilizado esa misma frase cuando había reclutado a Rupert para ayudar a su país. Habían elegido a Rupert porque el oficial francés al que necesitaban sonsacar información era un maldito pervertido. Al hombre no le interesaban las mujeres, ni los hombres, pero sí le gustaban, y mucho, los chicos guapos. Y era la pieza clave de un complot para matar al rey francés y culpar al rey Jorge IV, lo que podría haber desembocado en una guerra.

Rupert se había visto envuelto en uno de los dilemas más horribles al que cualquiera, y mucho más si uno era un crío de catorce años, podía enfrentarse: sacrificarse o darle la espalda a su país. No podía resignarse a hacer lo que le pedían, pero sabía que sería un cobarde si no lo hacía.

Pero al final había descubierto cómo lograr su objetivo sin tener que sacrificarse al recordar a una de las doncellas de casa de su madre. A principios de aquel año la moza le había tenido babeando a sus pies, había provocado su lujuria hasta un nivel peligroso. Siempre se le estaba insinuando, pero jamás se le había entregado. Con catorce años y un amor secreto, Rupert hubiera estado dispuesto a prometerle el mundo de lo enardecido que estaba.

La doncella jamás llegó a entregarse a él. Ni tampoco lo hizo Rupert durante esa misión. Había utilizado la táctica de la criada para lograr acabar el trabajo. Había prometido, pero jamás se había entregado.

Enfadado consigo mismo por dejar que aquellos recuerdos salieran a la superficie, se puso en pie para marcharse. Nigel podía decir todo lo que quisiera «no importa lo que tengas que hacer», pero Rupert rara vez tenía que recurrir a algo tan drástico cuando trabajaba para Nigel. Podía usar su título nobiliario siempre que hiciera falta, así como su reputación de don Juan, como cariñosamente le había apodado su tío, el duque de Norford, debido a su adoración por las mujeres. Si una mujer esperaba que él la sedujera, pues que así fuera...

Nigel debería haberse dado cuenta a esas alturas de que Rupert hacía las cosas a su manera, no a la de él. Manteniendo la ira a raya, Rupert miró directamente a su superior y dijo:

—Sé que mi país es lo primero. Siempre lo he sabido. Pero uno puede servir a su país sin tener que perder el sentido de la decencia. A eso se le llama encontrar el equilibrio entre lo que se puede hacer y lo que se puede soportar. Es usar la cabeza para encontrar una solución con la que se pueda vivir en vez de tomar el camino más rápido. Averiguaré si esa dama se ha dedicado a contarme un montón de mentiras, pero lo haré a mi manera.

—No sé por qué continúo recurriendo a ti —dijo Nigel con petulancia—. Jamás haces lo que te ordeno.

—Ah, pero no puedes negar que siempre logro terminar todos los trabajos que me encomiendas. —Rupert se rio entre dientes mientras se dirigía a la puerta.

12

Rebecca no hizo más que dar vueltas durante toda la noche porque no podía dejar de pensar en el Ángel. Estuvo tan inquieta que Elizabeth le había dicho gruñendo que se estuviera quieta de una vez después de que se fueran a la cama.

Rebecca sabía que debía averiguar si Rupert St. John era el verdadero nombre del Ángel. Y también debía averiguar qué estaba haciendo en la habitación de Nigel. ¿Se había presentado allí por la misma razón que ella? ¿O sólo había ido a visitar a un amigo? ¿Quién era en realidad aquel Nigel al que lady Sarah quería espiar?

No tuvo posibilidad de levantarse tan tarde como le hubiera gustado después de haberse pasado toda la noche en vela, pues Flora llegó muy temprano. Y Elizabeth también hizo bastante ruido, aunque Rebecca sospechaba que lo había hecho con la única intención de despertarla. El humor de su compañera no había mejorado en absoluto. De hecho, había empeorado. Elizabeth masculló una maldición, cerró la puerta del armario de un portazo, dejó la ropa tirada en el suelo e incluso empujó a Rebecca al pasar junto a ella mientras se movían por aquella habitación diminuta.

Lo primero que hizo Flora al llegar fue apartar de una patada la ropa que había en el suelo, algo que divirtió a Rebecca pero que, asombrosamente, no provocó reacción alguna en Elizabeth. Ya el día anterior, Flora le había dicho a Elizabeth que no iba a ser su doncella personal sólo por haberle arreglado el pelo. Gracias a los esfuerzos de Flora, Elizabeth lucía ahora un peinado mucho más favorecedor y lo sabía. Así que aunque por lo general su compañera de habitación no se mordía la lengua con respecto a Rebecca, cuando Flora estaba con ellas, controlaba lo que decía.

Rebecca esperaba encontrar respuesta a sus preguntas si es que seguía allí al final del día. ¿Necesitaba Sarah tener una razón para poder despedirla? De ser así, Rebecca podía dejar de preocuparse por el asunto. Estaba segura de que Sarah no querría que lo ocurrido la noche anterior saliera a la luz. Y Rebecca le había dicho a Sarah que no volvería a hacer algo parecido si pensaba que iba en contra de sus principios.

Una hora más tarde, cuando llegó a los aposentos de la duquesa, Rebecca consideró que era un golpe de suerte encontrar a Evelyn allí sola. Estaba segura de que la joven podría dar respuesta a todas sus preguntas porque llevaba en palacio mucho más tiempo que ella. Cogió uno de los cuadrados de bordado antes de sentarse junto a Evelyn y, tras intercambiar saludos, le preguntó:

—¿Sabes quién es Nigel?

—¿Nigel Jennings?

Rebecca no sabía cuál era el apellido del hombre, pero ¿cuántos hombres con ese nombre podía haber en palacio?, así que asintió.

—Sí.

—He oído que es uno de los miembros ilegítimos de la

familia real aunque no utiliza el apellido Fitz Clarence como la mayoría de ellos. El viejo rey Guillermo tuvo tantos bastardos con su amante actriz, que nadie lleva la cuenta. No lo conozco, así que no puedo decirte quién es. —Luego, Evelyn se acercó más a Rebecca y susurró—: Una vez oí que lady Sarah maldecía su nombre. Así que supongo que él no le cae muy bien.

Rebecca parpadeó.

—¿Por qué?

Evelyn se encogió de hombros.

—He oído cosas aquí y allá y he llegado a la conclusión de que ambos compiten entre sí para ver cuál de los dos le proporciona a la reina los chismorreos más jugosos.

—Pero ¿no me habías dicho que los recados de Sarah implicaban intrigas palaciegas? —le recordó Rebecca a la joven—. ¿Qué tiene eso que ver con los chismorreos?

—¿Acaso no se trata todo de lo mismo? Los secretos, si salen a la luz, pueden convertirse en carne de cañón para murmuraciones y escándalos. Y ¿quién está más interesado en conocer esos escándalos en ciernes que la propia reina?

Rebecca no podía creer que Sarah sólo buscara rumores y murmuraciones. Concentró su atención en la costura y dejó pasar un par de minutos antes de comentar en tono casual:

—Anoche observé que Elizabeth estaba con un hombre, un joven muy apuesto que en mi opinión parecía un ángel.

Evelyn soltó una risita tonta.

—Es gracioso que lo menciones. Le llaman el Santo, o por lo menos es así como he oído que le llaman algunas damas. Es un chiste, por supuesto, porque él es cualquier cosa menos un santo. Es sólo un juego de palabras con su nombre, Rupert St. John.

Rebecca sabía que debía abandonar el tema ahora que

tenía una confirmación de su nombre. Al final, él no le había mentido. Pero aún tenía miles de preguntas sobre él y no podía reprimir el impulso de hacer unas cuantas más.

—No seas tímida —le regañó Evelyn con ligereza—. Te vi bailando con él. Y también te vio Elizabeth. Bueno, ¡tendrías que haber visto lo celosa que parecía! Pero es tan tonta que piensa que tiene alguna posibilidad con él a pesar de que ese hombre flirtea con todo lo que le rodea, según sus propias palabras.

¡Ah, una referencia a su fama de don Juan!

—¿Así que es de esos que se dedican a coquetear con todas por igual?

—Oh, sí, incluso conmigo.

—Es el hombre al que debías distraer con un beso, ¿no? —preguntó Rebecca.

Evelyn sonrió ampliamente.

—¡Eres una mujer muy perspicaz, Becky! Sí, Sarah quería saber si realmente estaba interesado en Elizabeth ya que se les ha visto juntos con frecuencia últimamente. Pero no sé por qué no se lo pregunta la propia Sarah. He oído que son amigos.

Santo Dios, ¿era amigo de Sarah? No era de extrañar que supiera en qué ala del palacio vivía.

—Y cuando le preguntaste si estaba cortejando a Elizabeth, ¿te respondió que flirteaba con todo lo que le rodeaba? —inquirió Rebecca.

—Sí. Lo dijo como si fuera una broma, pero como es conocido por coquetear con todas las damas, no puse en duda sus palabras. Mi propia experiencia lo demuestra. Según dicen, jamás se toma nada en serio, y mucho menos a una mujer. Así que mi buena acción del día será hacerte esta advertencia. Es normal que Rupert St. John te resulte fascinante. Nos pasa a todas. Estarías mintiéndote a ti misma si te dijeras que no te sientes atraída por él, por un hombre tan increíblemente guapo y atractivo como él. Pero no cometas el mismo error que cometió Elizabeth y consideres que sus acciones son algo más que flirteos.

—Tomo nota. —Rebecca esbozó una amplia sonrisa.

—Puede ser descaradamente atrevido —agregó Evelyn en un susurro desaprobador. Su sonrojo sugería que había sido blanco de ese descaro—. Así que trata de no sentirte demasiado embelesada.

—¿Como tú?

Evelyn suspiró tristemente.

—Trata a todas las mujeres de la misma manera, desde las fregonas a las damas. Supongo que es así como deben de comportarse los calaveras, pero a mí nadie me enseñó cómo tratar a esa clase de caballeros.

Ni tampoco a Rebecca. No cabía ninguna duda de que Rupert St. John trataba a todas las mujeres con el descarado atrevimiento que había insinuado Evelyn. Pero Rebecca recordó la manera en que la había tratado la noche anterior, cuando le había puesto las manos en los pechos. Se sonrojó ante el recuerdo.

—Lo siento —dijo Evelyn, asumiendo que había avergonzado a Rebecca—. No tenía intención de hablar de la audacia de ese hombre. Espero que no se quede mucho tiempo en palacio. O nos volverá locas a todas.

13

Elizabeth llegó a los aposentos de la duquesa con un vestido verde pálido y el nuevo peinado que Flora le había hecho. Rebecca se preguntó si había sido la propia Flora la que le había sugerido que se pusiera aquel vestido verde. La doncella tenía buen ojo para el color y había descartado todos los vestidos grises y plateados del guardarropa de Rebecca en cuanto comenzó a trabajar para su familia, afirmando que no le sentaban nada bien debido a su estatura. Elizabeth debía de sentirse satisfecha con su apariencia porque lucía una sonrisa de oreja a oreja y se la veía absorta en sus pensamientos hasta que notó quién estaba en la estancia y frunció el ceño.

Lady Sarah había entrado en la habitación por la otra puerta casi al mismo tiempo. Saludó a Elizabeth con una cordial inclinación de cabeza y a continuación le comunicó a Evelyn que la siguiera fuera de la estancia, aunque no sin antes deslizar la mirada por Rebecca y alzar la nariz con un gruñido.

Bien, eso era de lo más alentador, pensó Rebecca. Una sonrisa de satisfacción hubiera significado que Sarah había ordenado el despido de la joven. Aquel gruñido, sin embargo, sugería que Sarah temía que salieran a la luz otros incidentes si lo hacía. Rebecca esperaba que Sarah se contuviera y no intentara encomendarle más misiones. Puede que todo aquello le hubiera parecido excitante mientras pensaba que servía a su país heroicamente, pero no lo entendía así ahora que conocía la verdad.

Por desgracia, la partida de Evelyn la dejó a solas con el ceñudo semblante de su compañera de habitación. Ahora comprendía por qué la intervención de Flora no había hecho que Elizabeth se comportara de una manera más cordial con Rebecca. Celos. Por culpa de un hombre con el que Rebecca ni siquiera había hablado antes del día anterior. Los celos de Elizabeth por haberla visto bailar con Rupert sólo revelaban la inseguridad que la joven sentía ante su supuesta relación con él. Pero ¿acaso Elizabeth no conocía la fama de mujeriego de aquel hombre? ¿De verdad se tomaba en serio aquel flirteo?

Rebecca sabía que ella no haría nada tan tonto después de lo que había visto y de haber escuchado los comentarios que él había hecho de que flirteaba con todo lo que le rodeaba.

—Si te aburre bordar —dijo Elizabeth—, te sugiero ir a nadar al lago de los jardines. Y de paso podrías hacerme un favor y ahogarte en él.

Rebecca no pudo evitar reírse ya que Elizabeth había hecho el comentario con una sonrisa, no muy sincera, pero sonrisa al fin y al cabo.

—Probablemente me ahogaría ya que no hay lagos o estanques cerca de mi casa y nunca aprendí a nadar.

—¿Y crees que eso me importa? —le espetó Elizabeth,

aparentemente molesta de que su puya no hubiera obtenido una fiera respuesta de Rebecca—. Pero, si decides ahogarte, que no sea esta tarde, tengo una cita en el jardín.

Sin duda con él, pensó Rebecca, pero no pensaba preguntarle.

—He intentado ser amable contigo —dijo Rebecca—, pero empiezo a preguntarme por qué me molesto. No le prohibí a Flora que te peinara. Ya sabes que fue idea suya, aunque me dijo que si no había alguna tregua entre nosotras, dejaría de hacerlo. Quizá tendrías que considerarlo porque ahora estás mucho más atractiva gracias a los esfuerzos de Flora.

A Rebecca le divirtió ver cómo el sonrojo por el cumplido se mezclaba con la indignación en el rostro de Elizabeth. Pero su compañera se abstuvo de hacer más comentarios punzantes y se dirigió a un rincón de la estancia para coger uno de los instrumentos musicales que allí había. Al parecer, tocar el violín no era tampoco una de las virtudes de Elizabeth, pensó Rebecca con un estremecimiento de horror.

Constance llegó a la sala cuando ya se había servido el almuerzo. Rebecca disfrutó de una animada conversación con ella sobre el baile de la noche anterior y de la cena formal con la duquesa que se celebraría esa noche en honor a una amiga de la infancia que había venido a visitar a la duquesa.

Elizabeth no se unió a ellas en la mesa. Se limitó a sacar su reloj de bolsillo por lo menos media docena de veces durante todo ese tiempo. Al parecer, estaba demasiado nerviosa para comer, pensando sin duda en la cita de esa tarde. Su excitación era casi palpable, lo que era comprensible, considerando con quién había quedado. Rebecca decidió que dar un paseo por los jardines reales, detrás de palacio, podía ser una manera agradable de pasar la tarde. Se aseguró a sí misma que no lo hacía para espiar a los amantes. Su intención era disfrutar de la belleza de tan magníficos jardines antes de que el clima empeorara y le impidiera dar un paseo.

14

Rebecca no se lo podía creer. Estaba espiando otra vez, y ahora por decisión propia. ¿Cómo había caído tan bajo? Quizá, sencillamente, no podía dejar pasar la oportunidad de volver a ver a Rupert, aunque fuera de lejos. Tenía que saber si en realidad estaba más interesado en Elizabeth de lo que Evelyn había insinuado. Por supuesto, no lo hacía porque su compañera de habitación le preocupara, pero ciertamente se sentiría muy decepcionada si él estuviera interesado en ella.

En cuanto Elizabeth salió de las habitaciones de la duquesa, Rebecca la siguió tras decirle a Constance que debía salir un momento para pedirle a su doncella que le preparara el vestido que se pondría esa noche. Pero no le resultó fácil seguir a Elizabeth. La joven iba casi corriendo y cuando finalmente se detuvo en un pequeño cenador, obligando a Rebecca a mantenerse fuera de la vista, estaban en lo más profundo del jardín.

Rebecca se alejó con rapidez de Elizabeth, escondiéndose donde nadie pudiera verla. Lo último que quería era que Rupert la encontrara en medio del camino al acudir a la cita. Rebecca podía ver a Elizabeth vigilando el camino por el que habían llegado mientras se paseaba de un lado a otro del cenador, mirando repetidamente el reloj de bolsillo. ¿Había llegado demasiado pronto Elizabeth o se había retrasado Rupert St. John? De una manera u otra, Rebecca tenía que encontrar un lugar donde sentarse y fingir que sólo disfrutaba de la serena belleza del jardín.

El banco que había bajo un arce plateado con vistas al lago era ideal para su propósito. El grueso tronco del árbol impediría que Elizabeth la viera. Sentándose en el borde del banco, no tenía que inclinarse demasiado para mirar a hurtadillas a su compañera. Pero Elizabeth todavía estaba sola. Sin duda, la excitación de la joven y su impaciencia por ver a Rupert habían hecho que llegara demasiado temprano a la cita.

Mientras Rebecca esperaba que Rupert apareciera, miró a su alrededor. Aquel lugar era conocido por ser el jardín privado más grande de Londres. Había sido diseñado por Capability Brown y en él abundaban los arces, cipreses y castaños. Más tarde había sido rediseñado por el famoso John Nash cuando el príncipe regente se había gastado una inmensa fortuna remodelando el palacio. Incluso el gran lago artificial había sido creado varias décadas antes y sus aguas provenían del lago Serpentine en el cercano Hyde Park.

Sólo algunos colores otoñales habían aparecido hasta el momento, pero el hermoso tono dorado se mezclaba con el verde de los campos. Tendría que regresar allí de nuevo cuando el jardín resplandeciera con la hojarasca otoñal y no estuviera tan distraída. El día era algo más frío de lo habitual, pero no había tenido tiempo de coger un abrigo y era muy posible que pillara un resfriado si Rupert no se apresuraba a aparecer.

Media hora después, Elizabeth seguía sin darse por vencida, pero Rebecca sí estaba a punto de hacerlo. Se puso en pie para marcharse pero al percibir un movimiento por el rabillo del ojo volvió a sentarse bruscamente. Era él. A través de los setos, los troncos de los árboles y las estatuas pudo observar esas largas zancadas y el pelo negro que rozaba los anchos hombros del joven.

Iba vestido con una chaqueta color café, una camisa blanca y pantalones negros. Cuando estaba a unos tres metros del cenador, Elizabeth corrió y se arrojó a sus brazos. Rebecca se sonrojó y se dispuso a marcharse, pero Rupert no le devolvió el abrazo, sino que apartó a Elizabeth de sí.

No parecía un amante, pensó Rebecca ocultándose tras el tronco del árbol otra vez. Ni siquiera parecía Rupert pues a tenor de la fama de don Juan que le precedía debería haberse dedicado a aplacar la pasión de Elizabeth con rapidez. Pero había acudido a la cita. Y no había dudas de que estaba allí para ver a Elizabeth. Sin embargo, otra breve ojeada le demostró que sólo se dedicaban a hablar. Ni siquiera habían entrado en el cenador donde podrían sentarse en un banco. Y, además, ¿por qué dos amantes no aprovechaban la intimidad que el cenador les proporcionaba?

Bueno, ¡qué demonios! ¿Acaso el gran romance sólo estaba en la imaginación de lady Elizabeth? Rebecca se reprendió a sí misma. Rupert acababa de llegar. La cita no había concluido aún.

Echó otra mirada. Seguían hablando. No, en realidad Elizabeth parecía disgustada ahora. ¡¿Por qué no se le había ocurrido a Rebecca ocultarse en un lugar más cercano para poder oír lo que hablaban?! Rupert puso la mano sobre el hombro de su compañera, pero parecía que se estaba limitando a consolarla. Pero ¿por qué?

—Tiene un talento natural para fisgonear, ¿verdad?

Rebecca se volvió con un grito ahogado. De pie, a su lado, había un hombre no muy corpulento, de edad madura con un traje corriente de paño fino. ¿Cómo había logrado acercarse a ella sin que lo oyera? Evidentemente no era un jardinero. Quizá fuera uno de los dignatarios extranjeros que habían sido invitados a palacio.

Sin embargo, aquel comentario sobre su «talento natural para fisgonear» dejaba claro que él sabía que no era la primera vez que ella hacía eso y, salvo el Ángel, sólo una persona podía estar enterada del «recado» de lady Sarah.

—¿Nigel Jennings? —adivinó.

Él arqueó una ceja.

—¿Nos conocemos? No creo, me acordaría de una damita tan hermosa como usted. Así que es tan inteligente como él me ha dicho, ¿verdad?

Rebecca notó que se sonrojaba violentamente al comprender que había acertado. ¡Qué humillante e injusto era que Rupert le hubiera dicho que la había descubierto en su habitación! Ella no le había revelado la identidad del Ángel a Sarah, ¿por qué no había hecho él lo mismo?

Se preguntó si Nigel la sermonearía sobre aquella escandalosa acción.

—No se preocupe —le dijo él—. Ya que es evidente que sabe quién soy, no me equivoco al suponer que es usted Rebecca Marshall, la nueva dama de honor.

Le hubiera gustado poder negarlo. ¡Una dama de honor a la que habían pillado fisgoneando, mintiendo y a punto de cometer un hurto! Incluso la reina podría llegar a enterarse.

Él esperó el renuente asentimiento de Rebecca antes de continuar:

—Me han dicho que usted podría ayudarme.

Sorprendida de que él pudiera estar considerando tal cosa, le preguntó:

—¿A qué se refiere?

—Ha mantenido en secreto la identidad de St. John. Lady Sarah no sabe nada de nuestra asociación y preferimos que siga siendo así.

—Entiendo —respondió ella con cautela—. ¿Y esa asociación consiste en...?

Él se rio entre dientes.

—Eso no es de su incumbencia, señorita. Pero no puedo más que aplaudir su intento de recabar información. Sólo espero que sea por interés personal y no para Sarah.

Rebecca suspiró.

—Gracias por no mencionar lo ocurrido, pero debo pedirle disculpas. Lady Sarah apenas me dijo nada sobre la tarea que me encomendó, sólo mencionó que era algo importante. Así que, considerando lo inapropiada que era, me convencí a mí misma de que era algo de vital importancia para la Corona, que de alguna manera usted era sospechoso de traición.

—Déjeme adivinar —dijo él en tono divertido—. Pensó que estaba haciendo algo heroico, ¿no?

Ella asintió con la cabeza.

—Pero comencé a sentirme muy mal al entrar en su habitación y mirar a mi alrededor. Y ese mal presentimiento no desapareció, así que le mentí a lady Sarah sobre quién había entrado en la estancia, y...

—En realidad, él le ha causado una gran impresión, ¿verdad? —la interrumpió Nigel con curiosidad.

—¿Impresión? —Rebecca frunció el ceño y luego se rio entre dientes al darse cuenta del significado de sus palabras—. Oh, ¿se refiere a la impresión que provoca su angelical apariencia? No, actué de esa manera porque sé que es el sobrino de mi vecino, el duque de Norford. Es ridículo pensar que cualquier pariente del duque pudiera estar cometiendo traición.

—Así es. Por favor, dígame, ¿está aquí por orden de Sarah o sólo para satisfacer su propia curiosidad?

Rebecca consiguió no volver a sonrojarse, pero tampoco quería reconocer su interés por Rupert. Afortunadamente, no le fue difícil buscar una excusa.

—Sí, estoy vigilando a mi compañera de habitación, que ha sido como un dolor de muelas. Sólo quería saber por qué Elizabeth estaba hoy tan excitada. No tiene por qué preocuparse de que vuelva a espiar para lady Sarah. Ya le dije anoche que no volviera a utilizarme de nuevo de esa manera si no quería que pusiera todo el asunto en conocimiento de quien fuera su superior.

—Pues es una lástima.

Rebecca parpadeó.

—¿Cómo dice?

—Verá, esperaba que una joven tan inteligente como usted pudiera tenerme al corriente de cualquier cosa inusual que Sarah volviera a pedirle.

Lo dijo como si tal cosa, pero Rebecca no dudó de que hablaba en serio.

—¿Quiere que espíe para usted?

—No, querida. No me refiero a escuchar a escondidas o a mirar por las cerraduras... ni a colarse a hurtadillas en lugares en los que no debería estar. No me refiero a nada por el estilo. Pero si Sarah llegara a pedirle que hiciera algo fuera de lo normal, le agradecería que me avisara de antemano, enviándome una simple nota por medio de una doncella o un lacayo de confianza; a mí o a Rupert. En ocasiones debo ausentarme de palacio y él sabe dónde encontrarme. —Nigel hizo una pausa y meneó la cabeza—. Por lo general, las artimañas de Sarah son inofensivas, pero su auténtico interés no es ayudar a la Corona, ¿sabe? La he investigado a fondo y estoy seguro de ello. Todo lo que hace en la corte es para mejorar su propia posición. Y es posible que un día vaya demasiado lejos.

Si no hubiera mencionado a Rupert, lo más probable es que Rebecca se hubiera negado en redondo y se hubiera marchado sin decir una palabra más. Pero le gustaba la idea de tener una excusa para ver a Rupert de vez en cuando. Realmente era una pena que, como Nigel había insinuado, hubiera quemado sus naves con Sarah.

—No volverá a pedirme que realice otro de sus «recados». Por la manera en que me saludó esta mañana, me ha quedado claro que me considera un miembro no deseable e inútil en la corte de la duquesa.

—Inútil para ella —convino Nigel, lanzándole una mirada pensativa—. Pero todavía útil para mí.

Rebecca se puso tensa, molesta de que él pensara que podía utilizarla para sus propios fines. ¿Qué diferencia había entre eso y lo que Sarah le había hecho?

—¿De qué manera? —le preguntó con cautela.

—No se ponga a la defensiva, querida. Sólo quería decir que sigue estando en posición de oír y ver cosas y sacar conclusiones al respecto.

Tenía razón, por supuesto. Evelyn parecía no aprobar los pequeños recados de Sarah y no se mordía la lengua al hablar de ellos. Pero Rebecca no estaba dispuesta a comprometerse de nuevo en algo de esa naturaleza, en especial cuando sabía tan poco de Nigel Jennings.

—Puede que estemos de acuerdo en que Sarah actúe movida por sus propios intereses y no por los de la Corona —dijo, y añadió secamente—: pero ¿qué le motiva a usted?

Él pareció sorprendido, pero aquella reacción era fácil de fingir.

—¿De verdad quiere saberlo?

Ella asintió con la cabeza.

—Parece envuelto en un manto de misterio. Nadie parece saber nada de usted, salvo rumores. Así que me gustaría...

El hombre parecía estar divirtiéndose otra vez y la interrumpió de nuevo.

—¿Así que ha estado preguntando por mí?

—Por supuesto. Esperaba que usted estuviera aquí por orden de la reina. Quería tener más argumentos a mi favor para cuando mi madre hablara con el primer ministro, pues es posible que Sarah intente despedirme. Los Marshall no renuncian a nada sin luchar. Y si Sarah busca guerra, tendrá guerra.

Ahora no cabía duda de que la sorpresa de Nigel era genuina.

—Me ha dejado sin palabras, no le quepa duda. Y que me condenen si eso no ha sonado como una promesa y que vale la pena pensar en ello. Pero, mientras tanto...

—No hay mientras tanto que valga. Y no espere que crea todo lo que me ha dicho. Fue mi ingenuidad lo que me llevó anoche por el mal camino. Antes de que haga nada de lo que me ha dicho, por muy insignificante que sea, necesitaría pruebas de si en realidad está al servicio de la reina.

—¿Quiere que le dé pruebas de que soy su tío ilegítimo?

Rebecca arqueó una ceja dubitativamente.

—¿Aprovechándose de un rumor? ¡Al diablo con usted, señor! Pero no, no es eso lo que quiero.

Él se rio.

—*Touché*. ¿Creería a Rupert si él respondiera por mí?

Rebecca supo que disfrutaría de cualquier contacto con Rupert, pero sin saber muy bien por qué, negó con la cabeza.

—Aunque sé que él no puede estar involucrado en nada que perjudicara a nuestro país, no estoy tan segura de que usted le haya dicho la verdad.

Nigel sonrió, aunque ella sospechaba que su obstinación comenzaba a molestarle.

—Muy bien dicho. Ahora que está decidida a no volver a pecar de ingenua, me resulta todavía más útil. No puedo pedirle a la reina que haga un hueco en su apretada agenda para que hable con usted, en especial ahora que debe descansar más a menudo por su reciente embarazo, pero su marido sí tiene tiempo. ¿Creerá al príncipe Alberto si le asegura que soy un fiel servidor de nuestro país?

«Oh, Santo Dios, ¿el príncipe?»

—Desde luego —respondió de inmediato.

—Muy bien. Se lo mencionaré al príncipe antes de acudir a mi cita. Dele un par de días para encontrar la oportunidad de acercarse a usted sin levantar sospechas. En cuanto quede fuera de toda duda mi devoción a la Corona, manténgame informado de cualquier cosa extraña que observe en la corte.

A Rebecca le divirtió que él diera por hecho que ella le ayudaría en cuanto recibiera pruebas de que trabajaba para la Corona. Tampoco es que le importara. Él no le había pedido que hiciera nada que estuviera en contra de sus principios como había hecho Sarah.

—Pero no meta ninguna nota bajo mi puerta si yo no estoy dentro. Entréguela en mano. Parece que mi habitación está muy transitada últimamente —dijo Nigel con sequedad—. De hecho, Rupert podría ser nuestro intermediario, ya que se le ve con damas a todas horas del día... y de la noche, y puede que después de mi cita tenga que hacer un repentino viaje fuera del país.

Rebecca se sintió inmediatamente excitada ante aquel comentario sobre Rupert, pero intentó ocultarlo preguntando:

—¿Un viaje corto?

—A menudo es imposible saber cuánto tiempo estaré fuera de palacio.

Disponiéndose a marchar, él miró por detrás del árbol.

—Se han ido —dijo él con un suspiro—. Esperaba poder reunirme con Rupert a solas, y lo cierto es que no dispongo de tiempo para andar buscándole. —Sacó un sobre del bolsillo—. Quería darle esto. Quizá podría entregárselo usted misma ya que lo más probable es que vea a Rupert en alguna actividad social antes de que yo regrese.

Rebecca se rio entre dientes cuando Nigel se marchó. ¿De verdad pensaba que ella no se había dado cuenta de que eso no era más que una prueba? ¿De que no dudaría en preguntarle a Rupert si el sello estaba intacto cuando ella efectuase la entrega? Como si a Rebecca le importara lo que había escrito en aquella nota. Pero seguramente a Sarah sí le interesaría. Era una prueba. Pero si el señor Nigel Jennings era un espía —y ella estaba segura de que lo era—, entonces él no confiaba tanto en ella como le había dicho. Sin duda alguna quería una prueba de su honestidad igual que ella quería una prueba de la de él.

Y luego cayó en la cuenta de algo más y sonrió. Nigel acababa de darle no sólo una prueba, sino también una razón para ver a Rupert.

15

Rebecca abandonó temprano los aposentos de la duquesa para prepararse para la cena formal de esa noche. No vio a Rupert apoyado contra la pared del pasillo justo a la salida de las habitaciones cuando comenzó a andar a paso vivo en dirección opuesta. La joven no estaba de buen humor. Se había dicho que regresaba a su habitación temprano para que Flora tuviera tiempo de sobra para prepararlas a ella y a su compañera de habitación para esa noche, pero también quería saber dónde se había metido su compañera.

Cuando Elizabeth no regresó a los aposentos de la duquesa, Rebecca comenzó a sospechar que Rupert y ella habían ido a alguna parte donde pudieran estar solos... para hacer el amor. Pensarlo la había puesto de mal humor durante el resto de la tarde, y ahora lo que realmente quería averiguar era si Elizabeth se había pasado todo ese tiempo sola en la habitación que compartían y demostrarse a sí misma que había estado equivocada.

—Es usted una mujer difícil de encontrar.

Rebecca casi se tropezó con las faldas al oír la voz de Rupert y se volvió para ver que se ponía a caminar a su lado. Realmente tenía que dejar de reaccionar de esa manera ante él. Puede que ahora no se sintiera tan deslumbrada por su presencia, pero incluso después de haberlo visto y hablado con él más de una vez no podía evitar que siguiera sucediéndole lo mismo.

Y con respecto a su repentina aparición, se preguntó si él habría estado esperando junto a las habitaciones de la duquesa a que Elizabeth saliera. Puede que, después de todo, no hubiera pasado toda la tarde con ella. Al pensarlo Rebecca comenzó a sentirse de mejor humor.

Aun así, no se creyó ni por un momento que él la hubiera estado buscando.

—Tonterías —dijo mientras seguía avanzando por el pasillo—. Si de verdad quería hablar conmigo, sólo tenía que haber llamado a la puerta.

—No, eso estaba descartado.

—¿Por qué?

—Por la misma razón por la que no podíamos bailar más de un baile ayer por la noche. Daríamos que hablar.

Dudaba de que ésa fuera la razón. Cuando él mostraba su encanto, ¿quién podía prestar atención a otra cosa? Lo más probable es que no quisiera que Elizabeth estuviera al corriente de sus encuentros. Incluso puede que fuera por eso por lo que la joven había parecido tan disgustada antes. Podía haberle reprendido por haber bailado con Rebecca la noche anterior.

La joven dobló la esquina al final del pasillo. Él todavía continuaba allí, y la seguía al mismo paso. Rebecca comenzaba a sentirse un poco excitada por aquel encuentro.

—Entonces esto debe de ser otro interrogatorio. ¿O es ahora cuando me va a soltar esas funestas advertencias de las que me había hablado? —le dijo para contener su excitación.

En lugar de contestar, Rupert se detuvo bruscamente delante de ella. Rebecca no fue lo suficientemente rápida para detenerse a tiempo y chocó contra él, algo que él debía de haber sabido que ocurriría. Sorprendida, se apartó rápidamente. Rupert no intentó detenerla, sólo alargó el brazo para ponerla a un lado del pasillo, de espaldas a la pared. Luego apoyó la mano en la pared para que no se escabullera y siguiera su camino.

A Rebecca, aquella posición le recordaba tanto la postura en la que lo había visto con Elizabeth la noche anterior que supuso que era una de sus costumbres, atrapar a las mujeres para flirtear con ellas. La mayoría se mostraría encantada. Pero ella no.

—¿Es que no tienes nada más que decir? —dijo él con voz ronca, acercando tanto su rostro al de ella que Rebecca pudo sentir su cálido aliento en la mejilla. ¡Tenerlo tan cerca hacía que se le desbocara el corazón! Puede que no le molestara aquella posición después de todo.

—¿Se te ha comido la lengua el gato, Becca?

Rebecca se dio cuenta de que, probablemente, él estaba acostumbrado a que las mujeres se quedaran tan perplejas por su atrevimiento que no reaccionaban con la rapidez y la indignación que debían mostrar. Y ella no era una excepción. No se le ocurrió preguntarle cómo sabía su nombre cuando ella no se lo había dicho.

Lo único que pudo decir fue:

—No me llame así.

—Entonces ¿no eres Rebecca Marshall?

—Sí, pero usted y yo no nos conocemos lo suficiente para que me trate con tanta familiaridad.

Él se rio.

—¿Mostrándote ofendida otra vez, querida? Pensé que

habíamos dejado claro que jamás actúo siguiendo las normas del decoro. Es una pérdida de tiempo, ¿sabes?

—No, no lo es —protestó ella enérgicamente—. ¡Es así cómo se hacen las cosas!

—Sólo si quieres aburrirte... pero ¿puedes imaginarme haciendo algo aburrido?

¡Observar la etiqueta no lo convertía en un hombre aburrido! ¿Acaso él no se daba cuenta de que su mera presencia ya era de por sí excitante? Pero Rebecca se aferró a la excusa que él le daba. Rupert debía de creer que las mujeres esperaban que él se comportara de manera escandalosa debido a su reputación. O tal vez le gustaba sorprender a las mujeres porque le daba ventaja sobre ellas. Pero ella tenía que dejar de disculparle. Un granuja era un granuja y, en ese caso, ese comportamiento era natural en él.

—Usted no sería aburrido ni aunque lo intentara —se permitió admitir Rebecca.

A tenor de cómo él había agrandado sus ojos azul pálido, acababa de sorprenderlo. ¿Por qué? Oh, Dios mío, ¿acababa de hacerle un cumplido? La joven se sonrojó pero no creía que él lo hubiera notado gracias a las sombras que arrojaba su alta figura.

—¿Estamos manteniendo esta conversación por alguna razón en particular? —preguntó ella, esperando cambiar de tema.

Él le brindó una amplia sonrisa.

—No seas impaciente. ¿Es que no prefieres disfrutar de toda mi atención? Acabas de herir mis sentimientos.

Ella puso los ojos en blanco.

¡Excelente! Al menos eso compensaba el cumplido que le había hecho.

Rupert se inclinó hacia ella un poco más para añadir:

—¿Crees que realmente necesito una razón para hablar

con una mujer hermosa? Te aseguro que no es así. De hecho se me ocurrió que quizá podrías necesitar mi ayuda.

El que hubiera mencionado ayudarla hizo que Rebecca recordara a Nigel Jennings y lo que le había pedido. ¿Habría visto al final a Rupert y le habría informado de que debía ser su intermediario? ¡Tenía que darle aquella carta!

—Sí —dijo ella—, de hecho...

—Si vas a continuar haciendo recados para Sarah —la interrumpió él—, necesitarás a un amigo en la corte que te enseñe cómo distraer a conciencia. Habiendo admitido que no sabes cómo hacerlo, he decidido ofrecerte mi ayuda en ese aspecto.

Al observar que la mirada masculina se estaba volviendo decididamente sensual, Rebecca habría tenido que ser una estúpida para no darse cuenta de que él estaba a punto de besarla. Paralizada por la anticipación, no podría haber dicho nada en ese momento aunque quisiera. Ni siquiera se dio cuenta de que estaba perdiendo la oportunidad que él acababa de darle para negar que iba a hacer más recados para Sarah.

Y entonces él la besó, olvidándose de los criados que aparecían y desaparecían al final del pasillo. Rebecca ciertamente no pensó en ellos. Su beso fue mucho más de lo que ella esperaba; su tacto, su sabor fueron maravillosos descubrimientos. No la dejaban abrumada —bueno, sí que lo hacían—, pero le parecía que aquel beso era mucho más que una rendición voluntaria a la suave presión de la boca de Rupert cuando sus labios la acariciaron y encendieron todos sus sentidos.

En ese momento, Rebecca deseó que su madre le hubiera explicado más sobre los besos cuando finalmente habían hablado sobre las relaciones sexuales el año pasado. ¿Estaba realmente su cuerpo dispuesto a rendirse al de Rupert como él reclamaba cuando la estrechaba de esa manera entre sus brazos? ¿Se suponía que ella debía sentir lo que sentía y excitarse por ello?

—Eres asombrosamente encantadora —dijo él mientras le rozaba el rostro con la mejilla de una manera tan íntima que parecía una caricia.

Rebecca hubiera preferido no salir de ese aturdimiento sensual. Pero tenía que concentrarse en lo que él decía. No quería perderse ni una palabra.

Sin embargo, aquel comentario fue como un jarro de agua fría, pues no tenía ninguna duda de que él le había dicho esas mismas palabras a docenas de mujeres.

—No necesita utilizar sus típicos halagos conmigo, ¿sabe?

—Típicos, ¿eh? —Él se enderezó con una amplia sonrisa—. Es cierto que encuentro encantadoras a la mayoría de las mujeres, pero créeme, querida, rara vez me sorprenden. Tú, sin embargo, no has sido más que una sorpresa tras otra.

Rebecca no lograba imaginar cómo podía haberle sorprendido tanto, pero aquel comentario sonaba de lo más sincero. Aun así creía que él estaba diciéndole lo que ella quería oír. ¿Estaría esa actitud demasiado arraigada en él después de tantos años de flirteos? ¿Formaba parte de sus habilidades seductoras? Quería creerle, lo que tampoco la sorprendía del todo.

La atracción que sentía por él venía de muy lejos y era mucho más profunda que cualquier cosa que hubiera experimentado antes. No es que ella tuviera mucha experiencia con los hombres, pero sabía que con Rupert el más mínimo placer la excitaría de una manera desmedida.

—Ahora que tienes de nuevo la cabeza despejada, ¿quieres que continuemos con la lección?

¿La lección? Oh, Dios, se había olvidado por completo de que aquello había comenzado con una oferta de ayuda por parte de Rupert. Se sonrojó por haber pensado que tras aquel maravilloso beso había algo más. Pero Rupert todavía no había terminado.

—Tienes que ser capaz de hacer esto sin que se vea implicada ninguna emoción —le advirtió—. Así que creo que deberíamos practicar hasta que aprendas la lección y te vuelvas tan mundana que seas capaz de mantener un férreo control sobre tus emociones.

¿Era eso lo que le pasaba a él? ¿Era aquello sólo un mundano preludio de su manera de hacer el amor? Se sentía dolida e insultada, una poderosa combinación que la hizo reaccionar con rapidez.

—Háganos un favor a los dos y no me dé más lecciones. ¡Usted, señor, no es más que un canalla! —escupió ella antes de irse.

—No creerás en serio que eso puede mantenerme alejado, ¿verdad? —le gritó con una risa ahogada.

Ella no respondió, pero se dio la vuelta con rapidez y le lanzó el sobre que Nigel le había dado. Por desgracia no le golpeó con él y simplemente cayó a sus pies.

Él se rio todavía con más fuerza mientras recogía la nota sin ni siquiera mirarla y se la metía en el bolsillo.

—Si lo que querías era golpearme, querida, una bofetada hubiera sido mejor, ¿no crees? Pero quién sabe si no te habría sorprendido con mi reacción.

No pensaba preguntarle a qué se refería con eso. No era necesario. Rupert la había mirado con tal atrevimiento mientras lo decía que sobraban las preguntas. Y si bien él ya había recurrido a los gritos, ella no estaba dispuesta a hacer lo mismo. Dándose la vuelta, se alejó de él tan rápido como pudo.

Creyó haberle oído decir «cobarde», pero no podía asegurarlo.

16

Aunque la duquesa de Kent era una mujer vigorosa a pesar de su edad, la cena que daba en honor a una vieja y querida amiga resultó ser aburrida y sólo asistieron a ella sus damas de honor y algunas amigas. Aunque la mayoría de las mujeres presentes había nacido en Inglaterra, la duquesa ni siquiera trató de hablar en inglés. Así que para que la duquesa no se sintiera excluida, ninguna charlaba sobre nada más interesante que la moda y Rebecca se encontró pensando en los acontecimientos del día.

Al parecer, Elizabeth había regresado a su habitación mucho antes que ella y se había cambiado de ropa para la cena de la duquesa. Cuando Rebecca llegó, la joven ya salía y le lanzó una mirada fulminante mientras la empujaba al pasar por su lado. Rebecca había soltado un suspiro. ¿Tendría que comenzar a protegerse las espaldas o a preocuparse por compartir la cama con ella? Fuera lo que fuese lo que hubiese provocado la animosidad de Elizabeth hacia Rebecca se había intensificado con los celos que sentía por Rupert.

Después de que Elizabeth saliera de la estancia, Rebecca se volvió hacia Flora y le preguntó:

—¿Cuándo ha regresado?

—Menos de una hora después de que apareciera el caballero.

—¿Es que ha venido alguien preguntando por alguna de nosotras?

—No, al parecer se había equivocado de habitación, o al menos eso fue lo que dijo mientras retrocedía avergonzado. Pero no me extraña que se sorprendiera. Seguramente no había esperado encontrar a una doncella sentada en la habitación sin otra cosa que hacer.

—¿Me estás reprendiendo? Sabes de sobra que no tienes que quedarte en la habitación todo el día. Dudo mucho que tenga que cambiarme de ropa para el almuerzo. Sólo necesito que vengas por la mañana y por la tarde.

—Sé cuál es mi deber, y es estar disponible en caso de que me necesite, no quedarme sentada en mi apartamento sin hacer nada. Además, ver a ese hombre me ha alegrado el día. Jamás había visto a un tipo tan guapo. Aún seguía aquí sentada con la boca abierta mucho tiempo después de que él hubiera cerrado la puerta.

Rebecca se quedó pasmada. Sólo conocía a un hombre que respondiera a esa descripción.

—¿Tenía el pelo negro y largo, y los ojos de un azul muy pálido?

Flora soltó un grito ahogado.

—¿Lo conoce?

—Eso parece. Es Rupert St. John, sobrino de nuestro vecino más ilustre, el duque. Rupert y Elizabeth son... amigos.

—No puede ser —respondió Flora sin poder creerlo.

—Sí. Y hoy tenían una cita, así que debió de confundirse de lugar si vino aquí antes.

Lo que explicaría por qué él parecía haber llegado tarde a su cita con Elizabeth. ¿De verdad era posible que él hubiera cometido ese error tan tonto? Era probable. Él debía tener tantas citas al día que era normal que se olvidara del lugar de reunión.

—Pues no debió de salir bien —especuló Flora.

—¿Qué?

—La cita. Se veía que lady Elizabeth había estado llorando cuando regresó a la habitación. Aunque no dijo ni una palabra. Se limitó a sentarse en el taburete de la coqueta con los ojos llorosos.

Lo que no sorprendía a Rebecca, pues había visto a Elizabeth disgustada durante su cita con Rupert. De hecho cuando los había visto en el cenador, había pensado que Rupert y Elizabeth compartían malas noticias.

—Bueno, eso es asunto suyo, no nuestro —dijo Rebecca—. Y al parecer no estaba tan disgustada como para no lanzarme otra de sus miradas mortíferas al cruzarnos en la puerta. Y en cuanto a tu aburrimiento, mañana pensaba salir para comprar algunos libros. Yo también me aburro bastante en los aposentos de la duquesa, ¿sabes? Si quieres, podemos comprar libros para ti también, o quizá prefieras comprar artículos de labor, o cualquier otra cosa con la que pasar el tiempo.

Después de eso, Flora había dejado de quejarse pues igual que Rebecca estaba deseando hacer las compras. La única excitación que había habido en el palacio hasta ese momento había sido el baile de disfraces para el que Rebecca ni siquiera se había traído un disfraz y las intrigas de Nigel y Sarah. Por supuesto sólo llevaba allí unos días. Pero a pesar de que todo el mundo decía que no había un lugar mejor que la corte para iniciar la temporada, Rebecca no podía dejar de notar la definitiva escasez de jóvenes entre la gente que había conocido hasta el momento. Sólo a Rupert. En su opinión él era más que suficiente, pero aun así...

Se preguntó si su madre habría tenido en cuenta que la mayoría de los hombres que serían invitados a las fiestas de palacio serían oficiales de mediana edad y dignatarios todavía más viejos. Los solteros de oro probablemente ni se acercarían a Londres en temporada baja. ¿Tendría que esperar al invierno para conocerlos? ¿Los invitarían a palacio?

Rebecca abandonó la cena de la duquesa temprano, sintiéndose descontenta ante el rumbo que habían tomado sus pensamientos y su estado de ánimo. Nunca antes había tenido aquellos altibajos emocionales. No los había experimentado hasta conocer a Rupert y haber confirmado sin lugar a dudas lo canalla que era. Pero él suscitaba en ella una profunda excitación. Si no hubiera descubierto lo excitante que podía ser la vida cuando estaba a su lado, estaba segura de que no se sentiría tan infeliz.

Rebecca no pudo escapar de la cena sin ser vista. Bueno, podría haberlo hecho, pero no podía ignorar la presencia de Constance que estaba en el vestíbulo llorando. ¿Dos damas de honor disgustadas el mismo día? Rupert se había superado a sí mismo. Bueno, puede que no estuviera siendo justa. Todavía seguía enfadada con él por intentar añadirla a su larga lista de conquistas con su ridícula oferta de ayuda.

Evelyn le había contado a Rebecca que Constance había esperado tres años a que su prometido regresara al país, sólo para encontrarse con que él rompía el compromiso cuando finalmente volvió a casa. Si Constance parecía amargada en ocasiones, era por eso. Y también por ello era tan pesimista.

—¿Constance? —inquirió Rebecca.

Vio que había sorprendido a la joven que rápidamente se secó las mejillas con el revés de la manga.

—No es nada, de verdad.

—¿Te gustaría hablar de... nada?

Constance no le vio la gracia a la pregunta.

—No... sí. Sarah me ha vuelto a pedir que vaya a la ciudad mañana por la mañana. Y aún no he tenido respuesta de mi madre sobre si debería hacer o no este tipo de recados. Estaba aterrorizada la primera vez que fui. Nunca había estado sola antes en la ciudad, ¿sabes?

—Lleva a un lacayo contigo esta vez.

—Eso pensaba hacer, pero al mencionárselo a Sarah me dijo que no. No quiere que nadie más sepa que le entrego una nota a lord Alberton en Wigmore Street.

Rebecca contuvo la risa al ver la naturalidad con la que Constance le revelaba algo que Sarah quería que mantuviera en secreto. En su imaginación incluso veía a Sarah quejándose.

«¡Tendría que haberlo hecho yo misma!»

—¿Eso no está a unas cuantas manzanas al norte de New Bond?—preguntó Rebecca, recordando que su madre tenía una amiga que vivía allí cerca.

—No tengo ni idea.

—Yo creo que sí. Y mira por donde, mañana pensaba ir de compras a Bond Street. ¿Te gustaría venir conmigo?

—¿Podríamos pasar por Wigmore Street?

—Por supuesto. Y no dudes en pedirme que te acompañe a la ciudad si tienes que volver a hacerlo. Me gusta salir de palacio de vez en cuando. Además mi doncella nos acompañará.

Dios mío, pensó Rebecca, ¿no era pasmosa la facilidad con la que había decidido convertirse en la espía de Nigel Jennings?

17

A Rupert le agradó sobremanera que Rebecca Marshall fuera su nuevo objetivo en la investigación sobre las nuevas damas de la corte. Que ella representara un reto hacía que la tarea fuera mucho más agradable. Las demás damiselas habían sido demasiado fáciles. Evelyn era una joven encantadora que encontraba de lo más excitante las intrigas de Sarah. Constance era un tímido ratoncillo que haría exactamente lo que le ordenaran aunque despreciara a Sarah. Incluso podría trabajar de espía para ellos si la presionaban lo suficiente, tanto que revelara las maquinaciones de Sarah.

Elizabeth era casi divertida por lo fácil que resultaba averiguar lo que se traía entre manos y manipularla a su antojo. Pero se había convertido en una molestia, así que había tenido que poner fin a lo que ella había pensado que era un coqueteo. Se había mostrado demasiado insistente sobre querer llevárselo a la cama. Pero Rupert conocía a las de su clase. Si hubiera aceptado la invitación, no pasaría ni un mes antes de que ella le anunciara que tenían que casarse. Y él no estaba dispuesto a caer en esa trampa.

Tendría que advertir a Rebecca de que se mantuviera en guardia ahora que había bailado con él en el baile de disfraces. Elizabeth se había negado a creer que Rebecca no fuera la única responsable de que sus citas con ella no hubieran llegado a buen puerto. Sabía que Elizabeth tenía una veta cruel; se había jactado delante de él de la jugarreta que le había hecho a su anterior compañera de habitación, que había acabado en un escándalo y en la rápida marcha de ésta de la corte.

Lograr ver a Rebecca parecía ser ahora su único problema. A diferencia de las otras damas de honor a las que siempre había podido localizar en la cocina, paseando por los jardines, disfrutando de la galería de arte o cumpliendo los numerosos encargos de Sarah, Rebecca se pasaba la mañana parapetada en los aposentos de la duquesa. Esperar ante las puertas de los aposentos de la duquesa como había hecho el día anterior no era una buena idea. Había tenido suerte de que ella hubiera sido la primera en salir, pero lo más probable era que eso no volviera a ocurrir de nuevo. Y además, podía evitar salir sola si sospechaba que la estaba esperando. Sin embargo, no lamentaba haberlo hecho el día anterior. Incluso se había ido a la cama con una sonrisa en los labios al recordarlo.

La joven se había derretido entre sus brazos, lo que no era una sorpresa. Pero sí lo era que él hubiera disfrutado tanto con aquel beso. Cuando su deseo había irrumpido en todo su esplendor, Rupert casi no se lo había podido creer. ¡Se la estaba trabajando! Jamás perdía el control con un objetivo. El consejo que le había dado a ella de no permitir que las emociones se interpusieran mientras besaba a un hombre había sido también un recordatorio para sí mismo y la excusa perfecta para continuar con la lección. Pero ella se lo había tomado como un insulto. ¡Qué gracia! Lo más probable era que Rebecca hubiera deseado tener algo más contundente que arrojarle a la cara que aquel sobre, un sobre que contenía una hoja de papel con el sello de un nuevo sastre de Bond Street. ¿Qué diantres estaba haciendo ella con aquello en el bolsillo?

Estaba impaciente por verla de nuevo, y molesto por no poder hacerlo. Al parecer sólo tendría la oportunidad de verla en las fiestas nocturnas. No obstante, reconocía que su impaciencia era algo absolutamente personal, pues Nigel no estaba allí para presionarle para que terminara el trabajo lo antes posible. Había tenido que hacer un inesperado viaje a los Países Bajos. Uno de sus contactos le había advertido de que volvían a correr rumores de guerra en aquel lugar.

Los Países Bajos jamás habían aceptado que Bélgica firmara su independencia, y ésa no sería la primera vez que aquel país invadiera Bélgica para recuperarla. El tratado que habían firmado tras mucho batallar apenas tenía unos años y la reina Victoria estaba involucrada personalmente, ya que su querido tío Leopold se había convertido en rey de Bélgica cuando aquel país obtuvo la independencia. Nigel esperaba calmar las aguas, por así decirlo, antes de que el tratado se fuera al garete. Pero eso podía llevar semanas e incluso meses.

Con Nigel lejos de palacio y Rebecca fuera de su alcance la mayor parte del tiempo, Rupert había decidido visitar a su familia esa mañana. Desde que vivían con él, notaban cada vez más sus ausencias y cuando volvía a casa su madre no dejaba de preguntarle dónde se había metido. Lo más fácil sería achacarlo a su amante actual. Era la única excusa creíble que nunca fallaba.

131

Pero al salir de palacio le sorprendió ver a Rebecca subiéndose a un carruaje de alquiler. No la llamó. Corrió a los establos donde acababa de enviar a un lacayo a que recogiera su caballo. Tuvo suerte. Montó y no tuvo problemas en alcanzar el carruaje de Rebecca y seguirlo a una distancia prudencial. Cuando giraron en Old Bond Street, Rupert sonrió. Después de todo no era un recado de Sarah. Evidentemente era un viaje de compras y, ¡una dama podía pasarse todo el día comprando! Aquélla era la oportunidad perfecta para hablar con ella.

Más tarde concluyó que debía castigarse a sí mismo por ser igual de pésimo que Rebecca haciendo conjeturas. El carruaje no se detuvo como él había pensado. Avanzó por Old Bond Street hacia New Bond Street y pasó de largo las tiendas. Unas calles después, se internó en Wigmore, una calle en la que él jamás había estado. A mitad de camino, el carruaje se paró junto a la acera.

Rupert detuvo a su caballo detrás de un carruaje a varias casas de distancia. No había podido encontrar un lugar mejor para ocultarse, pero al menos si Rebecca miraba en esa dirección, no lo veía. No podía adivinar qué estaba haciendo ella allí, pues había un buen número de razones que nada tenían que ver con Sarah. Podría ser incluso que la familia de la joven fuera la propietaria de la casa en la que se había detenido. O, simplemente, podía estar visitando a una amiga.

Pero Rebecca no estaba sola como él había creído, y no fue ella la que se apeó del carruaje y llamó a la puerta. Fue la doncella con la que se había topado en la habitación que Rebecca compartía con Elizabeth cuando había dejado a ésta esperando en el jardín para poder registrar su dormitorio. Aunque al final no había podido registrar la habitación tal y como había querido, no se sintió del todo decepcionado pues, en realidad, no había esperado encontrar nada revelador en allí.

Pero aún era demasiado pronto para hacer conjeturas. Rebecca podía haber enviado a la doncella a la puerta sólo para que averiguara si había alguien en casa.

Un criado abrió la puerta, pero no invitó a pasar a la doncella. Unos minutos después, apareció el dueño de la casa, la doncella le entregó una nota, y luego regresó con rapidez al carruaje, mientras Rupert se sentía como si le hubieran dado un mazazo en la cabeza.

Conocía a aquel hombre, no personalmente pero sí de vista. Era el mismo lord Alberton que Nigel había investigado el año anterior después de que el joven Edward Oxford hubiera intentado asesinar a la reina mientras paseaba por Londres en su carruaje. El joven había sido acusado de alta traición, pero había sido declarado inocente a causa de la locura. Nigel, que era desconfiado por naturaleza, no había considerado aquel intento de asesinato como un acto impulsivo de un joven desquiciado, y había sospechado que había un complot detrás. Había investigado a todos los conocidos de Oxford.

Uno de esos conocidos era lord Alberton, que había sido visto hablando con el joven. Aunque Alberton había dicho que él sólo había estado censurando a Oxford porque éste había intentado bloquear su carruaje, Nigel tenía sus dudas, principalmente porque Alberton era un Tory que no estaba de acuerdo con la política de la reina en ese momento. Después de seis meses, Nigel había abandonado la investigación. Rupert se alegró de no haber recibido instrucciones de involucrarse. No le gustaba el trabajo duro que no conducía a ninguna parte, como en aquella investigación.

Pero sólo porque Nigel no había encontrado pruebas de una conspiración contra la reina, no quería decir que no la hubiera habido, sino que no había sido descubierta. Al parecer, Sarah estaba relacionada con ese hombre ya que le había enviado esa nota. Podría ser otro de sus planes secretos. O no. Después de todo, Alberton era soltero, así que Sarah podía estar interesada en él de manera romántica. De cualquier modo, tendría que informar a Nigel de aquello en cuanto éste regresara a palacio.

Maldita sea, Rupert no dudaba ahora de qué lado estaban las lealtades de Rebecca. Resultaba evidente que al final se había decantado por el bando de Sarah Wheeler y le sorprendió sentirse decepcionado al llegar a esa conclusión. Muy decepcionado.

18

La librería era pintoresca y estaba repleta de libros desordenados. No obstante, Rebecca seleccionó los volúmenes que le interesaban con rapidez. Flora, que no leía tan rápido como ella, tardó más tiempo en decidir qué libros comprar. Pero tampoco tenían prisa. Ni siquiera eran las once. Incluso llegarían a tiempo de almorzar en palacio. O quizá podrían comer en un restaurante cercano. Sería divertido. Al menos no tendrían que aguantar la cara larga de Elizabeth que sin duda alguna les quitaría el apetito.

A Constance no le interesaban los libros y había aceptado una taza de té del dueño de la tienda. Un hombre mayor y cordial que había mantenido una animada conversación sobre el palacio con la tímida chica cuando la joven había mencionado que eran damas de honor de la corte.

Al no querer tomar té, Rebecca se había desplazado hasta su siguiente parada, una tienda de telas, al otro lado de la calle. En el enorme establecimiento había toda clase de tejidos y también una pequeña sección de hilos. Tan pronto como Rebecca entró en la tienda, se oyó tintinear la campanilla de encima de la puerta indicando que alguien había entrado detrás de ella y la joven se vio empujada al interior.

Ante tal rudeza, la joven soltó un grito ahogado de indignación y se dio la vuelta para encontrarse a Rupert con una amplia sonrisa en su cara. Desde luego no había esperado toparse con él en Bond Street. La burbujeante excitación que su presencia despertaba en ella hizo acto de aparición. Pero al menos esa vez no se quedó deslumbrada al verlo. Cada vez le resultaba más fácil mirarle a la cara y no perder el hilo de sus pensamientos.

Y aun así, tardó un momento en darse cuenta de la apariencia de él. Iba vestido con una chaqueta de raso color borgoña y pantalones negros. La camisa blanca era normal, y los pantalones también, así como las botas y no llevaba corbata, pero aquella chaqueta estaba fuera de lugar a esa hora del día. Sin embargo, Rebecca estaba demasiado azorada para mencionarlo.

—Qué coincidencia —dijo él con desenfado.

La joven no creía en las coincidencias y sospechó que podía haberla seguido. ¿Por qué si no estaría él allí?

—¿Ha venido a comprar tela? —le respondió ella dirigiéndose a la sección de hilos de la tienda.

—No, he venido para hablar a solas contigo. Me agrada estar en tu compañía.

La respuesta la complació más de lo que habría querido, pero se sintió obligada a advertirle:

—No estoy sola.

—Ahora mismo sí.

Rebecca se detuvo delante de una mesa llena de latas con carretes de hilo de brillantes colores. Él se inclinó por encima del hombro de la joven para señalar una madeja de hilo color rosa.

—Ése es bonito.

Rebecca apenas oyó sus palabras. Lo único que podía hacer era sentir su cuerpo presionando contra su espalda e intentar controlar la nueva excitación que aquello le provocaba. El dependiente les sonrió desde el otro lado de la estancia. Al parecer había pensado que eran pareja pues habían llegado juntos, y consideraba normal que se acercaran tanto el uno al otro para examinar la mercancía.

O ésa era la excusa que Rebecca se dio a sí misma para no alejarse de Rupert. Sabía que era una debilidad. Sabía que debería haberlo apartado de inmediato. Pero, sencillamente, no quería romper el íntimo contacto, todavía no.

—Tienes unos ojos de lo más fascinantes, Becca. Demasiado oscuros y misteriosos para leer en ellos. El tono rosa los suavizaría un poco, ¿no crees?

¿Cómo se suponía que debía responder a eso cuando se había quedado sin habla? ¡Su corazón se había desbocado! ¡Incluso ahora sentía a Rupert apretándose contra sus nalgas!

—Si estuviéramos solos en este momento, creo que te levantaría las faldas.

Aquel escandaloso comentario que Rupert le susurró con voz ronca al oído la hizo inspirar con tal brusquedad que Rebecca casi se atragantó. Salió de su ensueño y recuperó el sentido común. Él había dado un paso atrás cuando ella tosió. Rebecca se dio la vuelta para fulminarle con la mirada cuando se encontró con una descarada y amplia sonrisa.

—¿Me arrojarías un carrete de hilo si te beso otra vez? —preguntó con un destello divertido en sus pálidos ojos azules.

Ahora lo entendía todo. Estaba tomándole el pelo. Sólo estaba bromeando con ella aunque de una manera seductora y escandalosa. Pero por lo menos no había tratado de seducirla en una tienda de telas. Su proximidad, sin embargo, seguía sin ser la correcta. ¿Estaría tan acostumbrado a flirtear con mujeres sofisticadas que se había olvidado de cómo seducir a jóvenes inocentes propensas a desmayarse ante tales insinuaciones indecentes? ¿O es que simplemente no hacía distinciones entre las mujeres sofisticadas y las más inocentes? Lo más probable es que fuera eso último. Después de todo era un vividor y un mujeriego. Pero ¿carecía realmente de escrúpulos? Tendría que reservarse el juicio en ese asunto.

—No habrá más besos. Ha sido un excelente maestro. Ya he aprobado esa asignatura —le advirtió en respuesta a su pregunta.

Él se rio, pero no tardó en replicar:

—Qué decepción. Pensé que me dirías que aún te queda mucho por aprender y que solicitarías mi guía. No voy ofreciendo mis enseñanzas así como así, ¿sabes?

Ella chasqueó la lengua.

—Por supuesto que sí. Es un hecho de sobra conocido.

Rebecca se volvió a la mesa de hilos. Mirar a Rupert directamente a los ojos no le ayudaba precisamente a aclararse los pensamientos. Y él aún no le había dicho qué estaba haciendo allí.

—Así que pasaba por aquí y me vio entrar, ¿no es así? —le preguntó como quien no quiere la cosa.

Él se puso a su lado. Demasiado cerca de ella. Ahora se tocaban sus brazos. Rupert fingió examinar los hilos durante un rato.

Luego le habló en el mismo tono despreocupado que Rebecca había usado.

—No, en realidad tenía que recoger un paquete calle abajo. Ésta es mi segunda parada del día. Acababa de realizar la primera cuando vi su carruaje en Wigmore Street e imaginé que íbamos en la misma dirección. Sabía que usted estaría por aquí. ¿Estaba visitando unos amigos en Wigmore?

Rebecca supo al instante que no había nada casual en esa pregunta. Santo Dios, estaba interrogándola de nuevo. Creía que ya habían pasado por eso y que habían aclarado las cosas. Molesta, optó por no satisfacer su curiosidad, sobre todo porque Nigel ya debía de haberle dicho a Rupert que había pedido su colaboración. Evidentemente, Nigel había confiado lo suficiente en ella para pedirle tal cosa, ¿por qué entonces Rupert no lo hacía?

—No tengo amigos en Londres, pero sí mi doncella —fue todo lo que dijo.

No era exactamente una mentira, aunque sospechaba que la excusa que le había dado él sobre por qué estaba en Wigmore Street sí lo era. Uno de los viejos amores de Flora se había mudado a Londres, así que su doncella sí podría haber visitado a alguien en la ciudad. ¿Podría Rupert rebatirle de alguna manera que la casa en la que se habían detenido ella y su doncella no pertenecía a uno de los amigos íntimos de Flora?

Antes de que él pudiera preguntarle nada más, fue ella la que lo interrogó:

—¿Qué hace exactamente para Nigel Jennings?

—Soy su sastre —contestó Rupert al instante.

—Eso no es cierto.

Rupert le brindó una descarada sonrisa.

—Quiero decir que él es mi sastre.

Ella le dirigió una mirada pensativa.

—Es interesante que mienta al respecto.

—¿Estás insinuando que miento?

—Las respuestas evasivas son una forma de engaño.

—Es interesante que lo veas de esa manera —le respondió él con sus propias palabras. Ella casi se rio.

Al parecer él no había respondido a su pregunta con más veracidad de lo que ella había contestado a la suya. Se sorprendió cuando no continuó preguntándole qué la había llevado hasta Wigmore Street. Tomando entre sus dedos un carrete de hilo blanco de seda, Rupert se limitó a decir:

—Llevaré esto en el bolsillo del chaleco por si te quedas sin ideas sobre en qué emplear tus agujas.

Rebecca no pudo evitar sonreír.

—¿De veras? Pero eso implica un regalo...

Él la interrumpió.

—Considéralo como un adelantado regalo de Navidad —dijo y esta vez sonó más serio.

—No acepto regalos de simples conocidos.

—Somos más que eso.

—No, no lo somos.

—Por supuesto que sí, ¿o es que tienes por costumbre andar besando a simples conocidos?

Ella lanzó un bufido.

—Fue usted quien me besó, no yo a usted.

Rupert volvió a sonreír ampliamente.

—Pero tú, Becca, participaste activamente. No te atrevas a negarlo.

Al final, Rupert había logrado hacerla sonrojar. Rebecca se preguntó si sus mejillas habrían adquirido un color tan brillante como el abrigo de él. Al recordar la extraña chaqueta que él llevaba puesta no pudo evitar preguntarle:

—¿Es costumbre en Londres disfrazarse a primera hora de la mañana?

—No que yo sepa. ¿Por qué lo preguntas?

Ella miró directamente la manga de aquella chaqueta de color tan brillante.

—¿Chaqueta de raso durante el día? ¿Acaso no sabe que hace décadas que la moda dandi está en desuso?

Rupert se rio ante su tono seco.

—No uses el plural, querida. Tampoco hace tanto tiempo. Pero me he puesto esta chaqueta en honor a mi madre.

—¿A su madre le gustan las chaquetas masculinas?

—¿Sabes? Creo que ella llegaría a usarlas si no provocara interminables comentarios en la sociedad, pero no. Me la he puesto porque a mi madre le irrita, más de lo que puedas imaginar que me ponga ropa de raso.

Ella arqueó una ceja.

—¿Y eso le complace?

—Por supuesto.

Rupert lo dijo con una sonrisa, así que no supo si estaba bromeando o no. Pero comprendió que él debía de volver a su casa si iba a ver a su madre aquel día. ¿Sería para siempre? Rebecca no pudo evitar sentirse decepcionada. ¿No volvería a verlo en palacio? No quería ni imaginar lo aburrido que sería aquel lugar sin su presencia. ¿Y cómo iba a ser entonces el intermediario de Nigel si no estaba en palacio? Sin duda alguna no esperaría que se reuniera con él en su casa de Londres.

Por lo general, no era tan atrevida, pero tenía que saberlo.

—¿Volveré a verlo en palacio?

—Tu preocupación me abruma. —Y curvó la boca en una pícara sonrisa.

Ella se irritó ante la conclusión a la que él había llegado.

—Sólo sentía curiosidad. Me ha dado la impresión de que volvía a su casa de manera definitiva. Quizás haya sacado una conclusión equivocada y en realidad no es usted un invitado de la corte.

—Por el momento lo soy, pero tampoco hace falta que sea un invitado para ir de visita... y veo que tú ya me echas de menos. Vamos, admítelo. —Rebecca puso los ojos en blanco mientras él continuaba bromeando, pero luego Rupert le aseguró en un tono ronco—: Sabes de sobra que tú y yo todavía no hemos terminado, Becca.

Sin duda alguna él se estaba refiriendo a su papel de intermediario entre Nigel y ella, pero Rebecca se sintió azorada de todas maneras al leer en sus palabras más de lo que él había dado a entender.

19

Los St. John siempre habían sido gente de ciudad según su larga y aristocrática historia familiar. El primer hogar de los St. John había estado en el casco antiguo de Londres, aunque había sido destruido por el fuego hacía siglos. Mucho tiempo después habían adquirido una propiedad en el campo, a las afueras de Plymouth, vinculada al título de Rochwood que habían obtenido siglos atrás, pero que jamás la habían utilizado hasta ahora. Según se había expandido Londres, los St. John se habían expandido con ella.

Rupert había heredado el título de marqués de Rochwood cuando su padre, Paul St. John, había muerto. Junto con el título había heredado también la casa familiar, una lujosa mansión situada en Arlington Street y construida por el abuelo paterno de Rupert. Aunque la fachada no difería demasiado de otras mansiones londinenses, por dentro se podía considerar extravagante.

Justo al norte del palacio y una manzana al este de Green Park, Arlington ya no era la calle tranquila que había sido en otros tiempos. Cuando Victoria había convertido Buckingham en la residencia oficial de la realeza, todas las calles colindantes con el palacio, incluso las más estrechas, se convirtieron en carreteras secundarias para aquellos ciudadanos que deseaban evitar las principales vías públicas congestionadas por los servicios de entrega a palacio. Los edificios, residenciales o comerciales, también estaban atestados, puesto que toda la zona se había revalorizado por la cercanía del palacio real.

Rupert llegó a su casa al mediodía, justo a tiempo de compartir el almuerzo con su madre y sus dos hermanos, si es que aún se encontraban allí. Siempre echaba de menos a su familia cuando permanecía demasiado tiempo lejos de casa por culpa de una de sus misiones, en particular extrañaba los divertidos intentos de su madre para meterlo en vereda, ya que solía comportarse de una manera muy teatral. En esa ocasión sólo había estado ausente unos pocos días, pero no dudaba de que su madre se quejaría igualmente.

Su hermano Avery, dos años menor que Rupert, ya no vivía con ellos. En cuanto alcanzó la mayoría de edad, había convencido a Rupert de que le cediera alguna de las muchas casas que los St. John tenían alquiladas en la ciudad, con la intención de transformarla en la residencia de un soltero y mantener una amante si era lo suficientemente afortunado de encontrar una. Rupert habría sido un hipócrita si le hubiera negado ese lujo, aunque una residencia de soltero no era algo que él hubiera querido para sí mismo. Demasiados dormitorios tenían las puertas abiertas para él, así que no necesitaba mantener a ninguna amante.

Su madre, por supuesto, había puesto objeciones a que Avery se trasladara. Había pensado que había tenido éxito con sus dos hijos menores en donde había fracasado con Rupert y, con la partida de Avery, le pareció como si el joven estuviera siguiendo los pasos de su hermano mayor. Pero el muchacho no tenía el talento natural de Rupert para el libertinaje. Se había sentido consternado cuando perdió sus primeras cincuenta libras en una mesa de juego, así que no había tardado en dejar los juegos de azar. Tenía pasión por las carreras de caballos, aunque no como jinete sino como propietario de caballos. Con frecuencia llevaba a su semental a las carreras y ganaba. Por otro lado, mantenía sus escarceos amorosos dentro de los dictámenes sociales. Había tenido unas cuantas amantes, pero aquellas aventuras nunca habían durado demasiado y jamás había llevado a ninguna de sus amantes a su casa. Mantenía esa parte de su vida en privado como la mayoría de los jóvenes de su esfera social.

Como Avery vivía bastante cerca de Arlington Street, todavía iba a almorzar y a cenar con su familia, aunque Rupert no sabía si hoy aparecería o no. El hermano más pequeño de Rupert, Owen, de dieciséis años, todavía vivía en la mansión, así que normalmente estaba allí. El más joven, e inesperado, hijo de Julie St. John había nacido el mismo año que falleció su padre, así que Owen no había conocido a su padre como sí lo habían hecho Rupert y Avery. Aunque era tan alto como sus dos hermanos mayores, Owen era el más tranquilo y estudioso de los tres.

Tan pronto como Rupert apareció en la puerta del comedor, su madre inquirió:

—¿Dónde te has metido?

Rupert se sentó frente a ella, le dirigió a Owen una sonrisa cómplice para advertirle de que la batalla estaba a punto de comenzar, y respondió:

—¿De verdad hace falta que te responda?

—¿Quién es ella? —disparó Julie.

—Nadie que quieras conocer.

Ella gruñó.

—¿Cuándo vas a dejar de perder el tiempo y a darme una nuera?

Él se rio.

—¿Qué fue lo último que te respondí a esa pregunta? ¿De veras esperas que haya cambiado cuando es tan divertido ser un seductor empedernido y llevar por el mal camino a vírgenes inocentes?

—¡Vírgenes inocentes! —exclamó su madre sin aliento.

Maldición, se había sorprendido incluso a sí mismo. ¿De dónde demonios había salido ese comentario? Como si no lo supiera. Había entrado en su casa con Rebecca todavía en la cabeza.

Pero antes de que pudiera retractarse, Julie le advirtió:

—Si no estuvieras bromeando, te dispararía yo misma antes de que lo hiciera algún padre indignado.

Su madre sólo se quejaba —y mucho— sobre su sórdida fama de mujeriego, tal y como ella lo veía. Tampoco es que estuviera realmente impaciente por que su hijo se casara y continuara el linaje de los St. John, no más de lo que él mismo lo estaba. Todo se haría a su debido tiempo. Sólo tenía veintiséis años después de todo, y ella tenía dos hijos más que podrían perpetuar el apellido familiar. Así que mientras él no rebasara los límites y no añadiera la seducción de jóvenes inocentes a sus fechorías sociales, se limitaría a mostrar su desaprobación con alguna que otra queja.

Julie Locke St. John era una mujer de cuarenta y cinco años que todavía conservaba su atractivo. Como todos los miembros de la familia Locke gozaba de una magnífica apariencia. Aunque Julie era rubia y tenía los ojos azules como la mayor parte de su familia, sus tres hijos se parecían a su padre y tenían los ojos azul pálido y el pelo negro de éste.

Era una mujer orgullosa y terca. Al morir su marido, no había regresado a la casa de su familia en Norford. Había decidido criar a sus hijos sola, y no había vuelto a casarse. Solía decir muy a menudo que había tenido muchísima suerte al casarse con Paul St. John pues lo había hecho con el hombre que amaba, y que esa clase de suerte no solía repetirse en la vida. Así que al igual que su hermano Preston, el duque de Norford, que había perdido a su esposa, Julie tampoco había buscado un nuevo esposo.

Pero eso le había dejado con un dilema: sus hijos de diez, ocho y un año no tendrían más modelo masculino que el de sus tutores, que no eran lo que ella tenía en mente. Ésa era la razón de que a menudo llevara a sus hijos a visitar a su hermano Preston.

Para ejercer el papel de padre y madre en las vidas de sus hijos, Julie había tenido que transformarse. El cambio había sido gradual, pero ¡su madre se había convertido en un auténtico intimidador con faldas! Aunque su padre jamás había sido brusco o mandón, Julie había ejercido su rol masculino de esa manera y lo dominaba con absoluta maestría. Aunque les daba a sus hijos todo su amor y su apoyo, su tono y sus modales eran los que ella creía que un hombre emplearía con sus hijos. Puede que su estilo hubiera sido algo cómico, pero nadie había tenido corazón para decírselo y Julie nunca dudó de que había hecho lo correcto.

Rupert había sido consciente de ello más que cualquier otro y quería a su madre todavía más por ello. Había hecho un enorme sacrificio por él y sus hermanos. Así que él se había asegurado de que ella jamás considerara que lo había hecho en vano. Siendo un rebelde mujeriego le daba un propósito a la vida de su madre y continuaría haciéndolo mientras pudiera, pues si ella no lo tenía a él para intimidarle y meterlo en vereda, estaba seguro de que perdería el norte.

Sus hermanos sabían que aquel escandaloso comportamiento del que hacía gala sólo era una treta por su parte, y que les calentaría las orejas si intentaban emularle. Para Rupert no suponía ningún problema ir contra los deseos de su madre. Si ella quería que se cortara el pelo, él lo llevaba largo. Si quería que vistiera discretamente, llevaba ropa extravagante... sólo por ella. Y si bien ella quería que se casara y sentara la cabeza, los dos sabían que no había prisa para que lo hiciera. Julie sólo quería que su hijo hiciera algo más en su vida que ir de fiesta en fiesta. No sabía absolutamente nada de su trabajo para la corona. Y tampoco sabía que había hecho algo más que sacar a flote las finanzas de la familia y que ya no estaban al borde de la quiebra como Julie suponía.

Uno de los antepasados de su padre se había dedicado al comercio y a otros asuntos financieros para recuperar la fortuna familiar que un marqués anterior había derrochado. Las generaciones siguientes de St. John jamás hablaban de él y desaprobaban que se hubiera ensuciado las manos dedicándose al comercio, así que no existían historias familiares sobre ese emprendedor tatarabuelo. Rupert llevaba su nombre, un nombre del que siempre se había sentido orgulloso, por lo que le había molestado bastante que Rebecca le hubiera dicho que el nombre no le sentaba bien.

Rupert consideraba absurdo el desprecio de sus parientes hacia su tatarabuelo. Aquel hombre debería haber sido considerado un héroe en vez de cargar con el título de oveja negra de la familia.

Más de una vez había pensado que era él quien cargaba ahora con ese honor. ¡Y su madre también lo pensaba!

—Puedes estar tranquila, mamá. La verdad es que estaba bromeando —le aseguró en ese momento.

—Pues ha sido una broma de muy mal gusto —dijo ella con el ceño fruncido—. Aunque si te digo la verdad, jamás te hubiera disparado.

—¡Me alegra saberlo! Pero lo cierto es que te preocupas demasiado.

—Como si tú me dejaras dormir tranquila —refunfuñó ella.

—Tonterías, sólo me he liado con la mitad de las mujeres de Londres. Además he oído que ya existe cura para la gonorrea.

—¡No existe tal cosa! —farfulló ella.

—¿No? ¿Estás segura? Dios, me quedaré devastado si un día de éstos descubro que tienes razón.

Owen soltó una carcajada mientras Julie lanzaba a su hijo menor una mirada reprobadora. Rupert esperó a que su madre volviera a prestarle atención y entonces le guiñó el ojo y le brindó una amplia sonrisa. Como siempre, el almuerzo continuó sin que ocurriera nada fuera de lo corriente.

Rupert disfrutó de la comida. Le encantaba gastarle bromas a su madre. Como no tenía necesidad de permanecer en palacio más tiempo ahora que había sacado sus conclusiones, a no ser para disfrutar de sus encuentros con Rebecca, le aseguró a su madre que volvería a casa en pocos días. Tendría que esperar a que Nigel regresara del extranjero para informar al hombre de sus progresos.

No le cabía duda de que Nigel se sentiría decepcionado al descubrir que ninguna de las nuevas damas de honor era una firme candidata a su bando, incluida Rebecca, pero Nigel se las apañaría como hacía siempre. Rupert había llegado a la conclusión de que Rebecca era la más peligrosa de todas pues sabía mentir a la perfección. Le había dado la oportunidad de aclararlo todo cuando le había preguntado qué había estado haciendo en Wigmore Street, pero ella había dejado pasar el tema. Y, a pesar de lo que le había advertido a Nigel, Rupert había cumplido con su trabajo.

Casi deseaba que Nigel le pidiera que investigara a Rebecca. Era la más guapa de todas las nuevas damas y también la más fascinante. Una tentadora combinación con la que jugar.

Aunque aparentaba ser una joven decorosa, Rupert comenzaba a sospechar que no era tan inocente como parecía. Eso se le había ocurrido tras haberla besado en el pasillo. Si bien después ella se había mostrado indignada —o había fingido indignarse—, había participado activamente en aquel beso, tanto que le había excitado bastante más de lo que él había parecido excitarla a ella. Y ese mismo día, en la tienda de telas, Rebecca no había protestado cuando se había acercado a ella y había presionado su cuerpo contra el suyo de una manera tan provocativa. Ciertamente, todo eso no la hacía parecer demasiado inocente, incluso parecían haberle gustado sus insinuaciones atrevidas.

Rebecca Marshall estaba resultando ser demasiado tentadora. En lo que a él concernía ya había sacado sus propias conclusiones y concluido la investigación sobre ella.

20

«No me cabe la menor duda de que te pedirán que cantes en cuanto descubran la espléndida voz que tienes. No seas tímida. Es uno de tus dones, estate orgullosa de compartirlo.»

Rebecca deseó no haber recordado las palabras de su madre cuando Constance y ella regresaron a las habitaciones de la duquesa después de su excursión a la ciudad, y Sarah les preguntó si alguna de las dos podía cantar algo ligero. La duquesa, al parecer, tenía dolor de cabeza y quería oír música suave que la ayudara a relajarse. Evelyn ya estaba tocando el violín. Constance se acercó al arpa para unirse a ella. Rebecca reconoció la canción y cantó algunos versos.

—¡Cantas de maravilla! —exclamó Sarah, pareciendo realmente encantada—. Me sentaré con la duquesa hasta que se sienta mejor. Te diré cuando debes detenerte o si se queda dormida.

Pero Sarah no regresó a la habitación, y Rebecca no

hizo más que cantar durante el resto de la tarde, por lo cual ahora tenía la voz ronca. Finalmente, una de las damas de cámara de la duquesa salió a agradecerles el entretenimiento y mencionó que la duquesa había abandonado sus aposentos hacía más o menos una hora para cenar con la reina. Las demás chicas se rieron por el hecho de que Sarah no se hubiera acordado de decírselo, pero Rebecca sabía que no había sido un olvido. Sarah era, sencillamente, una bruja.

Había una orquesta tocando esa tarde y habían invitado a todas las damas para disfrutar del acontecimiento. Rebecca había tenido música más que de sobra por ese día, pero no podía dejar de asistir, en especial cuando podría aparecer la familia real y el príncipe podía aprovechar la oportunidad de hablar con ella sobre Nigel Jennings.

No fue ése el caso. Habían sido invitados también un gran número de caballeros y la cena formal tuvo al menos ocho platos, ¡además de durar horas! Pero la familia real cenó en privado esa noche, lo suficientemente cerca para oír a la orquesta pero en un ambiente más íntimo. Nigel le había dicho que podrían pasar varios días antes de que el príncipe hablara con ella, algo que en un principio no había tenido demasiada importancia, pues Rebecca no había esperado encontrar tan pronto información interesante para Nigel. ¡Pero ahora la tenía!

Aunque la joven había decidido ayudar a Nigel, no le diría nada hasta que el príncipe diera fe de él. Sin embargo, sentía que podría confiar en Rupert con respecto a los asuntos de Estado. Después de todo, su tío era el duque de Norford. Al menos, Rupert, que parecía ser amigo de Nigel, sabría si la información que ella tenía era o no importante, y si debería llegar a oídos del propio Nigel.

Rebecca sabía que habría podido darle la información a

Rupert aquella mañana en Bond Street, pero se había sentido ofendida por su sutil interrogatorio. Además tenía que reconocer que se había sentido muy perturbada por culpa de su experimentado y seductor encanto. ¡Qué tonta había sido! Ahora tendría que buscar a Rupert.

Miró alrededor del enorme comedor otra vez. No había aparecido a la hora de la cena. ¿Habría regresado a palacio después de visitar a su familia? ¿Habría cambiado de idea y ya no regresaría? Comprendió que lo de ser un invitado «por el momento» como él había dicho, podía cambiar en cualquier momento.

Ahora estaba furiosa consigo misma por no haber resuelto el asunto cuando había tenido oportunidad de hacerlo. Decidió que de todas maneras aquello podría esperar a la mañana siguiente. Tendría que esperar, ¿no? Pero ¿y si eso era un error? ¿Y si Sarah había urdido algún tipo de plan inminente con lord Alberton y ella estaba perdiendo el tiempo? Ante tales posibilidades, Rebecca se fue poniendo cada vez más nerviosa durante la cena sin poder dejar de darle vueltas al asunto. Así que al ver al lacayo John Keets de guardia en el vestíbulo cuando regresaba a su habitación después de la cena, se acercó a preguntarle.

Él se sintió encantado de ayudarla. No, le había dicho el lacayo, el marqués no había abandonado el palacio. John se enorgullecía de saber ese tipo de cosas. Sí, podía indicarle el camino a la habitación de lord Rupert, pero no creía que ésa fuera una buena idea por no mencionar el escándalo que provocaría que la encontraran allí. Avergonzada de lo que debía estar pensando de ella al hacerle tal petición, le aseguró que no estaría allí demasiado tiempo, pero el lacayo le indicó que no creía que Rupert regresara a la habitación tan temprano. ¿Temprano? ¡Pero si eran las diez! ¿Sabía John algo que no debía decirle a una inocente dama de honor? ¿Estaría Rupert coqueteando con una mujer en algún lugar privado? Eso explicaría por qué no había estado en la cena cuando todavía era un invitado en palacio.

Le dijo a John que correría el riesgo, que se trataba de un asunto importante. Él le advirtió que no podría quedarse allí para escoltarla de vuelta. Rebecca le aseguró que de todas formas no era necesario, el palacio ya no le parecía un laberinto de pasillos. Podría encontrar el camino de vuelta sin dificultad.

Aun así, había una larga caminata hasta la habitación de Rupert. La luz que asomaba por debajo de la puerta indicaba que estaba allí, así que le agradeció a John su ayuda y llamó a la puerta en cuanto se marchó. No hubo respuesta. Volvió a llamar pero tampoco obtuvo respuesta. ¿Se habría quedado dormido Rupert con la lámpara encendida? Golpeó la puerta varias veces más, cada vez más fuerte. Se sentía sentía tan impaciente que tuvo el impulso de derribar la puerta a patadas. Rupert tenía que estar allí, durmiendo. Pero Rebecca no podía seguir aporreando la puerta. Cualquier criado o inquilino de las habitaciones adyacentes acabaría por oírla y no quería tener que explicar por qué estaba llamando a la puerta de un hombre a esas horas de la noche. ¡Maldito fuera! Pero al menos ahora sabía dónde podía encontrarle.

Se volvió, decepcionada por no haber podido resolver aquel asunto tan preocupante esa noche. Intentó ignorar su decepción por no haber visto a Rupert de nuevo, sobre todo cuando él le había dicho que no seguiría siendo un invitado de palacio mucho más tiempo. Pero también seguía preocupada por la importancia de su misión. Tal vez debía regresar más tarde... No, ésa no era buena idea. Le resultaría difícil abandonar su habitación una vez estuviera allí con su compañera. Meter una nota bajo la puerta de

Rupert tampoco era una opción. Nigel le había advertido que no dejara notas.

Había recorrido la mitad del pasillo cuando se dio media vuelta. ¡Ni siquiera había probado a abrir la puerta! Al menos debería intentarlo. Si él fuera de esas personas que dormían profundamente, unos cuantos golpes en la puerta no le despertarían y entendería por qué ella había entrado sin su permiso en su habitación. Sólo le llevaría unos instantes darle la información que había recabado sobre lord Alberton, luego podría acostarse con la mente tranquila, dejando todo el asunto en las manos de Rupert.

De nuevo ante la puerta de Rupert, Rebecca giró el picaporte. ¡La puerta estaba abierta! Al instante comprendió por qué Rupert no había oído sus golpes. ¡Aquella habitación era enorme! Incluso había un dormitorio aparte y, por debajo de esa puerta, no se veía luz alguna. Se acercó a ella y la golpeó cuatro veces antes de probar a girar el picaporte y abrirla. Allí dentro estaba oscuro, demasiado oscuro para ver la cama, pero no estaba dispuesta a irse sin saber si Rupert estaba o no allí. Cogió la única lámpara que había encendida en la estancia principal y la llevó hasta la puerta abierta, sólo para volver a sentirse decepcionada. La cama, al igual que la habitación, estaba vacía.

—¿Por qué será que no me sorprende encontrarte aquí? —dijo una voz sarcástica a su espalda—. Déjame adivinar, estás buscando una bufanda, ¿no?

21

Rebecca se dio la vuelta con tanta rapidez que la lámpara se tambaleó en su mano. Con un gesto rápido levantó la otra para no dejar caer la pantalla, demasiado nerviosa para darse cuenta de que podría haberse quemado. Pero consiguió sujetar la lámpara antes de que se le cayera al suelo y la depositó con rapidez encima de la mesa junto a la puerta.

Durante todo ese tiempo no apartó los ojos de Rupert que caminaba hacia ella, pareciendo tan intimidante como había soñado.

—Puedo explicarlo —se apresuró a decir ella, completamente ignorante de lo seductoramente ronca que sonaba su voz tras haberse pasado la tarde cantando.

Rupert parecía divertido ahora.

—¿Cuando las explicaciones ya no son necesarias? Es evidente que te has olvidado de la advertencia que te hice sobre qué pasaría si volvía a encontrarte en un lugar donde no debías estar. No dudo de que incluso cuentas con ello. Así que no es necesario que digas nada más, querida.

Rebecca no tenía ni idea de qué estaba hablando. El comentario que Rupert le había hecho la noche que la había descubierto en la habitación de Nigel no había sido más que una bravata... ¿verdad? «Si vuelvo a encontrarte en cualquier otro lugar donde no deberías estar, haré unas suposiciones más a mi gusto.»

La joven inspiró bruscamente. Ahora que lo conocía tan bien, se dio cuenta de que lo que Rupert le había dicho esa noche era algo de naturaleza sexual. ¿Estaría hablando en serio? ¿De verdad creía que Rebecca se había presentado en su habitación para alentarle?

Tenía que sacarle de su error.

—Se va a reír cuando le explique...

Rebecca no tuvo oportunidad de terminar la frase. Rupert le tomó la cara entre las manos y acercó sus labios a los de él. Y luego ocurrió de nuevo. Allí estaban aquellas asombrosas sensaciones que habían surgido en su interior la primera vez que la besó. Pero, oh Dios, aquello no podía compararse con lo que estaba sintiendo ahora, cuando él le inclinó la cabeza a un lado para darle un beso profundamente conmovedor.

Esta vez no era una lección. Rupert no estaba intentando engatusarla. La falta de control del hombre era lo suficientemente apasionada para hacerla arder. Por un largo momento, estuvo completamente abrumada y excitada por estar entre sus brazos otra vez.

—Jamás me río durante una seducción —dijo rodeándole la cintura con un brazo y alzándola tan firmemente contra él que los pies de Rebecca dejaron de tocar el suelo—. Después me reiré contigo todo lo que quieras, cariño, pero antes... me voy a tomar esto con mucha seriedad, ¿sabes?

¿Qué quería decir? ¿Cómo esperaba que entendiera nada con el corazón latiéndole alocadamente? ¿De veras estaba hablando en serio? Era ridículo. ¡No haría nada de eso! Rupert era demasiado despreocupado para andar tras una chica que no le tomaba en serio. Pero ¡se estaban moviendo! Con la boca apretada contra la de ella otra vez, la conducía lentamente al interior de aquel dormitorio oscuro.

Desesperada, apartó la boca de la de él, antes de que perdiera la fuerza de voluntad necesaria para detenerle.

—¡Te has hecho una idea equivocada! —dijo con voz entrecortada.

—Oh, no, no hay nada equivocado en esto. —Rupert le brindó una amplia sonrisa—. Esto no puede ser más correcto. Además, en mi descargo debo decir que no me es posible actuar con responsabilidad cuando intentan hacerme razonar con esa voz tan sensual. ¿Quieres que te diga lo sumamente excitante que me resulta tu voz, Becca? Aunque supongo que eso ya lo sabes.

Rebecca no había tenido intención de sonar jadeante y excitante. Si tenía la voz así era por haberse pasado la tarde cantando, ¿quién habría pensado que eso sería su perdición? Sintió que su espalda y sus piernas tropezaban contra algo... y no era una pared, ¡sino una cama! Levantó los brazos para impedir que Rupert acortara de nuevo la distancia entre ellos, pero él estaba demasiado cerca de ella para empujarle, y sus brazos terminaron rodeando el cuello de Rupert en vez de apartándolo.

—Espera —gimió ella antes de que los labios de Rupert volvieran a cubrir los suyos una vez más. A Rebecca se le olvidó lo que iba a decirle. Simplemente se olvidó de pensar...

Por primera vez, sentía la presión de un cuerpo masculino contra el suyo, lo que en sí mismo era un placer exquisito, aunque aquél no era un cuerpo varonil cualquiera. Quizá fuera por eso, por él, por su cuerpo, por su peso, por su boca reclamando apasionadamente la de ella por lo que desaparecieron los últimos vestigios de resistencia dejando que el placer tomara su lugar.

De repente, los sentidos de Rebecca parecieron más vivos que nunca. ¿O era sólo su propio deseo lo que la guiaba? Era demasiado inocente para estar segura de nada de lo que le ocurría a su cuerpo, pero era indiscutible lo bien que se sentía.

—Sabía que serías peligrosa, pero no sabía hasta qué punto —dijo Rupert rodando con ella a un lado de la cama para poder alcanzar los botones de su vestido—. Pero nunca jamás había sido tan delicioso rendirse.

¿Rupert se rendía? ¡¿Qué quería decir con eso?! Lo más probable es que él no supiera siquiera lo que decía. Él debía callarse y ella pensaba decírselo.

—¿Por qué no te callas?

Él se contradijo en su declaración anterior de tomarse aquello en serio al soltar una carcajada.

—Sí, ¿por qué no lo hago?

Las restricciones del vestido amarillo y sin hombros de la joven desaparecieron. Sintió que la prenda se aflojaba, pero no por mucho tiempo. Él la hizo rodar de nuevo sobre la cama y, de repente, el vestido desapareció. Luego Rupert volvió a besarla profundamente y la vergüenza que ella había comenzado a sentir se desvaneció.

Rebecca todavía sentía el frío de la habitación. No tanto como para encender la chimenea, pero sí el suficiente como para sentirse incómoda en ropa interior. No obstante, eso dejó de importarle cuando él movió la mano sobre sus pechos y le desató la camisola de una manera lenta y sensual. Con una caricia aquí y allá, un roce de dedos por el borde superior de la camisola, un beso en el hombro mientras le bajaba el tirante, una larga caricia en la cintura mientras le desataba las cintas que le aseguraban las enaguas... Y, durante todo ese rato, Rupert mantuvo la boca pegada a la de ella. Incluso si Rebecca hubiera llegado a pensar en protestar porque la estaba desvistiendo, el pensamiento hubiera sido demasiado fugaz para formarse por completo en su mente.

Pero lo que sí pensó, fue que le gustaría ver la piel de Rupert. Era un intercambio justo. Ahora que sus ojos se habían acostumbrado a la oscuridad y entraba luz suficiente a través de la puerta abierta podía verlo bien. Pero no podía expresar su deseo en voz alta.

Tiró del hombro de la chaqueta de Rupert hasta que él se percató de lo que ella quería y se la quitó. Luego tiró del hombro de la camisa. Él captó también ese mensaje. Mucho, mucho mejor. Pero él no se detuvo ahí, y ella no estaba preparada para verlo del todo.

El aire se le atascó en la garganta y ahí se quedó. De ninguna manera podía imaginárselo como un ángel ahora, pero como diablo era también magnífico. No era de extrañar que hiciera tantas conquistas. Un hermoso rostro y un cuerpo magnífico con aquel lustroso pelo negro cayéndole sobre los hombros, era tentación más que suficiente sin necesidad de que él dijera ni una sola palabra sensual, ni recurriera a expertas caricias. Era increíble lo tentador que era aquel hombre. Era imposible que cualquier mujer pudiera resistirse ante tanta estimulación visual.

Él se movió y se puso al alcance de las manos de Rebecca así que ella no tuvo que estirar el brazo para tocarle. En todas partes. Acarició el sedoso acero de sus brazos, el grueso cuello, los músculos poderosos y duros de su espalda, los

160

tendones flexibles de su pecho y no se percató de que él la observaba con contenido asombro.

Rebecca no podía imaginar la multitud de emociones que cruzaban por su rostro mientras le tocaba, ni cuánto excitaba a Rupert su fascinación. Con un gemido, él inclinó la cabeza y buscó de nuevo la boca femenina, penetrando con su lengua en el interior de la boca de la joven para un largo beso antes de, repentinamente, lamerle el pecho. Luego tomó el pezón en su boca y Rebecca soltó un largo gemido. Él era como un horno y su calor la envolvía.

Las enaguas desaparecieron, los calzones acabaron en el suelo y, de repente, ella tuvo más calor del que podía soportar cuando el cuerpo de Rupert cubrió el suyo y penetró en el de ella. Él capturó el grito de Rebecca en su boca. La joven sabía qué había pasado, se había olvidado de esperar el dolor, algo que, probablemente, fuera lo mejor.

Sin ninguna anticipación que la hiciera tensarse, la incomodidad fue mínima y demasiado breve para interferir en otras sensaciones que pedían paso en su interior. Él podría haberse quedado quieto cuando ella gritó de dolor, pero ahora estaba profundamente enterrado en ella, tocando el lugar más sensible de su cuerpo. Ni siquiera tuvo que moverse para que Rebecca palpitara en torno a él cuando llegó al clímax, y que gimiera ante aquel inmenso placer, hizo que también Rupert alcanzara su éxtasis.

Fue el momento más sublime. Oh, cómo deseó Rebecca haber podido quedarse así para siempre.

22

—Evitaste que me muriera de vergüenza en mi primer día en palacio —dijo Rebecca con timidez—, cuando me dijiste que no había ningún baile de disfraces esa noche. Elizabeth me había convencido de lo contrario. Jamás llegué a darte las gracias por ello.

Yacía entre los brazos de Rupert y una fina colcha drapeada les cubría las piernas entrelazadas. Rupert se había tendido a su lado y la abrazaba con fuerza, algo que le gustaba tanto como las tiernas caricias que le prodigaba. A la joven no le apetecía nada poner fin al abrazo, pero sabía que tenía que regresar pronto a su habitación.

—¿Eras tú? —respondió él—. Sí, cómo no. Debería haberme acordado del sombrero.

Y así de fácil, la ternura había desaparecido. Por culpa del sombrero. Debía de haber recordado la segunda vez que se lo había visto puesto, en la habitación de Nigel. Rebecca pensaba que él ya había superado sus recelos, pero al parecer no era así.

Rupert dejó de acariciarla. No la apartó, pero ella tenía la clara sensación de que le hubiera gustado hacerlo y soltó un suspiro. Se había comportado de una manera escandalosa. Se había dejado seducir por un canalla. Era algo que tendría que haber previsto y no haberse puesto en una situación tan comprometedora, pero no lo lamentaba. Sin embargo, tenía que marcharse ya, antes de que él echara a perder lo que, para ella, había sido la experiencia más maravillosa de su vida.

Se incorporó y comenzó a sacar las piernas fuera de la cama, pero no pudo hacerlo. Curiosamente, la cama estaba situada en un rincón de la habitación. No se había dado cuenta antes, porque estaba de cara a Rupert. Pero ahora se encontró con que una sólida pared le bloqueaba la salida dejándola con dos opciones: gatear lentamente hacia los pies de la cama o pasar por encima de él. ¿Había puesto él la cama de esa manera para impedir que sus conquistas se marcharan antes de que él estuviera dispuesto a dejarlas marchar?

Claro que no. No podía ser tan tonta. La cama, sin duda, ya debía estar en aquel rincón cuando él se había trasladado a la suite y simplemente no se había molestado en moverla.

Habiendo perdido el calor del cuerpo de Rupert, un repentino frío le recordó que estaba semidesnuda. Tenía la camisola enrollada en la cintura. Sintiendo una vergüenza tardía, se la subió. También tenía la enagua enrollada hasta la cintura, y con las cintas desatadas se le caería en cuanto se pusiera en pie, así que corrigió la situación antes de comenzar a gatear hacia los pies de la cama. Al menos su peinado todavía estaba en su lugar gracias a la pericia de Flora. Sólo tendría que ajustar un poco las horquillas para que nada llamase la atención.

—¿Prescindiendo de tu ventaja? —oyó que decía Rupert a sus espaldas—. Qué decepción.

Pero no sonaba decepcionado en absoluto, sino más bien sarcástico. ¿Por qué estaba siendo tan desagradable después de lo que habían compartido? Era Rebecca quien debía mostrarse indignada por que él le hubiera hecho el amor en vez de escucharla. Pero ¿cómo podía enfadarse ante algo tan bello que todavía la hacía sentir un brillante burbujeo en su interior?

No dijo nada hasta que estuvo en pie, después de agarrar con rapidez su vestido del suelo y pasárselo por la cabeza.

—No sé lo que quieres decir, pero casi siempre dices cosas que no tienen demasiado sentido para mí.

—Estás mascullando.

Ella suspiró y se apartó el vestido de la cara. Luego retomó su comentario anterior.

—¿Qué ventaja? —dijo mientras metía los brazos en las mangas de tres cuartos.

—Tus pechos desnudos, por supuesto. Como si no lo supieras. Una preciosa distracción.

Supuso que él estaba siendo el pícaro que acostumbraba ser. Pero Rebecca hubiera agradecido un poco más de tacto por su parte debido al estado emocional en que se encontraba. A pesar de todas sus emociones positivas, no todos los días, perdía una su virginidad con un canalla... ¡Santo Dios, era de eso de lo que John Keets había intentado advertirla! Si alguien lo descubría, no sólo acabaría perdiendo su puesto en la corte, ¡sería su perdición! Aplastó con rapidez el miedo que crecía en su interior. Nadie iba a enterarse de eso y de hecho, quién sabía si aquello no conduciría a algo incluso más maravilloso...

Le dirigió una tímida sonrisa, pero fue un error volver a mirarle. Estaba tendido de cara a ella, apoyado en un codo, con el pecho ancho y desnudo completamente a la vista mientras el resto del cuerpo estaba cubierto por una delgada sábana. Santo Dios, ¿acaso no sabía que con aquel largo y duro cuerpo, aquella cara perfecta y el pelo negro que le caía eróticamente sobre los hombros era un festín para los ojos?

—¡Detente! —espetó—. Ah, ya veo, así que prefieres utilizar una ventaja mejor.

Rebecca parpadeó. Otro comentario ambiguo más que la hizo perder la paciencia.

—¿Y para qué iba a necesitar tal ventaja? —preguntó con genuina confusión.

—¿Para qué? Mmm, supongo que consideras que con un gran sacrificio por la causa ya es suficiente. Me deja impresionado tu sentido del deber. Dime, ¿comienza ella a sentirse desesperada ahora que Nigel está fuera del país? ¿Aún no ha logrado averiguar qué está tramando?

—¿Ella?

—No juegues conmigo, Becca. No va contigo. Sabes de sobra que hablamos de Sarah.

Rebecca inspiró bruscamente, comenzando a comprender.

—No lo sabía. Tú eres el que estás haciendo suposiciones ridículas esta noche. ¿Se trata acaso de otra ridícula prueba? ¿Es eso? ¿O es que estás buscando una excusa para aplacar tu culpa?

Él soltó un bufido.

—¿Culpa? Tomé lo que me ofreciste. Te di la oportunidad de marcharte, pero no lo hiciste. No pensarás que habría intentado detenerte, ¿verdad?

—Vine a traerte información —dijo ella, cada vez más indignada—. No podía irme sin dártela, y luego ¡no me dejaste hablar!

—¿Acaso te amordacé?

—¡Sabes de sobra que no hiciste más que interrumpirme!

—Tonterías. Te han enviado a sonsacarme información por cualquier medio a tu alcance. ¿De verdad creíste que era tan estúpido como para no darme cuenta?

Su tono burlón hirió a Rebecca que reaccionó con rapidez.

—¡No, sólo eres medio estúpido! Nigel me dijo que eras el único en el que confiaba para ser nuestro intermediario. Es por eso por lo que...

Rupert la interrumpió.

—Nigel no me ha dicho nada de eso. Sabe muy bien que no me fío de ninguna mujer.

¡Rebecca no se lo podía creer! Pero el escepticismo de Rupert la había puesto tan furiosa que sólo quería salir de allí de una vez. Indignada, miró a su alrededor buscando una última prenda que se negaba a dejar atrás.

—¿Buscas esto? —Sonrió él burlonamente.

Rupert estaba haciendo girar sus calzones en un dedo. Se los arrancó de la mano con un grito ahogado y se dio la vuelta para ponérselos. Oír que él chasqueaba la lengua a sus espaldas porque le estaba negando la vista de sus piernas desnudas sólo la enfureció más. Rebecca estaba a medio camino de la puerta cuando se dio cuenta de que tenía el vestido desabrochado y que necesitaba ayuda para abrochárselo.

Apretando los dientes, volvió a la cama y se sentó junto a él.

—¡Abróchamelo! —le dijo furiosa.

Él no se hizo el tonto. ¿Cómo podría hacerlo cuando ella le mostraba la espalda desnuda?

Rupert suspiró.

—Supongo que debo hacerlo —dijo incorporándose.

Le llevó diez veces más abrocharle el vestido que desabrochárselo. Rebecca no dudaba que lo había hecho a propósito y, cuando terminó, le plantó un beso suave en la piel desnuda del hombro. Aquello fue el colmo.

Rebecca se puso en pie de golpe y se volvió hacia él.

—¿Cómo has podido convertir esto en un campo de batalla? Sabes de sobra que he aceptado ayudar a Nigel. ¿Acaso no te di su nota?

—¿Qué nota?

—Después de que me besaras en el pasillo. —Como él todavía parecía confuso, le gritó—: ¡La que te tiré!

Ahora no parecía confundido. De hecho, parecía enfadado.

—No cuela, cariño, pero eso no era nada que Nigel me hubiera enviado.

—¿No lo era? Pues bien, fuera lo que fuese, me pidió que te lo diera.

—Me parece bastante inverosímil. Pero estoy seguro de que se te puede ocurrir una historia más creíble.

—¿Te das cuenta de que me estás llamando mentirosa?

—¿Acaso no lo eres? Una mentirosa, una ladrona y supongo que ahora debo añadir... una tentadora seductora. ¿Cómo demonios has conseguido desarrollar esas cualidades sin dejar de ser virgen?

Rebecca no podía dar crédito a lo que oía. ¿Pensaba todo eso de ella y aun así le había hecho el amor? Qué canalla tan despreciable.

Con una mirada falsamente aduladora le dijo:

—Voy a decirte esto sólo porque siento que debo hacerlo. Nigel me aseguró que el príncipe en persona respondería por él. Pensé que lo haría esta noche, pero no lo ha hecho. Y, como entretanto he averiguado la clase de información que le interesa a Nigel, he pensado que no debería comunicársela sin antes hablar con el príncipe. Pero, por alguna estúpida razón que no logro comprender, confiaba en que al menos tú no fueras contra los intereses de nuestro país. Además, Nigel me dijo que podía informarte sobre cualquier cosa extraña que averiguara. Así que vine aquí para decirte lo que había descubierto y que tú decidieras si requería una atención inmediata o si por el contrario no tenía importancia.

—¿De qué información hablas?

—Esta mañana enviaron a lady Constance a la ciudad para que entregara una nota de Sarah. A la chica le preocupaba tener que aventurarse de nuevo en Londres sola, así que ignoró la advertencia de Sarah de mantener el encargo en secreto y me lo contó todo. Si no hubiera hecho tanto hincapié en que guardara el secreto, no le habría dado ninguna importancia. Pero de cualquier manera, no podía dejarla ir sola a la ciudad cuando estaba tan alterada, así que me ofrecí a acompañarla. Y es por eso por lo que he venido aquí esta noche. A contarte que la nota era para lord Alberton y el interés que Sarah tenía en él.

Rupert no pareció ni sorprendido ni preocupado, y la razón quedó clara cuando dijo:

—Creo que una joven tan inteligente como tú adivinaría que yo lo había averiguado todo desde el momento en que vi tu carruaje delante de la casa. Sin embargo, tengo que felicitarte. Realmente ésa habría sido una espléndida excusa y además muy creíble, salvo por un pequeño detalle. Yo ya te había preguntado qué estabas haciendo en Wigmore Street y me diste una respuesta diferente. ¿O admites que me mentiste esta mañana cuando me dijiste que tu doncella estaba visitando a un amigo?

—Sólo dije que ella tenía amigos en la ciudad, no que los tuviera en esa calle en particular.

—Lo diste a entender.

—¡Me estabas interrogando otra vez! —le espetó Rebecca—. Me sentí indignada.

—A ver si lo he entendido bien. Esta mañana me mentiste en vez de aprovechar la oportunidad perfecta para entregarme la información porque consideraste que un arrebato de indignación tenía prioridad sobre algo que ahora estimas lo suficientemente importante para justificar tu intrusión en mis habitaciones. ¿Lo he resumido bien, querida?

—No, pero esto sí lo resumirá bien. Después del horrible trato que me has dado, me desentiendo de todo. No pienso ayudar a nadie más, y menos a alguien que se supone que es mi amigo. Puedes decírselo a Nigel o dejar una nota en tu propia puerta si quieres. Buenas noches, sir Canalla —concluyó mordazmente—. Te has ganado el título con creces.

Se dirigió a la puerta, pero al menos tuvo la suficiente presencia de ánimo de recordar su anterior preocupación de provocar un escándalo, y miró a ambos lados del pasillo para asegurarse de que estaba vacío antes de salir corriendo. Rupert no intentó detenerla. Absorta en sus fieros pensamientos, acabó perdiéndose después de todo y terminó subiendo una enorme escalinata que conducía a los aposentos reales. Dos lacayos la orientaron de nuevo y, tras memorizar la dirección correcta, llegó sin problemas a su habitación. Los ronquidos de Elizabeth no le molestaron. Estaba tan absorta en sus heridos y feroces sentimientos por lo ocurrido esa noche que el palacio bien podría haberse venido abajo sin que ella se diera cuenta.

23

Rebecca nunca llegó a recobrarse de su último encuentro con Rupert St. John. Las semanas pasaron, pero el dolor y la rabia que había experimentado esa noche hicieron mella en ella. Nada pudo hacer que lo olvidara.

Sin embargo, asistir al teatro con la duquesa y su séquito fue la mejor distracción que había tenido hasta el momento. Rebecca la había disfrutado de verdad. Conocer finalmente a la joven reina también había sido excitante, pero demasiado breve. Había pocos entretenimientos en palacio ahora que Victoria estaba a punto de dar a luz. Las escasas palabras del príncipe Alberto que aseguraban la fidelidad de Nigel Jennings a la Corona habían llegado demasiado tarde.

A Rebecca ya no le importaba que la devoción de Nigel a su reina y a su país fuera extraordinaria e intachable. Jamás volvería a ponerse en el brete de que la llamaran mentirosa o ladrona. Así que cerraba los ojos y hacía oídos sordos a cualquier intriga que lady Sarah tramara a su alrededor. Sencillamente, no le importaba nada.

Aquellos días tan largos y aburridos le dejaban mucho tiempo libre para pensar en todos los insultos que se le ocurrían para Rupert. Rebecca había conseguido eludirlo en numerosas ocasiones durante las fiestas nocturnas de palacio. ¿Por qué no había hecho lo mismo esa noche antes de consentir caer en tal infortunio?

Se había guardado las lágrimas para sí misma, pero no había sido capaz de contener su imprevisible temperamento que la había hecho avergonzarse en más de una ocasión. Ya no toleraba el carácter iracundo de Elizabeth, que había culminado en una algarabía de gritos de la que Rebecca se enorgullecía de no haber formado parte. Pero al menos había tenido un resultado positivo. Elizabeth se había enfurecido tanto, que había hecho el equipaje y había abandonado la habitación. Aunque no dejaba de ser una pena que no se hubiera ido también de palacio.

Rebecca sabía que no podía culpar a Rupert de todos sus cambios de humor... bueno, podía; había otro asunto más importante y que era imposible ignorar por más tiempo.

Necesitaba el consejo de su madre, pero para eso tendría que ir a casa. Y el problema era que también necesitaba el consejo de su madre sobre si debía ir o no a casa a pedirle consejo. ¡Qué lío! Necesitaba un consejo para pedir otro. Pero al final llegó a la conclusión de que tenía que volver a casa, aunque tardó tres días más en abordar el tema con su doncella, la única persona de palacio a la que podía confiar tan delicado asunto.

Esperó a estar sentada en el tocador y a que Flora se pusiera detrás de ella para peinarla. Aunque se negó a mirar el reflejo de su doncella en el espejo. Ya tenía las mejillas coloradas, pero era de esperar por la vergüenza que sentía.

—Si no te importa, me gustaría comentar algo contigo, Flora.

—¿Sobre el bebé?.

Rebecca levantó la mirada de golpe para ver que la doncella arqueaba una ceja mientras clavaba sus ojos en ella a través del espejo.

—¿Cómo lo has sabido?

Flora soltó un bufido y volvió a su tarea de peinarla.

—¿No soy yo quien se encarga de usted? ¿Pensó que no me daría cuenta de que había vomitado en el bacín porque su estómago no es capaz de retener nada? ¿Cuando me ha pedido que llegue más tarde por la mañana para que no sea testigo de ello? Aun así las pruebas siguen ahí.

Rebecca tenía unas náuseas horribles. Incluso había tenido que salir corriendo de los aposentos de la duquesa en varias ocasiones y encontrar un lugar aislado donde poder vomitar el desayuno. Pero por lo menos aquel mal matutino no la acosaba en horas posteriores.

—Pensé que eran las criadas las que se encargaban de eso —dijo con una mueca.

Flora bufó de nuevo.

—Nunca he dejado que esas presumidas doncellas de palacio entraran aquí para limpiar su habitación. Es mi trabajo.

—Si ya lo habías imaginado, ¿cómo es que no has dicho nada?

—Usted no estaba preparada aún para hablar de ello —dijo Flora encogiéndose de hombros—. Ahora sí.

Rebecca suspiró.

—No podía retrasarlo más. Han pasado tres semanas desde que hice...

Le costaba mucho decir que había hecho el amor, pero Flora la entendió y concluyó la frase por ella.

—Y cinco semanas desde su último período —añadió la doncella.

—Sí. Así que ya sabes por qué no puedo seguir esperando más tiempo. Lo cierto es que comenzará a notarse dentro de un mes más o menos.

—Hay mujeres a las que no se les nota hasta el último mes de embarazo.

—Y hay otras que tampoco tienen náuseas. Pero yo no soy tan afortunada. Esperaba que tú pudieras aconsejarme qué hacer. ¿Se lo digo a mi madre y busco una solución con ella, o se lo digo al padre del bebé?

—¿Le gusta el padre lo suficiente para casarse con él? No importa, si lo ha dejado es que...

—No quiero hablar de eso, por favor. Fue una estupidez. Y no, no quiero casarme con él. Si hay algo de lo que estoy segura es de que él sería un marido terrible. Sin embargo, no sé qué clase de padre sería.

—Bueno, sin duda alguna se dará cuenta de que las opciones de su madre para resolver el dilema son muy limitadas. Puede comprarle un marido, algo que, por otra parte, puede permitirse el lujo de hacer, o encontrar una buena casa para el bebé.

—No puedo soportar la idea de entregar mi bebé a unos desconocidos —dijo Rebecca al instante.

—Entonces...

—Y tampoco soporto la idea de comprar un marido.

Flora puso los ojos en blanco.

—Si ya ha decidido dejar que sea el padre quien se encargue de esto, ¿para qué me pide consejo?

—Yo no he decidido nada.

En su imaginación, el Ángel aparecía ahora sin brillo, sin posibilidad de redención, sin una sola cualidad honorable. Después de todo era, simplemente, un canalla. ¿Y ése era el padre de su hijo?

—De hecho —continuó—, ojalá no volviera a verlo en mi

vida. Sin embargo, esperaba que tú pudieras pensar en alguna otra alternativa.

—Podría irse muy lejos, no sólo para tener al bebé, sino para evitar habladurías. Váyase al extranjero, hágase pasar por viuda. Quizá su madre se ofrezca a acompañarla.

Rebecca no había pensado en ello y tampoco quería pensarlo ahora. Sería un cambio muy drástico en sus vidas. ¿Cómo podría sugerirle eso a su madre cuando Lilly había vivido en Norford toda su vida? Todos sus amigos estaban allí, y era feliz con sus actividades sociales. Pero no tenía ninguna duda de que Lilly cerraría su casa y seguiría a Rebecca si la joven optaba por ese plan. Lilly la amaba incondicionalmente. Pero la culpa no dejaría vivir a Rebecca si consentía trastocar la vida de su madre de esa manera.

Ninguna de sus opciones era demasiado atrayente, pero qué podía esperar después de haber tomado el camino equivocado. Rebecca había hecho lo único que era absolutamente imperdonable a los ojos de los demás, por eso no podía dejar que se enterara nadie.

—No puedo hacerle eso a mi madre —dijo Rebecca—. De verdad que no puedo.

Flora pasó el peine por el pelo de Rebecca unas cuantas veces más antes de decir con aire pensativo:

—Debería decírselo a su caballero... Porque es un caballero, ¿no?

—Es aristócrata de nacimiento, sí.

—¿Hay alguna diferencia?

—En su caso, definitivamente sí.

Rebecca lo dijo con tal amargura que Flora se apresuró a preguntarle:

—¿De quién se trata?

Rebecca no tenía ninguna razón para mantener la identidad en secreto, al menos ante su doncella.

—Es el amigo de Elizabeth que entró por equivocación en esta habitación hace unas semanas y te dejó tan embelesada.

—Así que lady Elizabeth no fue la única que... Oh, Dios mío. ¡Becca! Cásese con él.

—No.

—¿Por qué no?

—Porque, probablemente, es el hombre más mujeriego que ha pisado la faz de la tierra. Las mujeres caen rendidas a sus pies por culpa de su extraordinaria apariencia y él se aprovecha de ello, ¡seduciéndolas!

—¿A todas?

—A todas las que son tan tontas como yo.

Flora suspiró y palmeó el hombro de Rebecca en un gesto compasivo.

—Ahora lo entiendo mucho mejor. Un hombre con ese físico puede derribar todas las defensas de una mujer, en especial si lo intenta.

—Sus habilidades no importan. La situación en la que me ha dejado, sí.

—Hay otra opción, lo sabe.

—Por eso tenemos esta conversación, para hablar de todas las opciones. ¿Qué más opciones tengo?

—Bueno, no es la más idónea, pero si de verdad no quiere casarse con él...

—Eso ya lo hemos dejado claro.

—Y si no quiere comprar un marido, irse al extranjero o dar el bebé a unos desconocidos...

—¿Sí?

—Déselo a él en su lugar. Realmente no sería el primer caballero en aceptar su responsabilidad y criar a su bastardo. Es probable que él prefiera esa alternativa al matrimonio si es tan tarambana como usted dice. Y usted podría convertirse en una «amiga» de la familia y visitar a su hijo de vez en cuando, aunque...

—¿Qué?

—No estoy segura de que, después de todo, sea una buena idea. Si se encariña demasiado con el bebé, podría acabar siendo muy doloroso para usted. ¿Y cómo impedir que se involucre su corazón cuando se trata de su propio hijo? De cualquier manera, tiene que decírselo, y debería hacerlo antes de volver a su casa. Si no lo hace usted, lo hará su madre, y no creo que ella se muestre demasiado encantada al respecto. Estoy segura de que le echará la culpa de todo a él. Es probable que le exija que se case con usted. Así que si no quiere llegar a esa situación, hable usted con él. Incluso podría ocurrírsele alguna otra alternativa en la que no hayamos caído.

24

Encontrar a Rupert no resultó tan sencillo como Rebecca había previsto. Aunque le había visto brevemente en un par de fiestas en palacio después de aquella desafortunada noche, había oído que ya no residía allí. Ni siquiera lo había visto en las celebraciones posteriores al nacimiento del nuevo príncipe cuando la reina dio a luz a primeros de noviembre a quien se convertiría en el nuevo heredero al trono.

Pero sabía que Rupert vivía en Londres, aunque no supiera exactamente dónde y no conocía a nadie en esa ciudad a quien poder preguntarle. Probó interrogando a los cocheros de los carruajes de alquiler, esperando que alguno de ellos supiera dónde vivía el marqués de Rochwood. Pero no tuvo suerte. Le pidió a otro que le llevara a algún sitio donde pudiera consultar una guía de direcciones de la nobleza, pero el cochero le dijo que eso sólo podría encontrarlo en algunos clubs de caballeros, y que ni él ni ella podrían entrar en esos establecimientos.

Podría haberle preguntado a Nigel Jennings, pero no lo

había visto desde que le había dado la nota que debía entregar a Rupert, y tampoco quería hablar con él. Además, Rupert debía de haberle dicho que no se podía confiar en ella, y quizás eso explicara por qué Nigel no se había puesto en contacto con Rebecca de nuevo.

Por fin, le contó a Flora sus dificultades y, una hora más tarde, la doncella regresó con la dirección. John Keets de nuevo. ¡Qué hombre tan increíble!

Rebecca decidió esperar al día siguiente para ir a casa de Rupert. De esa manera podría salir temprano para llegar antes de que él comenzara con sus actividades diarias. Debería haberle dicho a Flora que ese día acudiera a palacio un poco más temprano y la acompañara, pero realmente no necesitaba a una chaperona cuando sólo iba a ir a la casa de Rupert y luego regresaría directamente a palacio; incluso esperaba estar de vuelta antes de que se produjeran sus náuseas matutinas.

Por lo pronto, Arlington Street estaba mucho más cerca de palacio de lo que había previsto. Lo más probable es que pudiera mantener la temida conversación con Rupert antes de sentirse mareada. Pero cuando bajó del carruaje de alquiler y se acercó a la mansión, volvió a sentirse nerviosa. Sin embargo, intentó resolver ese problema pensando en todas las razones que tenía para estar furiosa con él. Y funcionó. Estaba muy enfadada cuando la puerta se abrió delante de ella, pero unos momentos después sólo la embargaba la consternación.

El mayordomo le informó de que el marqués no estaba en casa. De hecho, ni siquiera estaba en el país. Lo mejor sería que regresara al cabo de unas semanas, había dicho. Puede que para entonces él ya hubiera vuelto de Francia, aunque lo dudaba, pues su barco el *Merhammer*, había partido esa misma mañana.

Pero luego Rebecca había sentido un pequeño rayo de esperanza en medio de la desesperación. ¿Realmente habría zarpado ya el barco o el mayordomo creía que lo había hecho? En cualquier caso, tendría que ir al puerto y averiguar en qué muelle se encontraba el *Merhammer*. Regresó apresuradamente al carruaje de alquiler y le informó al cochero de su nuevo destino. Esperar el regreso de Rupert durante varias semanas era impensable. No tenía tiempo que perder. Si había partido, tendría que enviar a alguien detrás de él de inmediato, quizás ese mismo día. Tal vez podría convencer a John Keets para que se tomara unas pequeñas vacaciones...

—¿Qué demonios estás haciendo aquí?

—Yo también me alegro de verte —respondió Rebecca lacónicamente antes de volverse hacia el joven marinero de cubierta para darle las gracias por conducirla al camarote de Rupert.

Rebecca había experimentado toda clase de preocupaciones en su carrera hacia los muelles. Aunque habría sido mucho peor no haber averiguado en qué muelle estaba anclado el *Merhammer*. Al ver que el *Merhammer* no había zarpado todavía, su nerviosismo desapareció. Bueno, no del todo. De hecho había vomitado en el Támesis antes de subir al barco.

Había sido muy bochornoso, pero ninguno de los marineros que lo presenciaron había comentado nada al respecto. Probablemente estaban acostumbrados a ver situaciones parecidas todos los días debidas al hediondo olor que había en esa parte del río.

Rebecca apenas podía creer en su buena suerte. El barco no había partido en cuanto subió la marea porque parte del cargamento había llegado tarde. Sin embargo, zarparía tan pronto como subieran la última carga, así que le advirtieron de que no se demorara en su visita.

Con eso en mente, Rebecca entró en el camarote de Rupert y le dijo:

—Puede que quieras cancelar el viaje.

Rebecca no le miró a la cara. Llevaba casi seis semanas sin verle y no quería correr el riesgo de caer presa de aquel viejo embeleso que solía sentir en su presencia.

—¿De veras? Supongo que debería preguntar por qué, pero ya que no tiendo a creer nada de lo que me dices, prefiero contener mi deseo.

Rupert había cerrado la puerta. Se había apoyado en ella y cruzado los brazos sobre el pecho. Iba vestido con unos pantalones de ante y una chaqueta marrón oscuro, y llevaba una camisa blanca abierta en el cuello. ¿Había sonado divertido ante la sugerencia de la joven? Le sorprendió lo rápido que Rupert podía despertar su ira, pero al menos así podía mirarlo de frente y no sentirse demasiado alterada por su deslumbrante belleza.

—Estupendo —dijo ella con rigidez—. Cuanto antes aceptes o no esta decisión, antes podré irme. Después de todo, tú sólo eres un nombre más en mi lista, y ni siquiera fue idea mía ponerte en ella. Fue idea de...

—Becca, déjalo ya —la interrumpió él con sequedad, su tono divertido había desaparecido—. Ya he oído suficiente para reconocer que has dado rienda suelta a tus tácticas de confusión. Pero te advierto que se me ha agotado la paciencia. Dime lo que sea, o lárgate. Son las únicas opciones que tienes ahora mismo.

Ella le fulminó con la mirada.

—¿También tratas a tu familia de esta manera abominable?

A tenor de su expresión, parecía que había cogido desprevenido a Rupert.

—¿Mi familia? ¿Qué tiene que ver mi familia con todo esto? No importa. Eso no es asunto tuyo.

—En realidad, lo es. Y si no puedes contestarme a una pregunta tan sencilla no tengo nada más que decirte.

—Bien —dijo él con tono satisfecho, empezando a abrir la puerta para que se fuera.

Ella inspiró bruscamente. ¡Rupert hablaba en serio! Quería que se fuera sin averiguar qué la había traído hasta allí. ¿De verdad había pensado que podría volver a tratar con él cuando la había hecho sentirse tan sucia después de que hubieran hecho el amor? Hasta ese momento, no se le había ocurrido pensar que él podía tratar por igual a todas las mujeres que seducía y a las que luego descartaba. Al principio era todo dulzura y encanto para luego convertirse en el más abyecto canalla. Desde luego era una manera efectiva de conseguir que ninguna mujer quisiera volver a tener nada que ver con él nunca más.

Ni siquiera se merecía una última réplica. No pudo evitar mirarle con desprecio mientras pasaba por su lado hacia la puerta. Rebecca ya había subido la mitad de la escalerilla que conducía a la cubierta cuando él la cogió en brazos bruscamente y la arrastró de nuevo al camarote. Incluso cerró la puerta de golpe antes de soltarla.

—Tienes dos minutos para explicarte —gruñó Rupert.

—Y tú tienes dos segundos para apartarte de la puerta y dejarme salir —replicó ella con rapidez.

—¿O qué? —Ahora la sonrisa de Rupert sí que era burlona—. ¿De verdad crees que puedes pasar por encima de mí?

La absoluta confianza de él inclinó finalmente la balanza. En un arranque de rabia Rebecca se abalanzó contra él para clavarle las uñas. El beso que él le dio en cambio los sorprendió tanto a los dos que tardaron diez segundos en darse cuenta de que aquello no debía estar ocurriendo y se apartaron el uno del otro al mismo tiempo. Rebecca estaba jadeante y horrorizada ante su tardía reacción. No vaciló sin embargo, al limpiarse el sabor de él de los labios.

Los pálidos ojos azules de Rupert estaban clavados en ella con pasión.

—Eso duele, desde luego.

—Ahórrame tus comentarios sarcásticos y hazte a un lado. El asunto que vine a tratar contigo ya no te incumbe, es cosa mía, y te agradezco que me ayudaras a verlo de esa manera. Como ves, ya no tenemos nada más que decirnos.

Él se pasó la mano furiosamente por el pelo.

—Supongo que sabes que ésa es una de las tácticas más viejas del mundo, ¿no? Incluso yo mismo la he usado en varias ocasiones. Santo Dios, Sarah te ha tomado bajo su protección, ¿verdad? Te ha enseñado personalmente todo lo que sabe sobre la duplicidad, ¿no? Antes eras buena, pero ahora, definitivamente, eres una experta.

—Maldita sea Sarah. Y maldito seas tú también. Pero que me condenen si dejo a mi hijo bajo tu cuidado —gritó Rebecca furiosa—. Por eso he venido, para averiguar si querías criar tú al bebé en vez de cederlo a unos desconocidos. Pero ésa no es mi única opción. Mi madre podrá comprarme un marido aceptable y así no tendré que renunciar a él de ninguna manera. En cualquier caso, tu respuesta no me interesa lo más mínimo. Me aconsejaron que te lo dijera antes de informar a mi madre de mi estado, ya que, probablemente, su primera reacción será exigir que te cases conmigo, algo que, estarás de acuerdo conmigo, está totalmente fuera de cuestión.

—Bravo. Realmente has llegado a dominar con maestría tu talento natural para la manipulación. Dios, casi me convences. Ha sido como verme a mí mismo en acción. Totalmente fascinante hasta que mencionaste el matrimonio y la pifiaste. Nunca dejes ver cuáles son tus verdaderas intenciones, cariño. Tienes que hacer creer a tu objetivo que todo ha sido idea de él, de lo contrario no funciona.

Llegados a ese punto, Rebecca casi se rio. ¿De verdad creía Rupert que había montado aquella escena sólo para que él le propusiera matrimonio? No podía estar más equivocado, pero no pensaba malgastar saliva intentando convencerle de lo contrario.

—Adiós, St. John —le dijo con todo el desprecio que pudo reunir, y se dirigió hacia la puerta de nuevo.

Pero el barco escogió ese horrible momento para mecerse enérgicamente en el agua, haciendo que Rebecca se balanceara con él. Aquel brusco movimiento no mejoró el delicado estado de la joven. Agrandando los ojos con temor, Rebecca comenzó a sufrir arcadas.

25

Ante la remota posibilidad de que Rebecca estuviera realmente a punto de vomitar en el suelo, Rupert corrió a buscar el bacín vacío y se lo puso en las manos. No era la primera vez que había visto a alguien marearse en un barco antes incluso de que éste zarpara, aunque sabía que en ese caso ya habían salido de puerto. Su pequeño camarote no tenía ventanas, pero Rupert ya había hecho suficientes viajes por mar para reconocer las señales.

Todavía no podía creerse que Rebecca estuviera allí. Ni que su primer pensamiento al verla fuera que Nigel la había enviado. Pero es que su jefe había hecho mucho hincapié en que una «esposa» simplificaría considerablemente su misión actual, e incluso había pensado pasar un par de días en Francia tratando de encontrar una moza adecuada para que se hiciera pasar por su mujer.

Pero había sido una locura creer que habían enviado a Rebecca para esa misión. Nigel sabía que Rupert pensaba que ella era una intrigante manipuladora. Lo había dejado bien claro en el condenatorio informe que le había enviado a Nigel cuando éste regresó a Londres. Rupert había ido a ver a su superior después de que hubiera leído el informe.

—Bueno, chico, me alegra ver que Rebecca Marshall te dio mi nota del sastre —le había dicho Nigel—. Ya es hora de que te hagas chaquetas nuevas.

Eso podría ser algo que le dijera su madre, no Nigel, y Rupert se mostró horrorizado ante la reacción displicente de su superior con respecto al informe.

—Pero ¿has leído mi informe?

—Por supuesto y creo que le has dado demasiado importancia al asunto. Investigaré de nuevo a lord Alberton, pero dudo mucho que Rebecca nade entre dos aguas. La puse a prueba con la nota que te dio. También le dije que te utilizara como intermediario entre nosotros, pues ya sospechaba entonces que tendría que ausentarme de palacio durante algún tiempo, así que no te ha mentido.

—¿Te das cuenta de que haciendo eso le has dado la oportunidad de despistarnos?

—Sólo si estuviera espiando para Sarah, pero, sinceramente, no creo que sea ése el caso. Mi instinto me dice que es alguien de fiar. En realidad me cae bien esa joven.

Rupert había soltado un bufido.

—Es muy buena, Nigel. Te ha engañado completamente.

—No estoy de acuerdo. Si su comportamiento te parece extraño, quizá se deba a que simplemente se pone nerviosa cuando está contigo. ¿No te has dado cuenta del efecto que tienes en las mujeres?

—Esto es diferente —había insistido Rupert.

En respuesta, Nigel había arqueado el ceño inquisitivamente.

—Jamás te había visto reaccionar de esta manera. Me

pregunto por qué. Y por qué con esa joven en particular. No te sentirás atraído por ella, ¿verdad?

Aquello ni siquiera merecía una respuesta. Lo único que Rupert no había mencionado en su informe era el lugar que Rebecca había escogido para entregar la información sobre lord Alberton —la habitación de Rupert a altas horas de la noche— y lo que había pasado entonces. Había estado a punto de mencionárselo en aquella reunión, pero se había mordido la lengua. Algunos detalles eran demasiado íntimos para andar compartiéndolos con nadie. Pero al callárselos, no había podido explicarle a su superior por qué se había formado un juicio tan radical con respecto a Rebecca.

Rupert sabía que lo había engañado. Pero nunca más. Le había dicho a Nigel que estaba harto de las intrigas palaciegas y lo había dicho en serio. Se lo había dejado muy claro al añadir en tono categórico que si volvía a recibir órdenes para realizar una tarea tan trivial, sus servicios en la corte terminarían... para siempre. Lo que podía explicar por qué Nigel no se hubiera puesto en contacto con él hasta el momento.

Rupert todavía estaba furioso por aquella aventura con Rebecca y por lo fácilmente que ella lo había manipulado. Se había involucrado emocionalmente con aquella joven y gracias a eso ella había podido emplear sus trucos con él. Y encima tenía la desfachatez de intentar manipularlo otra vez. ¿Había sido ése su plan desde el principio, conseguir que le propusiera matrimonio?

Pues de momento no se creía que hubiera ningún bebé. De ser así, ella se lo habría dicho antes, y no habría esperado a que el barco estuviera a punto de zarpar. Pero sabía que en una cosa no le había mentido. La madre de Rebecca exigiría que se casara con su hija.

Rupert suspiró. No podía apartar los ojos de Rebecca.

Tenía que resistir el impulso de ponerle la mano en el hombro, tenía que aplastar cualquier simpatía que sintiera por ella. ¡Era una farsante! Y haría bien en no olvidarlo.

—Qué desagradable. ¿Se supone que eso demuestra que estás embarazada de mí? —le dijo secamente cuando le pareció que Rebecca había terminado de vomitar.

—Veo que sigues siendo un bruto insensible —dijo ella, secándose la boca con un paño—. Ha sido por el balanceo del barco. Aunque es cierto que tengo náuseas matutinas, pensé que me había librado de ellas después de subir a bordo. Aunque el olor del río ya me había hecho vomitar antes.

Rupert tenía que reconocerle una cosa a Rebecca: sonaba plausible y coherente. Si no estuviera tan seguro de que mentía, hubiera sido condenadamente fácil creerla; por eso era tan buena. Tratar con esa joven había sido todo un reto, y no podía negar que había disfrutado con ello, hasta que ella había ganado. Y por eso estaba furioso consigo mismo. Rebecca se había aprovechado de lo único que él no podía controlar... su deseo por ella.

Todavía la deseaba. Podía lamentarlo, pero no podía negarlo. Era la primera mujer que conocía que fuera más experta que él en el arte de la seducción.

—Te pido disculpas —dijo ella, dejando el bacín en su sitio—. No esperaba que ocurriera esto. Pero ya me marcho. En realidad no tenemos nada más de que hablar.

Él arqueó una ceja.

—Vuelves a impresionarme. ¿Caminar sobre las aguas es otra de tus asombrosas habilidades?

Rebecca agrandó los ojos por un instante, pero luego lo miró con escepticismo.

—Eso no ha tenido gracia.

—Tienes razón, no la tiene, en especial porque éste es el único camarote disponible del barco. Ya sabes que no es un buque de pasajeros. El capitán deja libre este camarote sólo para emergencias y pide una cantidad exorbitante de dinero al que quiere usarlo. Me temo que fui yo mismo quien le dio esa idea la primera vez que lo alquilé, cuando tuve que hacer un viaje rápido al extranjero.

—No creo ni una palabra de lo que dices —le respondió ella malhumorada mientras se dirigía a la puerta—. No sé por qué tratas de entretenerme ni me importa, pero no funcionará. Adiós.

Rupert se arrellanó en el sencillo sillón de la estancia a esperar su regreso. Era un sillón cómodo. Al menos, el capitán había incluido las comodidades mínimas que un aristócrata podía esperar al pagar tan exorbitante precio. La cama tenía un tamaño decente y aunque las sábanas no eran tan suaves como las que acostumbraba a usar, estaban limpias. Incluso había una pequeña mesa redonda y una silla clavadas al suelo donde poder cenar en caso de que la travesía por el Canal fuera más movida de lo usual.

Rebecca estaba enfurecida cuando regresó, a tenor de la mirada fulminante que le dirigió.

—¡Es inaceptable! ¡Dejé un carruaje de alquiler en el muelle y todavía no había pagado al cochero! Le dije que no tardaría.

Rupert se encogió de hombros con indiferencia.

—Deberías haberle pagado.

—¿Para que se fuera al instante y yo no pudiera regresar a palacio? Quería asegurarme de que me esperaba...

—Ésa es la menor de tus preocupaciones, Becca, ya que no puedes salir de aquí.

—¡Lo sé! Mi doncella se va a volver loca de preocupación cuando no regrese a palacio. ¡No tendrá más remedio que avisar a mi madre!

Él no pudo evitar sentir una punzada de incomodidad.

Jamás había tenido que tratar antes con una madre indignada que no fuera la suya. Pero al mismo tiempo, aquella punzada le advertía que comenzaba a creerse la actuación de Rebecca, así que volvió a su anterior escepticismo.

—Estoy seguro de que tendrás una buena excusa para haberte quedado atrapada en un barco en el que, para empezar, no deberías de estar.

—¿Sabes qué, Rupert? —respondió ella con mordacidad—. Le das un nuevo significado a la palabra «espeso».

—Supongo que me explicarás por qué piensas eso —dijo él con un suspiro.

Para su decepción, ella lo hizo.

—Me preocupa cómo se sentirá mi madre cuanto se entere de mi desaparición. Se angustiará mucho. Soy su hija, su única hija, toda la familia que tiene. ¡Tienes que conseguir que el barco dé la vuelta!

Rupert tuvo la sensación de que ella hablaba en serio, así que intentó no reírse. Bueno, lo intentó... y fracasó.

—Estoy seguro de que el «barco» no atenderá a razones. Créeme, estoy seguro de que no lo hará.

—¡Sabes de sobra lo que quiero decir! —le gritó ella.

Por supuesto que lo sabía, pero su respuesta seguía siendo la misma.

—El capitán tampoco atenderá razones, querida. Si quieres informarle de tu presencia en el barco, estate preparada para pagarle un buen pico. Pero no esperes un viaje de vuelta hasta que no descargue el cargamento. Éste es un barco mercante. El cargamento es lo primero, los pasajeros lo segundo y con mucha diferencia.

—¡Compraré la carga!

—A menos que hayas traído dinero contigo, lo dudo mucho. ¿No te había mencionado que el capitán es un bastardo codicioso? Me ha cobrado cincuenta libras por el viaje de ida. ¿No te parece disparatado? Pero a él le da igual alquilar o no el camarote. Su carga, sin embargo, es su alma.

A Rebecca se le hundieron los hombros y le tembló el labio inferior. Parecía a punto de llorar, lo que hizo que Rupert se levantara disparado del sillón.

—¡Ni se te ocurra intentar hacerme sentir culpable por algo que tú has provocado! Puede que tenga que cargar contigo, pero no pienso tolerar ninguna escenita.

Rupert salió en tromba del camarote, decidido a hablar con el codicioso capitán. Tenía que averiguar si existía alguna manera de hacer que el *Merhammer* diera la vuelta sin tener que apuntar a aquel hombre con una pistola.

26

Rebecca tardó varias horas en calmarse. Otros tres desagradables paseos al bacín del camarote la ayudaron a dejar de pensar en la angustia de su madre, pues comprendió que no podía hacer nada al respecto. Esperaba que Flora no se apresurara en contactar con Lilly. Si Rebecca tenía suerte, incluso podía estar de vuelta a Inglaterra antes de que eso ocurriera.

Rebecca también se sentía un poco mejor ahora que Rupert no hacía comentarios sarcásticos. En una ocasión incluso le había puesto un paño fresco y húmedo en la cara y la había llevado a la cama, donde ella se había acurrucado. Había sido todo un detalle por su parte, aunque un solo acto decente no borraba una larga lista de comportamientos despreciables. Pero aparte de eso, él la ignoraba y no había vuelto a hablarle tras los feroces comentarios que había soltado al regresar al camarote.

—¡Te vienes a Francia conmigo y no quiero hablar más del asunto! —le había informado.

—¿Le has preguntado...?

—Incluso seguí tu sugerencia y me ofrecí a comprarle la maldita carga. Sabe que soy de fiar.

—¿Y el capitán se negó? ¿Por qué lo haría si podía ganar lo mismo que si la entrega en destino?

—Se negó porque quiso. Se negó porque le divertía mucho reírse en mi cara. Debería haberlo sabido mejor que nadie, sobre todo cuando conozco tan bien a los de su clase. Odia a los aristócratas. Puede que acepte mi dinero, pero una vez en el mar aprovechará cualquier oportunidad de recordarme que él es «dios» y yo alguien a quien pisotear.

Rupert estaba tan furioso que no dijo ni una palabra más, pero Rebecca no pensó más en el asunto cuando lo único que le preocupaba era su propio sufrimiento. Estaba segura de que ahora las náuseas no eran debidas a su embarazo, sino al balanceo del barco. Mientras permanecía tumbada en la cama, abría los ojos de vez en cuando para ver en qué parte del camarote estaba él.

Ahora estaba paseando de arriba abajo, pero ella se había limitado a escuchar cómo lo hacía sin ni siquiera mirarlo, pues incluso le daba náuseas tener los ojos abiertos demasiado tiempo. Cuando dejó de andar, lo localizó en el único sillón cómodo del camarote. Estaba sentado de una manera tan desgarbada, con una pierna por encima de uno de los reposabrazos, que ella se preguntó si estaba durmiendo.

Tenía que ser cerca del mediodía. ¿No deberían de estar llegando a Francia si el *Merhammer* sólo iba a cruzar el Canal? Rebecca no había navegado antes, pero incluso ella sabía lo cerca que estaban ambos países. Al menos ahora se sentía un poco mejor, lo suficiente para incorporarse y preguntarle.

—¿Falta mucho para que lleguemos? —preguntó ella.

—Bastante —masculló Rupert sin abrir los ojos—. Francia es un país muy grande. ¿O acaso pensabas que sólo se trataba de cruzar el Canal?

Eso era exactamente lo que ella había pensado.

—¿Y no es así? —preguntó ella con temor.

—Ni por asomo. Los barcos descargan en Ruán y para llegar allí hay que seguir la línea de la costa hacia el este y luego adentrarse en el río Sena otras veinte o treinta millas. Mi destino es tierra adentro, y un poco más al sur, así que no me importaba en qué puerto recale el barco.

—¿De cuántos días estamos hablando exactamente?

Él abrió los ojos y la miró.

—Si estás tan desesperada como finges estar, ¿por qué no te tiraste del barco cuando aún estaba en el Támesis? Aunque habrías regresado a palacio hecha un desastre, al menos lo habrías hecho hoy y no la semana que viene.

—Nunca hubiera podido hacerlo —dijo ella en voz baja y horrorizada con la cara completamente pálida. «¿La semana que viene?»—. Jamás aprendí a nadar.

—Genial. Debe de ser la única habilidad que no posees, ¿verdad?

¿Cómo podía ser tan sarcástico cuando ella se sentía cada vez más asustada?

—¿Cuándo llegaremos a puerto?

—Si el tiempo acompaña, probablemente lleguemos mañana.

Ella le dirigió una mirada furiosa.

—¿Y no podías haberme dicho simplemente eso y no «la semana que viene»? ¿Es que te gusta ver mujeres desmayadas? —añadió con sarcasmo.

Él arqueó una ceja.

—¿Es que también sabes fingir eso sin hacerte daño?

—¡Vete al infierno!

—Este lugar ya es un infierno, así que ¿para qué moverme?

—Por una vez estamos de acuerdo.

No pensaba decirle nada más a aquel hombre odioso.

Su decisión no duró más de diez minutos. Aunque le disgustara admitirlo, él era el único que poseía la información que necesitaba.

—Entonces supongo que mañana podré emprender el viaje de vuelta, ¿no?—preguntó esperanzada.

—¿En el *Merhammer*? No, viajará más al sur antes de regresar. Si puedes permitirte el lujo de pagar el camarote durante tanto tiempo, échale como mínimo otros cinco o seis días.

—¿No puedo tomar otro barco en Ruán?

—Puedes intentarlo, pero si fuera tan fácil viajar por mar de improviso, no me vería en la necesidad de hacerlo a bordo de cargueros como el *Merhammer*. Pero quién sabe, podrías tener suerte.

—Entonces, espero que la suerte me acompañe —replicó ella asintiendo con determinación.

Él se rio entre dientes.

—Veamos. Por lo general intento siempre recalar en Calais, que es donde atracan los barcos que se limitan a cruzar el Canal como tú esperabas. Si no consigues un camarote, seguramente podrías alquilar un espacio en la cubierta de cualquiera de los barcos que salgan con destino a Dover ya que el viaje es corto. En realidad —corrigió él— podría alquilarlo un hombre. No estoy seguro de que pueda hacerlo una mujer sin acompañante. En cualquier caso, no es buena idea que te quedes en cubierta. Podría llover o nevar, algo habitual en esta época del año.

¿Pensaba añadir algún obstáculo más?

—¿Cuándo regresarás tú?

—No tan pronto como me gustaría. Voy a tener que perder un par de días buscando una... esposa aceptable.

Ella abrió mucho los ojos.

—¿Vas a Francia para casarte?

Él no contestó al instante; de hecho, le dirigió una mirada tan pensativa que ella empezó a sentirse incómoda.

Pero al final le respondió:

—No. Aunque a mi madre le encantaría que me casara, creo que preferiría una nuera inglesa. Por fortuna, no tengo ninguna prisa en darle ese placer. No necesito una esposa de verdad, sino una mujer que finja serlo durante unos días.

—¿Una esposa de mentira?

Él sonrió enigmáticamente.

—Exacto.

—¿Para qué?

—Si te estás ofreciendo a representar el papel, te pondré al tanto de los detalles. De otra manera, no es asunto tuyo.

Ella soltó un bufido y tuvo que controlar la curiosidad un poco antes de decir:

—Sea de verdad o de mentira, estar casada contigo me parece tan detestable que mi respuesta es no, un no rotundo.

Él se encogió de hombros, cerró los ojos e intentó dormir de nuevo.

Rebecca se recostó en la cama y también cerró los ojos. Realmente no era asunto suyo en qué estuviera metido él. Pero, sencillamente, no podía imaginar para qué necesitaría una esposa falsa, y su frustración al no saberlo crecía por momentos. Una curiosidad de esa clase era apabullante, pero no, no pensaba preguntarle de nuevo. Y eso era todo.

Pasó al menos una hora. Casi había logrado quitárselo de la cabeza cuando oyó que Rupert decía:

—Es probable que regreses antes a Londres conmigo que por tu cuenta. Existe la posibilidad de que ningún capitán te deje subir a su barco por la sencilla razón de que no quieren mujeres solteras en sus navíos, ¿sabes? No hace mucho tiempo que los marineros creían que las mujeres que viajaban a bordo de sus barcos daban mala suerte.

Ella jamás había oído nada tan absurdo.

—¿No he dicho que no? Sí, estoy segura de haberlo hecho —dijo con voz seca, sabiendo exactamente lo que él estaba intentando.

—No estoy bromeando, Becca. Si ya hubiera encontrado a la mujer que fingiera ser mi esposa, es probable que pudiera resolver mis asuntos en un solo día. Incluso aunque tuviera que perder dos días buscando a la pareja adecuada, tengo el presentimiento de que regresaré a Calais y que estaré en casa mucho antes que tú.

—Tonterías. Si debo hacer ese viaje, lo haré a toda prisa.

—Si puedes encontrar un carruaje de alquiler cuyo cochero esté dispuesto a llevarte tan lejos, quizá. Pero creo que tendrás que utilizar un coche de pasajeros y éste suele tener un retraso tras otro. No sale de su destino hasta tener el cupo completo, ¿sabes? ¿Vas a esperar a que se llene de pasajeros en cada pueblo en el que se pare? Piénsalo, es probable que tardes más de una semana y no días.

—¡Vale! —gritó ella para poner fin a tales horrendas predicciones—. Si puedes garantizarme que estaré de regreso en Londres en tres días, lo haré. En caso contrario, no quiero escuchar ni una sola palabra más sobre el asunto.

—Trato hecho —dijo él.

27

Rebecca fue incapaz de almorzar en alta mar a pesar de estar hambrienta. El olor a comida en el camarote había hecho que la cubriera un sudor frío y más de una vez había vomitado en el bacín hasta que los penetrantes aromas desaparecieron. La navegación se hizo más suave al atardecer y, a la hora de la cena, pudo sentarse en la silla de la diminuta mesa clavada en el suelo que Rupert le había ofrecido mientras él se sentaba en el sillón con el plato en la mano.

—Ya puedes rebañar el plato —le dijo—. Esa comida me ha costado cinco malditas libras.

Rebecca casi se atragantó al oírlo, pero continuó comiendo de todas formas pues estaba muerta de hambre.

—Es un ladrón —afirmó ella asintiendo con la cabeza—, pero no tenía ni idea de que estuvieras tan escaso de dinero que lamentaras la pérdida de cinco libras. Puedes estar seguro de que te lo reembolsaré.

No estaba siendo frívola. Rupert se había quejado tanto del coste del viaje que, naturalmente, ella había concluido que andaba escaso de dinero e incluso pensaba que ella debería pagarle su parte.

Él le dirigió una mirada dura.

—Esto no tiene nada que ver con si puedo o no puedo permitirme ese gasto. A nadie le gusta que le timen, simple y llanamente. Pero esta vez no ha sido el capitán, sino el cocinero. No le hacía gracia tener que preparar comida blanda por culpa de tu mal de mar, ya que tenía la comida preparada.

Rebecca se sintió fatal al oír eso. Era la segunda vez que él había hecho algo por ella ese día, y no se lo esperaba.

—Lo siento.

Él no aceptó la disculpa ni con una simple inclinación de cabeza, y Rebecca pensó que quizás había herido sus sentimientos. Mientras tanto, seguía sin satisfacer su curiosidad de por qué él la necesitaba para que fingiera ser su esposa, pero no pensaba preguntarle de nuevo.

La joven guardó silencio durante el resto de la comida. Luego regresó a la cama, pero no se acostó, se quedó allí sentada con los ojos fijos en el suelo.

Por su rostro cruzaron un sinfín de emociones, pero hubo una que, finalmente, impulsó a Rupert a preguntar en un tono más cordial:

—¿En qué estás pensando?

Más bien debería de haberle preguntado en qué no estaba pensando. Aunque tenía que reconocer que la mayor parte de esos pensamientos tenían que ver con lo que él había comentado antes de que ella podía haber vuelto nadando a Londres. Aquello habría sido desastroso, y eso era probable lo que la expresión de Rebecca había reflejado.

—¿De verdad me habrías dejado saltar por la borda en mi estado cuando podría haber dañado al bebé?

Él pareció molesto.

—Vamos a dejar claro este asunto, Becca. No creo ni una sola palabra sobre ese disparate de que estás embarazada. Pero lo que sí creo es que tenías un motivo para haber venido a verme hoy. ¿No te gustaría confesar de una vez qué...?

¡Eso era el colmo! La había llamado mentirosa demasiadas veces.

—Lo que me gustaría es que cerraras la boca, ya me has insultado suficiente por hoy.

—¿Por qué siempre atacas cuando te sientes acorralada en una esquina?

—Es la cama la que está en la esquina, no yo. Y no tengo por qué convencerte de nada cuando ya te he dicho que no me importa tu opinión. Perdiste la oportunidad de interesarte por el bebé, no hay nada que puedas hacer para cambiar eso.

Dios, qué satisfacción sentía al decirle eso y observar aquella inesperada reacción. Rupert parecía realmente furioso.

—Si hubieras estado encinta, no, no te habría permitido saltar por la borda, pero como ése no es el caso, un poco de agua fría no te habría hecho daño si realmente estabas tan ansiosa por volver a casa como fingías estar.

¿Así que también pensaba que la preocupación que mostraba por su madre era fingida? Qué hombre tan despreciable. Merecía que no volviera a dirigirle la palabra nunca más en la vida. Así que se tumbó en la cama decidida a dejar que pensara que se había echado a dormir sin dedicarle ni un solo pensamiento más.

Ni siquiera tuvo que fingir quedarse dormida. Con el estómago lleno, se quedó dormida al instante. Había sufrido náuseas secas durante todo el día y aquello la había agotado más de lo que había supuesto.

Lo único que Rebecca agradeció antes de que el *Merhammer* atracara a la mañana siguiente fue que Rupert no hubiera hecho ningún intento de reclamar la cama. Ni siquiera había mencionado el tema. Sencillamente había pasado la noche en el sillón.

Rupert apenas había abandonado el camarote con su maleta de viaje en la mano tras decirle que habían llegado a Ruán cuando ella ya buscaba de nuevo el bacín. El barco había anclado cerca de los muelles, pues al haber llegado a medianoche habían tenido que esperar a que llegara el capitán de puerto por la mañana para que les asignara un lugar de atraque.

Rebecca encontró a Rupert en la cubierta, al lado de la barandilla. Pensó que la estaba esperando, pero cuando se reunió con él, Rupert no hizo ningún intento de abandonar el barco. La joven no se molestó en preguntar por qué. Tenían tierra firme a la vista y ella se apresuró a bajar del barco sin esperarlo. Él la siguió al muelle.

—¿Estás mejor? —le preguntó.

—Mucho mejor —respondió ella, encontrando una caja de madera donde sentarse—. Ya me había acostumbrado a las náuseas, pero este mareo añadido es demasiado.

—Estoy seguro —dijo él con sequedad.

Ella suspiró. Sencillamente, él no creía que estuviera embarazada. Lo había dejado muy claro la noche anterior. Había desarrollado una mala opinión de ella por todos aquellos enredos de Sarah, así que, por supuesto, había asumido que también le estaba mintiendo en esa cuestión. El problema era que cuanto más intentara convencerle, más se empeñaba él en creer que sus elucubraciones eran correctas.

El paso del tiempo tampoco serviría de nada, ya que ella no esperaba volver a verle después de ese viaje. Quizá Ru-

pert quisiera averiguar algo sobre ella dentro de unos meses, pero sería demasiado tarde. O bien estaría fuera del país
en algún lugar lejano donde sería imposible encontrarla o
bien estaría casada con otro hombre. Lo que era más probable. Pensar en entregar el bebé, incluso a Rupert, provocaba
ahora un profundo dolor en su interior.

28

Rebecca pensó que se pondría a llorar allí mismo, en el muelle, así que ahuyentó aquellos desoladores pensamientos.

—¿Podemos irnos ya? —le preguntó a Rupert.

—En cuanto mi carruaje esté en el muelle.

—¿Ordenaste que viniera a recogerte aquí?

—No.

Como él no se explayó, Rebecca se dio cuenta con cierta sorpresa de por qué él no había estado demasiado impaciente por abandonar el barco.

—¿Te has traído el carruaje contigo?

—Y un cochero. Pero no lo hice por mí. Prefiero de lejos un caballo, pero me di cuenta de que una «esposa» no viajaría montada a caballo. Llegar a nuestro destino con un poco de pompa y elegancia nos abrirá las puertas con rapidez. Y aquí no hay carruajes de alquiler que cumplan esas condiciones, ni siquiera los hay en Londres.

Por supuesto que no los había, y recordó que él no le había explicado todavía por qué necesitaba una esposa y algo de pompa. Había llegado el momento de enmendar esa situación.

Pero antes de que ella pudiera abordar el tema, él continuó diciendo:

—No te preocupes. He logrado reunir las suficientes libras y he pagado para que mi carruaje fuera descargado antes incluso que el cargamento.

Ella se sonrojó. Tenía el presentimiento de que él no iba a olvidar sus desconsiderados comentarios sobre su escasez de fondos. Pero no iba a disculparse otra vez. En su lugar se limitó a preguntarle:

—¿De qué se trata este asunto con tan extraños requisitos? ¿Estás aquí para seducir a alguna dama desafortunada y quieres asegurarte de que no te obliga a contraer matrimonio con ella llevando a tu propia esposa falsa?

—No es mala idea, ahora que lo mencionas. —Se puso una mano en la mejilla como si estuviera meditando el asunto—. ¿Podríamos dejar a un lado las explicaciones?

—Si lo haces, seré yo quien te ayude a saltar al agua.

Él apoyó el pie al lado del muslo de Rebecca sobre la caja de madera. Luego se inclinó para decir:

—Si has terminado ya con las amenazas vacías y los comentarios sarcásticos, te lo explicaré. No era mi intención mantenerlo en secreto. He sido designado para concluir una investigación que lleva varios años abierta. Dado que probablemente fuiste la primera de tu clase, supongo que estás al tanto de la expansión del Imperio británico, ¿no?

—Así es.

—Entonces sabes que la expansión no hubiera sido posible sin algunas casualidades y ejército de ocupación. En la India, por ejemplo, ha habido un montón de insurrecciones de distintas clases instigadas por algunos pequeños gobernantes desplazados. Pero uno de los ataques fue particularmente notorio porque algunos de nuestros soldados fueron asesinados con rifles de fabricación británica.

—¿Robados?

—Sí, pero no del suministro del ejército en la India como podrías pensar. Han sido necesarios casi dos años para seguir el rastro de esas armas hasta esta parte del mundo, hasta buques de guerra que todavía no habían zarpado de Inglaterra.

—¿Por qué tanto tiempo?

—Porque sólo sustraían un par de cajas cada vez, así que nadie se había dado cuenta.

—Y nuestros soldados están desplegados en tantos países que los rifles podían haber procedido de diversos lugares, ¿no? —adivinó ella.

—Exacto —dijo él, asintiendo con la cabeza—. Pero el rastro finaliza en Le Mans, o al menos eso esperamos. Hemos atrapado al ladrón en Inglaterra y hemos conseguido que nos diga por voluntad propia el nombre del hombre que le había contratado.

—¿Así que los franceses están tratando de recuperar parte de las tierras que les arrebatamos en la India, pero sin revelar que son ellos los que promueven los ataques?

—Muy inteligente, Becca, pero no. Samuel Pearson es en teoría el hombre que planeó el robo, pero necesitamos más pruebas que la palabra de un ladrón. Pearson tiene buenas razones personales. Es el segundón de un lord de poca monta, un aristócrata sin título. Obtuvo la graduación de oficial en el ejército y estuvo destinado en la India durante la mayor parte de su carrera militar. Fue allí donde también se ganó su baja deshonrosa por algunos problemas con los cipayos a su mando.

—¿Te refieres a los soldados nativos que forman la mayor parte de la infantería?

Rupert pareció quedarse impresionado y asintió con la cabeza.

—Realmente has tenido un buen profesor.

—Tutor —le corrigió ella—. Mi madre quería que tomara clases en casa. Pero sí, era un hombre muy viajero y le gustaba compartir lo que había visto y aprendido de primera mano en sus viajes por el mundo.

—¿Tu madre te permitió aprender tantas cosas? —le preguntó Rupert con curiosidad.

—Ella me alentó. Mi padre murió cuando yo era muy joven, así que mi madre me crio como estimó conveniente.

—Interesante. Realmente una educación curiosa para una joven. Pero no es la primera viuda que tira por la borda la posibilidad de empezar de nuevo. Mi madre hizo lo mismo al quedarse viuda, no con sus hijos, sino consigo misma.

Finalmente, condujeron al tiro de caballos de Rupert, de uno en uno, fuera del barco así que él se excusó unos minutos para ir a ayudar. El puerto no era demasiado grande, así que Rebecca se quedó impresionada al ver que tenía una grúa, que ya había hecho maniobras al lado del *Merhammer* para descargar el cargamento. El carruaje de Rupert fue lo primero que bajaron al muelle.

Antes de que Rupert regresara junto a Rebecca engancharon los caballos al carruaje. Luego él la acompañó hasta el vehículo y subió detrás de ella. El interior era espacioso con los asientos tapizados en cuero de color oscuro y el suelo de madera pulido. Había gruesas cortinas en las ventanillas. Por fuera, no había duda de que era el carruaje de un aristócrata, no muy llamativo, pero la madera de castaño teñida hacía destacar el blasón dorado de los St. John y proporcionaba al vehículo la «pompa y elegancia» de la que Rupert había hablado.

—Prepárate —dijo Rupert reclinándose en el asiento

frente a ella—, le he dicho al cochero que se dé prisa. Y le gusta seguir mis órdenes a rajatabla.

No había acabado de decirlo cuando ella dio un bote que la desplazó del asiento. El sentido de la oportunidad del cochero hizo que los dos se rieran entre dientes unos momentos. A Rebecca le produjo una sensación extraña. No debería reírse con él.

Se puso seria y recordó que Rupert no había terminado con su explicación.

—¿Cuáles son exactamente los motivos del señor Pearson?

—Hemos sabido que fue su antigua unidad la que fue atacada con esos rifles robados, y más de una vez...

Ella frunció el ceño.

—¿Estás hablando de asesinato?

—Ésa es una conclusión tan buena como otra. Pearson guardaba mucho rencor. El escándalo de su baja deshonrosa lo hizo caer en desgracia y, para evitar males mayores, tuvo que abandonar Inglaterra e instalarse en Le Mans con su familia. Pero eso es todo lo que tenemos. Ahora tenemos que encontrar alguna prueba de que recibía los rifles robados o que los enviaba por barco a la India. Un recibo o una nota bastarán.

—Supongo que ha sido tu sastre quien te ha ordenado esta misión.

—¿Quién?

—El señor Jennings.

Rupert se rio entre dientes.

—Pearson no permitiría que un inglés cualquiera llamase a su puerta. Se requería que fuera un aristócrata, así que sí, fue entonces cuando Nigel pensó en mí. Y como ahora tengo tiempo de sobra, acepté.

—¿Vas a decirle a Pearson quién eres en realidad?

—Claro que no. Usaremos nombres falsos... lord y lady Hastings.

—¿Cuál es exactamente tu plan?

—Tengo que entrar en su casa. Si no tuviese una familia tan numerosa, sólo tendría que colarme por la noche y el trabajo ya estaría hecho. Pero contando con los sirvientes, sus numerosos hijos e incluso algunos parientes de su esposa que están viviendo con ellos, debe de haber al menos treinta personas bajo su techo, y no es que sea una casa demasiado grande.

—¿Piensas llamar a su puerta para entrar? —le dijo ella con tono de burla.

Rupert sonrió ampliamente.

—Aunque no lo creas es la mejor opción, pero no sin llevar una esposa conmigo.

—¿Por qué?

—Porque aunque Pearson sea tan corrupto como dicen, un maldito ladrón sospechoso de asesinato, tiene fama de devoto padre de familia. Incluso se llevó a toda su familia con él a la India. De hecho, aprecia tanto a su familia que parece desconfiar de cualquier hombre que no esté casado y que no valore a sus seres queridos tanto como él.

Ella se rio.

—Nadie puede ser tan excéntrico.

—Ésas fueron mis propias palabras cuando me dijeron lo que acabo de contarte. Pero al parecer es cierto. De cualquier manera, el plan consiste en aparecer ante su puerta como un matrimonio que se encuentra de paso por la ciudad, y que oyó hablar de cierto caballero inglés que vivía allí. Seremos un matrimonio que acaba de partir de Inglaterra para un largo viaje y quiere conocerlo. La verdad es que deberíamos cambiar un poco los planes y decir que estamos de viaje de novios si consideramos lo joven que eres.

—¿Estás diciendo que tu plan es así de simple? ¿No tienes que fisgonear un poco entre sus cosas para encontrar alguna prueba?

—Es ahí donde entras tú. No vas a ser sólo una esposa decorativa. Tienes que provocar algún tipo de distracción para que yo pueda registrar las habitaciones de la casa. Pero ése es uno de tus talentos, ¿no es cierto, cariño?

29

Rebecca jamás había conocido a nadie tan sarcástico y ofensivo como Rupert St. John. Comenzaba a preguntarse si su rudeza era algo natural o si era una estrategia para evitar que las mujeres se enamoraran de él. Después de haberlas encandilado con sus encantos para llevarlas a la cama, claro. Aunque en el caso de Rebecca él le había dejado perfectamente claro que pensaba que había sido ella quien lo había seducido y la despreciaba por ello. ¿No se daba cuenta de lo hipócrita que era?

De todas formas, ese hombre podría decirle al menos en qué consistía exactamente su «papel» en esa misión. Ni siquiera le había hecho ninguna sugerencia de cómo distraer a los Pearson para que él pudiera registrar la casa en busca de alguna prueba incriminatoria.

El único comentario al respecto había sido:

—No es un viaje corto. Tendremos suerte si llegamos antes de que anochezca, así que tienes tiempo de sobra para idear un plan.

Rebecca supuso que podría hacerlo, y ciertamente fue la mejor manera de pasar el tiempo con el silencioso hombre que estaba sentado delante de ella. Tenía que olvidarse de que Samuel Pearson era sospechoso de asesinato y centrarse en las peculiaridades del hombre, en que era un devoto padre de familia. Con una esposa noble e hijos, seguramente Rebecca podría encontrar algo en común con todas esas personas. Todavía le sorprendía que un hombre que amaba tanto a su familia pudiera ser culpable de traición y de la muerte de sus compatriotas. ¿Tanta devoción por su familia era la manera que tenía de expiar la culpa que sentía por sus crímenes? ¿No era posible que las pistas que habían conducido hasta él fueran falsas? Quizá no fuera un criminal después de todo.

Pero ¿cómo podría distraer a los Pearson? Desmayarse no era una opción. No iba a tirarse al suelo a propósito sabiendo que eso podía causar daño al bebé. Dejar caer algo como un florero podría dar resultado. Podía parecer una esposa torpe. Si el primer accidente no distraía a Pearson, al menos no le quitaría la vista de encima para asegurarse de que no rompía nada de valor con su torpeza.

Satisfecha porque ya tenía un plan de acción, se reclinó en el asiento y miró el paisaje por la ventanilla. No tardó en aburrirse, pues ya habían dejado atrás algunos pueblos y todo lo que podía ver eran campos de labor. Rupert estaba durmiendo. ¿Habría tenido problemas para dormirse en aquel sillón la noche anterior? Rebecca no se sentía culpable por ello. Él era quien tenía la culpa de que ella estuviera en Francia, de que fuera a tener un niño ilegítimo. Y también tenía la culpa de que ella no pudiera apartar los ojos de él demasiado tiempo. Mientras él estaba durmiendo, ni siquiera lo intentó.

Se había cambiado de ropa antes de que ella se despertara esa mañana. Rebecca no tenía nada que ponerse, pero, gracias a Dios, el vestido de color lavanda pálido que llevaba puesto el día anterior cuando abandonó el palacio era abrigado y no se arrugaba con facilidad. Nadie diría que había pasado la noche con él puesto. El atuendo que Rupert llevaba ese día lo señalaba como a un aristócrata rico. El chaleco de raso brocado con extravagantes botones enjoyados, los vistosos anillos en sus dedos, la ropa hecha a medida, y la calidad de la tela, dejaban claro que no había escatimado ningún gasto para ir a la moda.

Rebecca suspiró. ¿Por qué un hombre que tenía una apariencia tan angelical tenía que ser un canalla despreciable? No debería sentir nada que no fuera odio por él, por la manera en que la había tratado, pero la joven miraba aquellos labios plenos y sólo podía pensar en sus excitantes besos, miraba esos dedos delgados y firmes y recordaba el placer que le habían provocado sus caricias ardientes, miraba... bueno, no, no estaba mirando «allí», pero entonces, ¿por qué comenzaba a latirle el corazón a toda velocidad?

Se obligó a cerrar los ojos. ¡Rupert ni siquiera estaba despierto! ¿Cómo podía tener un efecto tan intenso en ella?

A pesar de que habían hecho una breve parada para almorzar, no llegarían a Le Mans antes del anochecer. La ciudad era tan antigua que había sido fundada incluso antes de que los romanos hubieran conquistado a los galos. Rupert jamás la había visitado, y había subestimado mucho el tiempo que tardaría en llegar allí.

Tras obtener las últimas indicaciones, el cochero, Matthew, abrió la puerta del carruaje e informó a Rupert.

—Al menos tardaremos otras ocho horas, milord. No aguantaré tanto tiempo guiando los caballos a este ritmo.

Así que Rebecca no estaría de vuelta en Inglaterra en tres días tal y como le había dicho. Su expresión debió de mostrar lo decepcionada que se sentía ante tan alarmante noticia.

Tras observarla fijamente, Rupert le dijo al conductor:

—No podemos demorarnos más tiempo. Déjame dormir unas horas y luego conduciré yo el carruaje para que puedas descansar un poco.

—Muy bien, milord.

A Matthew podía parecerle bien aquel plan, pero Rebecca, que todavía estaba preocupada por la demora, señaló:

—Llevas durmiendo todo el día, ¿por qué no coges las riendas ahora?

—¿De verdad crees que he podido dormir con tus ojos devorándome todo el rato?

Rebecca se ruborizó con violencia y mortificación. ¡Qué embustero! Ella sólo había «clavado los ojos en él» varias veces, no todo el rato. Probablemente se había aprendido su cara de memoria y podría dibujarla sin ni siquiera tenerlo delante. Pero ¿por qué Rupert no podía haberse reservado ese conocimiento para sí mismo? ¿Por qué tenía que avergonzarla de esa manera?

Pero él no hizo más hincapié en el asunto. O eso es lo que la joven pensó cuando él se tumbó en el asiento y le dio la espalda.

—Intenta dormir un poco —le aconsejó—. Tú también necesitarás estar descansada mañana.

Rebecca ya se había tendido sobre el asiento cuando él añadió:

—Y, por favor, aparta los ojos de mi trasero.

Unas oleadas de calor inundaron las mejillas de Rebecca. Ahora estaba segura de que no pegaría ojo hasta que él estuviera fuera del carruaje.

30

Definitivamente, Samuel Pearson no era lo que Rebecca había esperado. Aquel hombre alto y de porte militar rondaba la cuarentena, pero además era tan sociable que ella no tardó en sospechar que Rupert le había mentido sobre él y que no le había revelado la verdadera razón por la que estaban allí.

Habían llegado a Le Mans lo suficientemente temprano para desayunar con calma antes de presentarse en casa de los Pearson a una hora decente a media mañana. Rebecca incluso logró retener la comida en el estómago, aunque por una vez deseó que no fuera así, ya que sus mareos la habrían distraído del nerviosismo que sentía por el papel que desempeñaría en aquel plan. Pero en cuanto Rupert los presentó como John y Gertrude Hastings —estaba segura de que él había escogido ese nombre precisamente porque pensaba que no le gustaría— y les comentó a los Pearson que estaban de viaje de novios, el hombre los había recibido con una radiante sonrisa, los había invitado a pasar a la sala y había mandado avisar al resto de la familia para que los conocieran.

Los nueve hijos de los Pearson se pusieron en fila por orden de edad, desde uno a catorce años y, al parecer, Mary Pearson pensaba añadir uno más a la familia pues estaba en el sexto mes de embarazo. La pareja mostraba una evidente devoción por su cónyuge y por sus hijos. Eran muy amables y trataron a Rupert y a Rebecca como si fueran amigos de toda la vida. Rebecca no observó nada extraño que hiciera pensar que Pearson era un traidor que había matado a sus antiguos camaradas de la India por venganza tal y como le había dicho Rupert.

—¿Les gusta vivir en Francia? —preguntó Rebecca durante una breve pausa en la conversación.

—El clima es más cálido —contestó Samuel.

—Y no llueve tanto —añadió Mary con una amplia sonrisa—. En realidad, he acabado por amar esta ciudad.

—Algunas personas son bastante simpáticas —continuó Samuel con una risita entrecortada—. Sin embargo, como sucede en todos los pueblos, siempre hay quien prefiere vivir aislado. Pero esperábamos más hostilidades después de la última guerra contra Napoleón y nos hemos sorprendido bastante al no encontrarlas.

—Intenté decirle que eso ya era agua pasada —dijo Mary—. No ha sido la primera vez que nuestro país ha luchado contra Francia. Sinceramente, ¿alguien sabe el número de conflictos que ha habido entre los dos países en los últimos dos siglos?

—Cierto —convino Rupert—. Cuando no luchamos en suelo propio, lo hacemos en el de nuevos territorios que ambos países codician. Pero el comercio siempre ha sido fructífero entre nosotros. El dinero tiende a salvar el puente ¿verdad?

—Así es —dijo Samuel, antes de preguntarle a Rupert con curiosidad—: ¿Se dedica usted al comercio?

Era la pregunta más impertinente que un aristócrata podía hacer a otro, incluso aunque hubieran estado hablando de comercio, y a Rebecca le sorprendió que Rupert le contestara.

—No, pero mi abuelo sí. Tuvo que elegir entre dedicarse a eso o vivir en la pobreza ya que su padre había malgastado toda la fortuna familiar en las mesas de juego.

—Algo muy habitual —respondió Samuel con simpatía.

Rebecca no dudaba de que aquella historia fuera sólo otra de las mentiras de Rupert, pero supuso que había mentido para que Pearson y él pudieran hablar de igual a igual. ¿Acaso no le había dicho que si no conseguían una prueba escrita de los crímenes de Pearson, tendría que encontrar pruebas por otros medios como los negocios de Pearson? Después de que la llevara de regreso a Inglaterra, por supuesto.

Rebecca sólo quería acabar con todo eso de una vez por todas. Con eso en mente, preguntó si había una habitación cerca donde poder refrescarse. Tres de los niños se ofrecieron voluntariamente a indicarle el camino.

No vio floreros en ningún lugar de la casa, aunque por supuesto era normal en esa época del año. Había sido una tontería pensar que encontraría alguno. Sin embargo, había observado una bonita figura de porcelana en una de las mesitas que había de camino a la puerta y Rebecca estaba dispuesta a tirarla al suelo.

Logró efectuar la maniobra con facilidad, pero no contó con que uno de los niños, que se había pegado a sus faldas, atrapara la figura antes de que se hiciera añicos en el suelo. Aun así Rebecca, se volvió y se disculpó con su anfitrión.

—Lo siento, pero me he vuelto muy torpe desde que supe que estaba encinta. Espero que sea algo pasajero.

El hombre se rio con ganas.

—No necesito ninguna explicación más. Estoy seguro

de que Mary podrá contarle muchas historias parecidas cuando regrese. Mi mujer suele tener antojos, y aunque intento estar prevenido, siempre acaba pidiéndome alguna cosa diferente, lo que es un disparate. ¡En cada embarazo tiene un antojo distinto!

Rebecca sonrió ante aquella muestra de humor, aunque no le hizo ni pizca de gracia. Era fácil para un hombre reírse cuando no era él quien experimentaba aquellas extrañas sensaciones. Se inclinó para agradecer a la niña que hubiera rescatado la figura, y en cuanto lo hizo, le llegó un olor desagradable. La niña era lo suficientemente pequeña para haber tenido un descuido, pero la constitución de Rebecca no era lo suficientemente fuerte para sobreponerse al mareo que le produjo y su estómago protestó.

Al sentir que le daban arcadas se llevó la mano a la boca, y abrió los ojos con horror al darse cuenta de que iba a vomitar allí mismo, en el suelo de la sala. Su primer pensamiento fue correr fuera de la casa, pero Mary Pearson ya se abalanzaba sobre ella.

—Venga, déjeme acompañarla arriba. Allí se sentirá más cómoda.

Rebecca no creía que tuviera tiempo de llegar hasta allí, pero al final no fue un problema. Uno de los niños le puso un viejo bacín en las manos. La joven había pensado que era una maceta con grandes flores de vistosos colores hechas de tela bordada.

—Desde mi primer embarazo me aseguré de que hubiera un bacín disponible en cada estancia de la casa durante los primeros meses de gestación —le explicó Mary, mientras subían corriendo las escaleras—. Es probable que acabe por hacer lo mismo cuando regrese a su casa. Las náuseas pueden durar unas semanas o unos meses, pero aun así, no debería de preocuparse por algo tan natural.

¡Era una idea perfecta! Por supuesto, antes de ir a su casa tendría que regresar a palacio para recoger sus cosas. Pero en Norford no tendría ningún problema en ordenar que pusieran un bacín en cada estancia.

Al llegar arriba, Mary abrió algunas puertas antes de encontrar una habitación que sus hijos no hubieran desordenado demasiado e invitó a Rebecca a entrar.

—Aquí tendrá un poco de intimidad —dijo la mujer—. Y por favor, tiéndase en la cama si cree que se sentirá mejor acostándose un rato.

Rebecca sabía que la única manera de sentirse mejor era vaciando el estómago, y sin poder aguantarse más, vomitó. Luego oyó vagamente que la puerta se cerraba tras ella y la voz de Mary en el pasillo diciéndole a sus hijos —que las habían seguido hasta arriba—, que se callaran y ordenaran sus habitaciones.

31

Rupert no podría haber pedido una distracción mejor que la urdida por Rebecca, en particular porque todos los hijos de los Pearson habían seguido a las dos mujeres arriba. Se había quedado solo en la sala con Samuel, el abuelo de su esposa y dos de sus primos mayores. Rupert esperaba que la conversación volviera a animarse en unos momentos.

—Todas estas dificultades del embarazo son nuevas para mí —dijo, entonces, mirando la puerta vacía con el ceño fruncido para asegurarse de que Pearson se daba cuenta de su preocupación—. En el fondo pienso que tengo la culpa y no puedo por menos que ir a ayudarla. Regresaré en un momento.

No esperó a que su anfitrión le dijera que Rebecca estaba en buenas manos. Salió precipitadamente de la sala. Interpretar el papel de padre y marido inexperto no era algo con lo que estuviera familiarizado, pero debió de haber sido una buena interpretación pues al abandonar la estancia sólo oyó algunas risitas compresivas a su espalda.

No tenía tiempo que perder, pues los niños podían bajar en cualquier momento por la escalera que se encontraba al fondo del vestíbulo. Tenía que pasar por dos habitaciones antes de llegar a ella. Ambas tenían las puertas abiertas y vio que una de las estancias era un estudio, así que se coló dentro rápidamente.

Fue directamente al escritorio. Sabía que una búsqueda metódica sería imposible. Odiaba tener que apresurarse. En realidad prefería trabajar de noche y a oscuras, pero no tenía tiempo para eso. Tampoco se atrevía a cerrar la puerta, pues a nadie se le pasaría por alto aquel detalle revelador. Todo lo que pudo hacer fue meterse los papeles que encontró en los bolsillos y esperar que alguno de ellos resultara ser la prueba que estaba buscando. Pearson acabaría por darse cuenta de que los documentos habían desaparecido y sospecharía de Rupert de inmediato, pero para entonces esperaba estar de camino de la costa. Por si acaso sus planes se iban al garete, le había dicho a Matthew que aparcara el carruaje en la calle frente a la casa de los Pearson de manera que el blasón familiar no fuera visible.

Rebecca tenía la culpa de que tuviera que darse tanta prisa. Aquella misión debería haber llevado al menos un par de semanas, tiempo suficiente para convertirse en amigo de la familia y que lo invitaran a habitaciones a las que no tendría acceso de otra manera. En resumen, ganarse la confianza del dueño de la casa. Pero no, Rebecca tenía que estar de regreso en Londres dentro de tres puñeteros días. ¿Cómo diablos se le había ocurrido aceptar sus condiciones cuando sabía que eso limitaría sus posibilidades de encontrar la prueba que necesitaba? La conciencia de que no podía dejarla sola en un país extranjero.

Sabía por experiencia lo buena que Rebecca era como actriz y, aunque no la había perdido de vista, no había podido saber cómo había logrado fingir las arcadas. ¿Quizá se había metido un dedo en la garganta cuando se cubrió la boca con las manos?

—No debería estar aquí —le dijo un criado desde la puerta del estudio con el ceño fruncido.

—Necesitaba un momento para tranquilizarme dado que siempre rompo a sudar cuando mi mujer me avergüenza con sus náuseas matutinas —le dijo Rupert al hombre.

El criado no se rio. Todavía parecía sospechar, pero Rupert se había ido acercando a él mientras le daba la improvisada excusa y, para cuando dijo la última palabra, ya estaba a su lado. Su intención era golpearle y agarrarle por la pechera de la camisa antes de que cayera al suelo. Si eso no lo dejaba fuera de combate, entonces no sabía qué más hacer. No quería hacerle daño al tipo, sólo que se desvaneciera para poder sacarlo por la ventana.

La mitad del plan funcionó. El hombre perdió el conocimiento y Rupert lo sujetó a tiempo de impedir que cayera al suelo. Incluso lo llevó hasta la ventana con facilidad, pero ahí acabó todo. El resto del plan fracasó. Habían clavado el marco de la ventana para impedir que entraran las corrientes de aire en los fríos meses de invierno. Maldición, aún no hacía tanto frío. Y para colmo no había muebles grandes tras los que esconder al hombre. Como último recurso, lo arrastró hasta la pared que daba al pasillo y lo dejó allí tirado cuan largo era. De esa manera no lo vería nadie que pasara junto al estudio.

Finalmente, subió corriendo las escaleras y se topó con Mary Pearson que salía de una de las habitaciones de sus hijos. Al verle, ella sonrió comprensiva y le señaló con la cabeza la habitación del fondo. Estaba cerrada. La abrió y volvió a cerrarla después de entrar.

Rebecca estaba de rodillas en una esquina, gimiendo de

nuevo sobre un bacín. Últimamente no hacía nada más que encontrarla en esa posición y, aunque ver a una mujer en esa postura provocaba su excitación, las arcadas que ella tenía apagaban cualquier deseo.

—Bien hecho, Becca. Pero ahora tenemos que irnos.

Ella lo miró, pero sólo el tiempo suficiente para lanzarle una mirada furiosa antes de volverse al bacín y seguir vomitando.

Él suspiró.

—No estoy bromeando. Nos justificaremos diciendo que necesitas tomar aire fresco. —Al ver que ella seguía sin levantarse, Rupert añadió con mal humor—: No va a venir nadie más a observar la función y tenemos que...

Él hizo una pausa al darse cuenta de lo grande que era aquella estancia para una casa tan pequeña. Aquélla tenía que ser la habitación principal. Y había un escritorio. Se acercó a él y vio lo que parecía un libro de cuentas o un diario encuadernado en piel. Al abrirlo descubrió que, definitivamente, era un libro de cuentas con fechas, cantidades de compras y ventas, una cuenta de gastos corrientes e incluso los nombres de los empleados de Pearson; cuánto les pagaba y por qué servicio.

Casi se rio cuando vio el nombre del ladrón que había confesado que Pearson era quien lo había contratado. Decidió llevarse el libro intacto como prueba, en vez de arrancar las páginas que necesitaba.

—¿Crees que podrías esconder este libro bajo la falda mientras salimos de la casa? —Era demasiado grande para sus bolsillos.

—Por supuesto, pero no voy a ir a ningún... —dijo ella lanzando un vistazo al libro que él tenía en la mano.

—Tuve que dejar inconsciente a un criado en la planta de abajo —la interrumpió él—. Podría recuperar el conocimiento en cualquier momento y dar la alarma. No tenemos tiempo para discutir, nos vamos ya.

Aunque él solía disfrutar de ese tipo de riesgos, la cosa cambiaba mucho con Rebecca a su lado. Incluso comenzaba a sentir una extraña punzada de pánico por ella. A pesar de lo molesta y frustrante que era, pensar en que pudiera resultar herida le hacía sentir un sudor frío al que no estaba acostumbrado.

No le dio el libro, simplemente la cogió del brazo y la arrastró hacia la puerta, deslizándose el volumen en la cinturilla de los pantalones, bajo el abrigo.

—No te detengas, sal directamente por la puerta principal y sube al carruaje. Si aún tengo tiempo me disculparé con nuestro anfitrión, si no me abriré paso a la fuerza... Bueno, esa palidez es perfecta. Continúa así.

Rupert estaba razonablemente seguro de que Rebecca no seguiría fingiendo que se encontraba mal ahora que la situación se había vuelto tan arriesgada. Pero tampoco tenían tiempo para hablar sobre ello. Al menos Mary Pearson ya no se encontraba en el pasillo, así que Rupert ayudó a Rebecca a bajar apresuradamente las escaleras y la empujó hacia la puerta principal antes de entrar de nuevo en la sala.

Rupert casi esperaba encontrarse una habitación llena de pistolas, pero al parecer había golpeado al criado con más fuerza de la que había creído. Los hombres todavía conversaban, y Mary estaba sentada en el sofá con sus cuatro hijos más pequeños. St. John se disculpó por tener que marcharse con tanta premura, y propuso volver a visitarlos de nuevo al día siguiente por la tarde antes de reanudar su viaje.

Rebecca todavía estaba muy pálida cuando se reunió con ella en el carruaje, pero se apresuró a tranquilizarla.

—A menos que Pearson vaya de inmediato a su estudio,

quizá pase una hora o más antes de que descubran al criado que dejé fuera de combate. Por ahora no debemos preocuparnos, aunque tenemos que darnos prisa en llegar a la costa.

Rebecca no abrió la boca, pero su expresión lo decía todo. Todavía estaba enfadada por algo, probablemente porque él la hubiera puesto en peligro de esa manera y, ciertamente, no podía culparla. Pero ya había pasado el peligro y estaban dejando atrás los últimos edificios de Le Mans. No había acabado de pensarlo cuando comenzaron a dispararles.

32

Rupert arrancó bruscamente a Rebecca del asiento y la empujó al suelo. Por si eso no fuera lo suficientemente malo, él se tiró encima de ella; no con todo su peso, desde luego, aunque sí con el suficiente para hacerla sentir ligeramente incómoda.

Por supuesto, Rebecca había oído el disparo que había provocado las acciones de Rupert. No era sorda. Todavía molesta, le preguntó:

—¿De verdad crees que un disparo atravesará el panel de un carruaje tan resistente? ¿O que acertarán a dar a un vehículo en movimiento?

—Vienen a caballo —fue todo lo que él dijo.

—Pues tanto mejor. ¿Crees que alguien puede acertar en el blanco mientras monta a caballo?

—Sí.

Rebecca soltó un bufido, sin creerle del todo. Pero sabía lo que implicaba que los perseguidores fueran a caballo. Si bien Matthew había espoleado a los caballos hasta un nivel temerario, sus asaltantes no tardarían demasiado tiempo en darles alcance.

—¿Es posible que sean salteadores de caminos? —preguntó ella, sin poder ocultar el tono esperanzado de su voz.

—¿A plena luz del día?

—A lo mejor están desesperados.

Ser atracado no sería agradable, pero ciertamente era preferible a que un criminal enfadado estuviera intentando recuperar sus bienes robados.

—Sería una suposición lógica, Becca, si no hubiéramos acabado de abandonar la casa de un asesino.

—¿Así que has encontrado pruebas de su culpabilidad?

—En el libro que te pedí que escondieras bajo las faldas. Considerando lo rápido que nos fuimos de allí, Mary Pearson pudo haber sospechado algo y haberle mencionado a su marido que te había llevado a su dormitorio y que yo te había seguido. Si fue así, Samuel debió subir directamente arriba para averiguar si su incriminador libro de cuentas, que él tan descuidadamente había dejado encima del escritorio, seguía en su lugar.

—Y, por supuesto, no lo encontró —dijo ella con un suspiro.

—No te desesperes. No nos pasará nada.

Rebecca hubiera gritado como una arpía ante esa ridícula afirmación. Después de un par de disparos más, su miedo aumentó con rapidez. El pánico había comenzado a apoderarse de ella en la casa de los Pearson, en cuanto Rupert le había dicho que había noqueado a uno de los sirvientes, ya que eso significaba que podían comenzar a buscarles en cualquier momento. En ese instante, las náuseas habían desaparecido de repente. Increíble. ¿El miedo tenía ese efecto en ella? No es que pensara salir a buscar cosas que la aterrorizaran sólo para aliviar los síntomas del embarazo, pero era bueno saberlo. Al menos podría probar la teoría en casa diciéndole a Flora que intentara sobresaltarla o... ¿por qué demonios estaba pensando en eso cuando podrían matarla en cualquier momento?

—¿No estás asustado? —le preguntó a Rupert.

—No mucho, por lo menos mientras te quedes tumbada en el suelo —tuvo el descaro de decir—. Probablemente ya nos seguían el rastro antes de salir de la ciudad.

—Entonces, ¿por qué no dispararon antes?

—Por los testigos. Disparar en calles llenas de gente implica muchas explicaciones, y bueno, no pueden matarnos delante de todo el mundo. Además, Pearson vive en esa ciudad, no querría exponerse de esa manera. Por eso han esperado a que saliéramos de allí. Aquí, en medio del camino, somos un blanco fácil.

—¡Pues no entiendo cómo puedes estar tan tranquilo! —le chilló ella.

Él se inclinó un poco más sobre ella.

—No dejaré que te hagan daño, te lo prometo —le dijo al oído.

Su tono era tan tranquilizador que Rebecca casi le creyó. Casi.

—Tenemos uno de los tiros de caballos más rápidos del mundo —continuó él—. No te sorprendas si llegamos al pueblo siguiente antes de que se acerquen lo suficiente para poder abordarnos.

Rebecca deseó que él no hubiera añadido eso último. Indicaba con claridad que los perseguidores estarían tratando de acertarle primero al pobre Matthew, algo que frenaría de inmediato la marcha del carruaje si no lo detenía por completo... o lo hacía volcar.

Pero antes de que ella pudiera señalárselo, Rupert le dijo:

—Perdona. —Y se levantó del suelo.

Ella lo observó rebuscar unas cajas bajo el asiento que él había ocupado antes. Metió una mano en el compartimiento de debajo y sacó un rifle. Rebecca abrió mucho los ojos ante la evidente conclusión.

—No irás a matar a nadie con eso, ¿verdad?

—¿Acaso no crees que se lo merezca? Pero no te preocupes, no, no es ésa mi intención. Tengo una puntería excelente. Sólo voy a intentar convencerles de que den la vuelta.

¿Así como así? Lo dijo con tal confianza que Rebecca pensó que él le estaba tomando el pelo, pero supo que no era así cuando lo observó abrir la ventanilla de la puerta más cercana a ella. De rodillas, porque era demasiado alto para ponerse en pie dentro del carruaje, sacó la cabeza, medio torso y el rifle por la ventanilla, lo que no fue fácil porque aunque la ventanilla era ancha, el pecho de Rupert lo era todavía más. Luego apuntó.

El sonido de un disparo cercano retumbó en los oídos de la joven. Apenas oyó la maldición de Rupert cuando el carruaje volvió a balancearse después de que él disparara por primera vez. Obviamente había errado el blanco. Ella se cubrió las orejas con las manos durante un buen rato. No sirvió de mucho, porque durante los cinco minutos siguientes, Rupert hizo tres disparos más, el último desde la otra ventanilla.

—Ya puedes levantarte.

Ella intentó mostrarse indignada mientras se sentaba en el asiento para que él no notara lo asustada que había estado, no sólo por sí misma, sino por el bebé.

—Así que has tenido que disparar tres veces para que Pearson cambie de opinión, ¿no? Después de todo no tienes tan buena puntería, ¿eh?

—Había dos hombres más con él. Y los tres están heridos ahora.

El sonrojo de Rebecca apenas se notó pues todavía estaba pálida por el miedo. El tiroteo podía haber cesado, pero sus estremecimientos no. En ningún momento Rupert le había mencionado, durante su descripción de la misión en Le Mans, que tendrían que salir corriendo para salvar la vida.

Rupert observó el rostro de Rebecca después de volver a sentarse frente a ella con los brazos cruzados.

—¿Sabes? Creo que ésta es la primera vez que estoy con una dama en un cómodo carruaje y no he intentado sentarla en mi regazo para hacer el trayecto más agradable —comentó—. Salvo con mi madre, claro está.

—¿Debo suponer que ese comentario tiene algún significado oculto? —preguntó ella.

—He pensado que sería mejor advertirte primero —dijo él con una amplia y pícara sonrisa mientras la cogía de la mano y la sentaba encima de su regazo.

—¿Qué...?

—Te has llevado un buen susto —le dijo él al oído, provocándole un estremecimiento en la espalda con su cálido aliento—. Esto hará que dejes de pensar en ello, ¿no crees?

¡Ya no pensaba en ello! Rebecca no podía entender por qué él querría tranquilizarla cuando tenía tan baja opinión de ella, pero Rupert no esperó su respuesta. Poniéndole una mano en la mejilla, acercó los labios de la joven a los suyos, y en sólo unos segundos el beso se volvió más cálido y explosivo. Haber estado tan cerca de la muerte había provocado tantas emociones que al final se habían desbordado.

Dios, ¿cómo conseguía Rupert seguir haciéndole eso, hacer que lo deseara hasta tal punto que nada más importara? Ya era bastante malo tener que mirarle, pero ¡tener que saborearle! ¡Tener que sentirle! Si al menos no recordara su manera de hacer el amor, si no conociera la experiencia de primera mano, ella podría haber reunido la voluntad suficiente para detenerle, pero sabía cómo era hacer el amor con él y no quería detenerle.

Rebecca hundió los dedos en el sedoso pelo de Rupert. Un mechón le rozó la mejilla cuando él la cambió de posición sin interrumpir el beso. La cabeza de la joven descansaba ahora en el hueco del codo de Rupert mientras él deslizaba la mano en una caricia lenta y sensual, desde el cuello al vientre de Rebecca, deteniéndose sólo un momento antes de que ella sintiera la presión de sus dedos por encima de la ropa, ¡allí donde se unían sus piernas!

Un duro bote del carruaje interrumpió el beso y despejó la cabeza de Rebecca lo suficiente para darse cuenta de que tenía que volver a intentar convencerle de que estaba embarazada de verdad antes de dejar que continuara con eso. Los dos lo lamentarían más tarde si no lo hacía. ¡O quizá fuera ésa la manera que tenía Rupert de demostrarle que la creía!

Ella le puso los dedos en los labios antes de que pudiera volver a besarla.

—¿Me crees ahora? —preguntó.

—¿Sobre qué?

Rupert parecía realmente confuso ahora. Pero claro, él tenía la cabeza puesta en otra cosa y la pasión todavía se reflejaba en sus ojos.

—Sobre el bebé —le aclaró ella.

Aquello apagó el fuego de la pasión con rapidez... por lo menos en él. La depositó de nuevo en su asiento, se pasó la mano por el pelo y le clavó una mirada ceñuda.

—Rebecca, tu sentido de la oportunidad es lamentable. Creía que ya te había dejado claro que no pensaba caer en esa trampa de nuevo.

Aquello apagó el deseo sensual de la joven. ¡Si todavía pensaba eso, no debería haberla besado! No importaba que hubiera logrado hacerla olvidar sus miedos por los disparos, ahora lo que sentía era pura frustración.

Debía intentar convencerle una última vez de que se equivocaba con ella, pero al final sólo pudo decir:

—¿Sabes? Cuando los dos seamos unos ancianos de pelo canoso y rememoremos nuestras vidas, sólo yo tendré recuerdos de este bebé que creamos juntos. Creo que en ese momento sentiré mucha lástima por ti.

Definitivamente aquella declaración debió de haber tocado la fibra sensible de Rupert a tenor de la mirada ominosa que le dirigió. Pero no le importó. Aquella predicción no era más de lo que se merecía.

Rupert no dijo nada más.

Ella había dicho demasiado.

Luego Rupert sacudió la cabeza.

—No hago más que quedar como un tonto contigo. Eres una manipuladora nata. ¿Así que quieres casarte conmigo? Estupendo, le diré al capitán del barco que nos case en alta mar cuando regresemos a Inglaterra. Pero no pienses que vas a obtener lo que quieres, Becca. Eso no te abrirá las puertas de mi casa. Éste será sólo un matrimonio de nombre hasta que se demuestre que no estás embarazada, y entonces solicitaré la anulación del matrimonio. Tendrás que abandonar tu puesto en palacio, por supuesto. Las damas de honor pierden ese título cuando se casan y más cuando tienen bebés, así que tendrás que ocultarte en casa durante todo el proceso.

¡Cómo se atrevía a darle aquellas despreciables órdenes!

—Ya había pensado regresar a mi casa porque cada vez es más difícil ocultar las náuseas. ¿Sabes qué? ¡No me importaría casarme contigo sólo por fastidiarte! Pero casarme con el mayor mujeriego de Londres no es una opción, así que ya tienes mi respuesta. No lo haré.

—Lo harás —insistió él.

—¡Ja!

—¿Eso crees? Entonces supongo que no te importará que se publique en los periódicos que estás embarazada.

Ella inspiró bruscamente, lívida de furia.

—¿Por qué harías eso?

—Porque, finalmente, me has hecho dudar, y mientras tenga la más mínima sombra de duda, no consentiré que ningún hijo mío se críe con desconocidos.

—¡Pues vas listo!

33

¿Cómo se podía odiar a alguien de esa manera y aun así sentirse mal por hacerlo? ¡Porque ella se sentía mal! Rebecca tenía que hacer un verdadero esfuerzo para no pedirle disculpas a Rupert. Tenía la seguridad de que él sólo había hablado en un momento de enfado y que no se casaría con ella.

Pero lo hizo.

La sorpresa había sido monumental y no desaparecía. De pie, en la cubierta del pequeño barco en el que Rupert había conseguido pasaje, con el viento frío azotándole el rostro tuvo que enjugarse las lágrimas con rapidez sin saber siquiera por qué lloraba. Era una manera horrible de casarse y, para colmo, no podía resistirse a ese ángel caído. Trataba de pensar lo que ese «matrimonio» significaría para ella y no podía. ¡No significaba nada!

Un barco más grande trasladaría al carruaje y a los caballos, pero sólo Matthew viajaría en él, ya que no zarparía hasta el día siguiente. El barco en el que ellos iban no tenía camarotes, pero saldría de inmediato y los dejaría en Dover en una hora.

Rebecca estaba de pie junto a la barandilla cuando sintió la presencia de Rupert a su lado. No quería mirarlo. La costa inglesa ya estaba a la vista y no apartó la mirada de ella.

—Ten por seguro, Becca —dijo Rupert en tono tranquilo y bajo, como si en realidad estuviera haciéndole un favor—, que no volveré a tocarte. Éste será sólo un matrimonio de nombre.

Rebecca se lo habría agradecido si hubiera logrado abrir la boca. No obstante, le pondría los puntos sobre las íes en cuanto recuperara la voz.

Pero él no había terminado todavía de hablar.

—No voy a darte la oportunidad de que te quedes embarazada de verdad —añadió.

Si ella fuera propensa a los histerismos, a esas alturas le habría dado un ataque. Pero él todavía no había terminado de aplastar su autoestima. Aunque su voz permanecía calmada, no dejó de insultarla.

—No volveremos a vernos hasta que haya pasado el tiempo suficiente para probar que mientes sobre tu embarazo. De hecho, ni siquiera necesito presentarme en persona para comprobarlo. Cuando lo considere necesario enviaré a uno de mis hermanos para que dé fe de ello y nuestro matrimonio será anulado en el acto. Tal y como yo lo veo, todo será muy sencillo.

—Me alegro de que lo veas así —masculló ella con mordacidad.

—Sé que casarte conmigo es lo que has querido desde el principio, a pesar de todos esos absurdos alegatos en contra. Una lástima, porque nadie va a enterarse de esto. ¿Te ha quedado claro?

—No, explícamelo —contestó ella con brusquedad—. Soy brillantemente astuta, y estúpidamente torpe al mismo tiempo. Continúas tratándome como a una niña.

—Tu sarcasmo es totalmente impropio.

—No estoy de acuerdo. De hecho, nunca estaré de acuerdo contigo, ¡aunque tengas toda la razón del mundo! Si te empeñas en tratarme como a una niña, me comportaré como tal.

Rebecca todavía no le había mirado, pero al bajar la vista vio que él tenía los nudillos blancos por la fuerza con la que agarraba la barandilla. Bien, ¿por qué tendría que ser ella la única furiosa por aquella lamentable situación?

—¡Como quieras! Te lo dejaré bien claro —escupió él—. Será mejor que nadie se entere de este matrimonio que ni tú ni yo hemos querido.

¿Estaba amenazándola? ¿Con qué? ¿Con seguir casados de por vida? Quizá sí se pusiera histérica después de todo.

—Puedes decírselo a tu madre, por supuesto —continuó él—. No quiero que me eche la puerta abajo si es lo suficientemente tonta para creerse que estás encinta. Pero no se lo dirás a nadie más y le avisarás de que ella haga lo mismo.

—¿De veras? ¿Y qué te hace pensar que voy a hacer cualquier cosa que me digas?

—Porque por el momento, eres legalmente mía, y eso significa que debes obedecerme.

Ella casi se atragantó al inspirar bruscamente.

—No cuentes con ello, St. John. No me importa qué clase de derechos crees haber adquirido con este ridículo matrimonio, pero en lo que a mí concierne, este matrimonio no existe. ¿He sido lo suficientemente clara?

—No, creo que estamos de acuerdo en que ambos queremos olvidarnos el uno del otro, lo que me parece maravilloso. Mientras no hagas nada que se gane mi desaprobación, como no quedarte en casa el tiempo que sea necesario.

—Tus amenazas no me asustan.

Él arqueó una ceja.

—¿No? Entonces debes de tener unas ideas muy extrañas sobre el matrimonio si piensas que puedes hacer lo que te plazca. Pregúntale a tu madre si dudas de mí.

Él se marchó, y ella no se molestó en mirar a dónde. Eran marido y mujer, y lo serían hasta que él anulara el matrimonio. Pero qué sorpresa se iba a llevar dentro de tres o cuatro meses cuando descubriera la verdad.

34

—¿Dónde se había metido?

Rebecca dio un respingo ante el tono chirriante de Flora, si bien no se había esperado menos. Había cogido un carruaje de alquiler en Dover y al anochecer ya había llegado a Londres, pero a pesar de la hora que era la doncella había expresado su alivio en voz alta.

—Donde no quería —replicó Rebecca con aire cansado, acercándose a la cama para sentarse.

—¡Han pasado cuatro días!

—Y ha sido una suerte que sólo hayan sido cuatro —gruñó Rebecca—. No es demasiado fácil encontrar billete en un barco sin haberlo sacado de antemano, ¿sabes? No, supongo que no lo sabes. Pero te aseguro que lo he averiguado de primera mano.

Flora abrió mucho los ojos.

—Pero ¿adónde se le ha ocurrido ir sola en un barco? ¿Por qué no me avisó?

—No fue a propósito. Aunque el barco zarpó mientras le decía a mi marido que ni en sueños pensaba casarme con él.

—Pero se ha casado con él, ¿no?

Rebecca parpadeó sorprendida por el tono tranquilo que de repente había adoptado su doncella.

—¿Por qué no te sorprendes?

—Porque es lo correcto si tenemos en cuenta todo lo ocurrido.

Rebecca soltó un bufido y se puso en pie, sintiéndose furiosa de nuevo.

—No cuando él no quería casarse conmigo. No cuando piensa que le seduje. No cuando está tan malditamente seguro de que le he mentido sobre mi embarazo.

—Entonces... ¿por qué al final se ha casado con usted de todos modos?

—Al parecer tenía una mínima sombra de duda.

—¿Una mínima sombra de duda? —repitió atónita Flora.

—Sí, una mínima sombra de duda.

—Pero si han estado cuatro días juntos, ¿acaso no tuvo náuseas y vómitos que pudieran probar...?

—Claro que sí. Todas las mañanas. —Rebecca suspiró—. Pero para él no eso no constituye una prueba porque piensa que fingí. Además, a bordo del barco, no sólo tenía náuseas por el embarazo. Estoy segura de que hasta que no me vea con el vientre hinchado no empezará a considerarlo en serio. Pero por ahora, Rupert tiene intención de anular el matrimonio, ya que está casi seguro de que no podré demostrar mi embarazo en el período de tiempo estipulado.

—Bueno, entonces peor para él cuando vea que no es así.

—No, peor para mí. Es un canalla, Flora. Aún no puedo creer que me haya sentido atraída por él. Por supuesto, no mostró su verdadero carácter hasta esa fatídica noche.

Pero no tanto como cuando le puse al corriente de mis circunstancias en el barco, y éste zarpó antes de que pudiera bajarme. Le dije que no me iba a casar con él y punto.

—¡Estoy segura de que se mantuvo en sus treces!

—No te burles de esta lamentable situación. ¡Amenazó con arruinarme públicamente si no aceptaba sus horribles términos! Y me ha ordenado que me oculte en casa, en Norford, hasta que haya pasado el tiempo suficiente para terminar con esta farsa de matrimonio.

—¿Qué ocurrirá cuando se entere que no podrá ponerle fin de un modo amistoso sino con un escandaloso divorcio?

—Eso es lo que más temo. Cuando al final descubra que no le he mentido, no querrá divorciarse. Ésa es la única razón de que se haya casado conmigo, esa mínima sombra de duda que tiene. Me dejó muy claro que no permitiría que unos desconocidos criasen a su hijo. Así que espero que la prueba de mi embarazo se retrase lo máximo posible para poder salir de este lío antes de que él se dé cuenta de que en realidad sí estoy esperando un hijo suyo.

—No creo que se haya parado a pensar lo que está diciendo —dijo Flora con vacilación.

—Le desprecio sin ningún género de duda —insistió Rebecca.

—No me refería a eso. Lo que quiero decir es que ha conseguido justo lo que quería, que su hijo sea legítimo. Si deja que él se divorcie sin que nadie sepa que se han casado, estará de nuevo como al principio, pero con tres o cuatro meses más de embarazo. Demasiado tarde para hacer cualquier cosa que no sea irse a otro lugar para tener al bebé en secreto y dejarlo al cuidado de otras personas.

Rebecca palideció. ¿Por qué no se le había ocurrido pensar en eso antes? ¿Porque estaba tan furiosa con Rupert St. John que no era capaz de ver más allá de sus narices?

—Veo que me ha entendido —añadió Flora inclinando la cabeza con satisfacción.

—Esto es... intolerable. No puedo soportar la idea de estar atada a él...

—Oh, basta —la interrumpió Flora con dureza—. ¿De verdad cree que él continuará siendo tan despreciable con usted cuando se dé cuenta de que todas sus conclusiones eran absurdas y estaban equivocadas? Lo más probable es que haga un considerable esfuerzo por ser tan encantador como usted quiere que sea, y compensarla por el mal rato que la ha hecho pasar.

Rebecca soltó un bufido.

—No, se limitará a buscar otra razón para despreciarme. En serio, olvídalo. Si hasta me ha dicho que fui yo quien lo seduje, que todo esto ¡es culpa mía!

—¿Y lo sedujo? —preguntó Flora con franqueza. Ante la mirada airada de Rebecca, la doncella intentó suavizar las cosas añadiendo en un tono conciliador—: No, por supuesto que no. No sé en qué estaría pensando. Pero habría que preguntarse cuántas mujeres habrán intentado cazarlo cuando no es capaz de ver la verdad a pesar de tenerla delante.

—No intentes justificarle, Flora. He pasado casi cuatro días horribles con ese hombre, y preferiría no tener que hablar más de él.

Flora asintió con la cabeza y cogió el libro que había estado leyendo.

—¿Cuánto tiempo lleva mi madre angustiada por mi desaparición? —preguntó Rebecca con preocupación.

De inmediato, la expresión de Flora se volvió compasiva.

—Esperé tanto como mis nervios me lo permitieron antes de avisarla de que usted había desaparecido. Rezaba para que regresara de un momento a otro. Pero después de dos días sin tener noticias suyas, no pude demorarlo más. Ayer envié al lacayo, John Keets, a su casa para que le entregara el mensaje a su madre, pero aún no ha regresado. Aunque estoy segura de que ya se lo ha notificado. Pensé que Lilly estaría aquí anoche, así que no sé qué la está retrasando. Sin embargo, puede llegar en cualquier momento.

Rebecca suspiró. Debería agradecer que Lilly no hubiera estado preocupándose tanto tiempo por ella como había temido, pero ahora la inquietaba la demora de su madre. Y no sabía si debía esperar en palacio a que ella llegara o tratar de interceptar a Lilly en el camino de vuelta a casa. Si lo hacía podría pasarla por alto en el camino ya que había anochecido. Además, sin carruaje y conductor propios, tendría que buscar un coche de alquiler, y no creía que pudiera encontrar a un cochero dispuesto a llevarla a Norford por la noche.

—Supongo que tendré que pasar otra noche más aquí —dijo Rebecca—. Pero hay que empezar a recoger mis cosas. Yo misma te ayudaré para que vayas a recoger las tuyas al apartamento antes de que se haga demasiado tarde.

—¿Nos vamos mañana?

—Sí, a primera hora de la mañana. Si pudiera disponer de un medio de transporte esta noche, partiríamos de inmediato.

—Si quiere irse ahora, John podría ayudarnos.

—Pero ¿qué pasará si mi madre llega después de que nos hayamos ido?

—John podría avisarla también. Estaría pendiente de su llegada y le diría que usted está sana y salva —dijo Flora—. Ésa será su mayor preocupación. No necesita verla para saber que está bien.

—Pobre señor Keets. No hemos dejado de aprovecharnos de su amabilidad. Tendré que pensar una manera de compensarle por toda su ayuda.

—No es necesario que haga nada —dijo Flora sonrojándose.

—Oh —repuso Rebecca, entendiéndola a la perfección, y sólo un poco incómoda al conocer la existencia de otro amante de su doncella, ahora que ella misma había caído en desgracia—. Mmm, bueno, espero que no lo eches demasiado de menos cuando regresemos a casa.

Flora le dirigió una sonrisa.

—Prometió visitarme... a menudo.

—Muy bien pues, si él puede encontrarnos un carruaje para esta noche podemos irnos ahora y enviar a alguien para que recoja nuestras pertenencias más tarde. Sin embargo, tendré que ir a explicarle a lady Sarah mi ausencia de estos últimos días y decirle por qué abandono mi puesto como dama de honor. Lo haré ahora mismo.

—Entonces, ¿va a decirle la verdad? —le preguntó Flora con sorpresa.

—Santo Dios, no. Eso es algo que mantendremos en secreto. Pero tengo la excusa perfecta para Sarah: sus intrigas. Le diré que no puedo soportarlas más, etcétera. Incluso le diré que he estado en casa estos últimos días para convencer a mi madre de que me permitiera renunciar a mi puesto como dama de honor para siempre.

—¿Que vas a hacer qué? —dijo Lilly Marshall desde la puerta.

35

Lilly estaba maravillosa, pero siempre tenía un aspecto estupendo en los meses de invierno cuando sus mejillas adquirían un brillante tono rosado por sus paseos diarios. Rebecca, una excelente amazona gracias a las enseñanzas de su madre, siempre había montado con ella a primera hora de la mañana antes de que comenzaran sus clases. Había echado de menos aquellos paseos en Londres. También había añorado a su madre terriblemente. ¡Llevaba casi dos meses sin verla!

—No me digas que me he comprado una casa en Londres para nada —dijo Lilly entrando en la habitación y dándole a Rebecca un largo y fuerte abrazo—. Aunque supongo que todavía podremos usarla en la temporada de invierno. ¿Qué tal, cariño? Pareces un poco pálida. No estarás enferma, ¿verdad? ¿Es por eso por lo que quieres volver a casa?

Rebecca apenas pudo evitar abrir la boca. Era evidente que su madre no había tenido noticia de sus cuatro días de ausencia, con lo cual no había estado angustiada y preocupada, y ella se había estado preocupando por nada. Además, por el comentario que había hecho al entrar, Lilly tampoco parecía haber escuchado más que las últimas palabras de su hija. Eso quería decir que tendría que darle las noticias con toda la suavidad posible.

—Su hija está casada y embarazada, y le contará todos los detalles de camino a casa.

—¡Flora! —exclamó Rebecca.

Lilly amonestó a la doncella con una mirada adusta.

—Siempre has tenido un pésimo sentido del humor, Flora. Pero no está bien bromear con esas cosas.

Rebecca se apresuró a cambiar de tema.

—¿Cuándo decidiste comprar una casa en la ciudad? No me habías mencionado nada en las cartas que me enviaste.

—Quería que fuera una sorpresa. Incluso vine a Londres hace un par de días para cerrar el trato, pero hubo algunos retrasos. Como todavía quería darte una sorpresa, me abstuve de venir a verte hasta después de firmar la escritura, lo que ha ocurrido hace más o menos una hora. No me fue fácil tener que esperar, fue todavía peor que estar en casa echándote de menos —añadió Lilly con una risa ahogada.

—No estaba bromeando —dijo Flora entre dientes desde el fondo de la habitación.

Ahora fueron las dos Marshall las que fulminaron a la doncella con la mirada.

—Pero si me dijiste que no pensabas comprarte una casa aquí —le recordó Rebecca a su madre, ignorando a Flora.

—Lo sé, y estaba resuelta a ello. Tenía que cortar por lo sano, por así decirlo, ya que sabía que no volverías a vivir de nuevo en casa, al menos no por mucho tiempo. Pero al final, ¡no pude soportarlo más! Así que vivas donde vivas cuando te cases, no volveremos a estar tan lejos la una de la otra.

—No estaba bromeando... —masculló la doncella de nuevo.

—Flora, déjalo, por favor —dijo Rebecca esta vez.

Por desgracia, el tono angustiado de su voz no pasó desapercibido para su madre. Su madre frunció el ceño con preocupación.

—¿Hay algo que debería saber? —le preguntó Lilly directamente.

Rebecca no pudo pronunciar las palabras, sólo se quedó mirando a su madre. Sus náuseas habían vuelto en todo su esplendor.

—Sólo intento evitar que se vuelva a poner de los nervios con todo este asunto —dijo Flora con toda la despreocupación del mundo—. No necesita más trastornos en su estado. Ya ha sufrido bastante.

Lilly no era estúpida, y era demasiado buena sumando dos y dos; por lo que terminó expresando en tono claramente lastimero:

—¿Te casaste la misma semana que llegaste? ¿Y no me invitaste a la boda?

Rebecca se apresuró a tranquilizarla.

—No fue así, mamá. Me casé esta mañana en medio del canal de la Mancha cuando regresábamos de Francia.

—¿¡De Francia!?

Rebecca hizo una mueca.

—Fue algo así como una especie de... viaje de novios adelantado.

De repente todo cobró sentido para Lilly.

—Oh, Dios mío, necesito sentarme —dijo. Pero no lo hizo. Se quedó allí de pie en estado de shock y luego añadió—: ¿Y quién es él?

—Rupert St. John.

—No será... Oh, Dios, ¿es el apuesto hijo de Julie? Bueno, supongo que eso lo explica todo. Siempre te dejaba embelesada cada vez que lo veías, ¿recuerdas?

—Sí, hasta que lo conocí —respondió Rebecca y al instante deseó haberse guardado esa información para sí.

Lilly arqueó una ceja.

—¿Hay alguna otra cosa que deba saber además de que te viste obligada a casarte con él?

—Supongo que el hecho de que los novios se odien mutuamente no tiene importancia —dijo Flora.

Esta vez Lilly sí que se sentó. Comenzó a decir algo, pero cambió de idea y se calló. Abrió la boca para comenzar de nuevo, pero volvió a cerrarla. Finalmente estalló:

—¡Se suponía que esto no iba a ocurrir! —Sacudió la cabeza levemente y añadió—: Muy bien, hija, explícamelo todo tan concisamente como puedas, así podré contener este repentino deseo de ir a por una pistola.

Rebecca la puso al corriente con rapidez y trató de no dejarse nada en el tintero. Empezó por el principio, explicando cómo Sarah Wheeler había intentado involucrarla en sus tejemanejes desde su primer día en palacio y cómo había sido el primer encuentro con Rupert. Algo que, mirándolo retrospectivamente, había sido incluso divertido, pues ambos habían llegado a unas conclusiones erróneas. Admitió su fascinación por él, a pesar de saber que era un reconocido mujeriego. Incluso confesó que había aceptado ayudar al señor Jennings en sus intrigas, y que eso era lo que la había llevado a buscar a Rupert en donde no debía. No se reservó nada y repitió todo lo que él había dicho y por qué.

Rebecca se sintió liberada cuando terminó, como si le hubieran quitado un peso de encima. Debería haber recordado que Lilly siempre tomaba lo bueno o lo malo que le ofrecía la vida. Su madre jamás se quejaba, y jamás guardaba rencor. Podía enfadarse tanto como cualquier persona ante determinadas situaciones, pero rara vez pensaba demasiado en ello, prefiriendo desahogarse con rapidez para volver a recuperar su habitual optimismo. Rebecca deseó poder ser como ella. Y deseó haber ido a hablar con Lilly en primer lugar, en vez de seguir el consejo de Flora... algo que había conducido a su boda.

Lilly se puso en pie cuando Rebecca terminó e incluso sonrió. Puede que no fuera una sonrisa entusiasta, pero, definitivamente, era una sonrisa.

—Muy bien —dijo ella—. No es necesario que volvamos a Norford tan pronto. Tengo reservada una habitación para ti en mi hotel. Había pensado que podrías tomarte unos días de descanso y venir conmigo a comprar los muebles para la nueva casa, pero ahora deberías considerarlo como un respiro para no pensar en esta nueva y triste situación. Será una salida agradable. Nos divertiremos. Y luego podrás decidir lo que quieres hacer. Así que olvídate de las tontas órdenes de tu marido, ya que son totalmente irrelevantes y se basan en un análisis erróneo de las circunstancias. ¿Qué me dices, cariño? ¿Nos vamos a cenar a Londres? Y si al final no sabes qué hacer, ya se me ocurrirá algo mientras cenamos.

36

Rebecca no estaba ni un poquito nerviosa cuando llegó a casa de Rupert la segunda vez. Lilly se había ofrecido a ir con ella, pero la joven no quería que su madre fuera testigo de lo sarcástico y ofensivo que podía ser Rupert... ni de cómo ella se rebajaba a su nivel cuando se enfrentaba a él. Había tomado la decisión de ir a hablar con su marido sola. Quizá lo había hecho en un arrebato de cólera, pero estaba segura de haber tomado la decisión adecuada. No importaba cuánto aborreciera la idea, ni lo mucho que Rupert se opusiera a ella. Su hijo era lo más importante de todo.

Además, su madre había estado totalmente de acuerdo con ella. De hecho había sido ella quien le había metido la idea en la cabeza.

—No permitas que crea que va a haber una anulación cuando no la va a haber.

Le abrió la puerta el mismo mayordomo con el que se había topado la vez anterior. Ya que el cochero de su madre estaba bajando uno de sus baúles pequeños del carruaje, el hombre debería haber mostrado al menos un poco de sorpresa o curiosidad, pero ocultó sus pensamientos a la perfección.

—Soy Rebecca St. John y vengo a quedarme —explicó—, así que le agradecería mucho que le pidiera a un lacayo que ayudara a bajar mis baúles. Por favor, lléveme ante el marqués.

El mayordomo tardó un momento en responder. Incluso sus ojos llamearon levemente. Probablemente pensaba que deberían haberle avisado de su llegada, y así debería haber sido si alguien de la casa hubiera estado al tanto.

—El marqués está ocupado —respondió inexpresivamente.

—¿Aún sigue durmiendo? —preguntó ella.

—No, lady Rebecca, salió a primera hora de la mañana. Casi al amanecer. Llevaba una pequeña maleta con él, así que puede que no regrese hoy. No dijo mucho al respecto.

Rebecca no se esperaba esa noticia. Había estado preparada para una violenta pelea, pero ahora él no estaba allí para enfrentarse a ella.

—¿Podría hablar con su madre?

—Por supuesto, sígame.

El mayordomo no tuvo que ir muy lejos. Se detuvo en la puerta del comedor antes de anunciar en voz alta:

—Lady St. John ha llegado, milady.

Rebecca oyó la réplica irritada que salía del interior de la estancia.

—¿Está usted ciego, Charles? Estoy sentada aquí mismo.

—La nueva lady St. John —corrigió él.

Rebecca tuvo la sensación de que a Charles le había provocado un profundo placer dejar muda a la marquesa viuda. Pero ya que él no podía responder a ninguna pregunta que Julie St. John quisiera hacerle, Rebecca pasó junto al mayordomo y entró en el comedor.

—Yo soy la nueva lady en cuestión, anteriormente Rebecca Marshall, de Norford. De hecho, la casa de mi familia está un poco más abajo que la hacienda de su hermano, así que quizá conozca a...

—¿Eres la hija de Lilly Marshall? —la interrumpió.

—Sí, y actualmente... su nuera.

La mujer debió de quedarse patidifusa, pero Julie St. John sólo se limitó a soltar su tenedor antes de preguntar en un tono resentido:

—¿Cuál de ellos se casó contigo?

—El mayor. Fue una ceremonia muy breve que se celebró en alta mar la semana pasada.

Para sorpresa de Rebecca, una gran sonrisa apareció en la cara de su suegra

—Debo decir, joven, que has triunfado donde otras han fracasado, ¡te felicito!

—¿No está enfadada?

—Dios mío, no. Estoy encantada. Incluso conocía a tus padres. Eran buenos amigos míos como estoy segura de que ya sabes, y su matrimonio no fue una sorpresa para mí. Para entonces ya me había ido de la casa de mi padre, pero oí decir que el conde había mandado construir la casa solariega para Lilly ya que estaba cerca de la propiedad de su familia. Recuerdo haber pensado lo romántico que me pareció aquel gesto cuando mi hermano lo mencionó en una de mis visitas a casa. Es un gran inconveniente vivir la mayor parte de tu vida en una propiedad vinculada a un título y perderla cuando fallece tu marido. Al menos Lilly no tuvo que pasar por eso.

Rebecca apenas fue capaz de endurecer la expresión ante la queja de la mujer. Sabía exactamente de qué hablaba Julie. Había imaginado que Rupert todavía estaba viviendo con su madre e incluso se lo había mencionado a Lilly esa semana.

—Tienes razón —le había dicho Lilly—. Julie todavía vive con él. Rupert heredó todas las propiedades del marqués junto con el título cuando su padre murió.

Rebecca se dio cuenta de que Julie se estaba comportando de una manera diferente a como se había imaginado. ¿Acaso no quería saber por qué Rupert no le había dicho que se había casado?

—Me alegra que me considere la mujer adecuada para su hijo —le dijo suavemente—, pero debo advertirle que él no es de la misma opinión. No ha sido Rupert quien me ha invitado a venir, me he colado en su casa, por así decirlo.

—¿Os habéis peleado ya? —preguntó Julie—. Bueno, eso no augura nada bueno, pero al menos explica por qué él no ha mencionado este maravilloso acontecimiento. Todavía me parece increíble. Incluso me había resignado a que mis hijos menores se casaran antes que Rupert.

—Es mucho más que una pelea, lady Julie. Rupert tiene intención de anular el matrimonio.

La dama frunció el ceño.

—Podrías haberte ahorrado el comentario. Así que voy a seguir sin tener nietos, ¿eh?

—Bueno, al menos tendrá uno —dijo Rebecca con una tímida sonrisa.

37

A Rupert no le llevó demasiado tiempo darse cuenta de que era mucho más fácil pensar en Rebecca con lógica cuando ella no estaba cerca para confundirle y provocarle. Después de que ella regresara al palacio de Buckingham y él a su casa, apenas tuvo dos días de respiro antes de que el pequeño atisbo de duda que Rebecca había plantado en su mente comenzara a crecer y tuviera que reconocer cómo las consecuencias de su decisión afectarían a sus vidas si al final ella daba a luz a su hijo.

¿Cómo explicaría a la gente la decisión que había tomado de vivir separados todos esos meses previos al parto si tenían que continuar casados? Pero eso sólo sería un problema si Rebecca estaba realmente embarazada, algo que todavía estaba por ver.

Pero dos días después empezó a pensar en el bebé como algo real y no como un producto de las maquinaciones de Rebecca. Incluso comenzaba a imaginar a quién de los dos se parecería su hijo. Aquello fue un error. En cuanto le puso

rostro a un bebé que probablemente no existía se vio aco-
sado por una poderosa emoción imposible de describir ni
de ahuyentar. El niño de ambos... no, de él. Maldita sea, no,
realmente era de ambos... si existía.

Intentó con todas sus fuerzas dejar de pensar en ese niño
y en Rebecca, pero la idea ya había echado raíces en su cabeza y no desapareció. Iba a tener que llevar a Rebecca de
vuelta a Londres. Después de todo, no podía confiar en que
ella no hiciera alguna tontería. ¿Sabría su esposa qué pre-
cauciones debía tomar durante el embarazo? ¿Que había
cosas perfectamente normales que podrían ser muy peli-
grosas para un nonato?

Rupert metió alguna ropa en una pequeña maleta de mano por si acaso hacía mal tiempo por el camino, y se dirigió
directamente a Norford para traer a Rebecca de vuelta a casa.

Vivir con su familia no era precisamente la situación ideal,
pero era la única manera en que podría controlar las actividades de su esposa y asegurarse de que fueran las más apropiadas para una mujer encinta. Podrían inventarse algo sencillo
para que ella viviera con su familia, algo que no tuviera nada
que ver con el matrimonio. Sus madres eran amigas, después
de todo, y como ya era finales de noviembre, la larga temporada de invierno estaba a la vuelta de la esquina. Julie
siempre podía decir que iba a presentar a Rebecca en sociedad esa temporada. Tan simple como eso.

Cabalgó lo más deprisa que pudo hasta Norford, sorpren-
diéndose incluso de lo rápido que podía viajar al no tener
que ir con su madre en un pesado carruaje. La ansiedad que
experimentaba por poner bajo su cuidado a su futuro hijo
no tenía nada que ver con ningún deseo de volver a ver a Rebecca. Al menos eso fue lo que se dijo a sí mismo media docena de veces durante el largo trayecto. Pero la inesperada
decepción que sintió cuando no encontró a su esposa en casa

fue en parte responsable de la cólera que sintió mientras regresaba a Londres.

Le había dicho a Rebecca que se fuera a casa. ¿De verdad pensaba su esposa que podía hacer lo que le diera la gana? Lo había desafiado a propósito. Como realmente no estaba embarazada, resultaba evidente que había decidido conservar su puesto en palacio. Que le condenaran si iba allí para ajustar cuentas con ella. Tendrían una discusión violenta y demasiada gente podía escucharles y provocar rumores en palacio.

Cuando atravesó la puerta principal de su propia casa y vio a Rebecca salir de la sala, se quedó demasiado sorprendido para reaccionar de inmediato. Clavó los ojos en ella con dureza. Estaba aliviado de que su esposa estuviera bien y no por ahí perdida. Pero la rabia que había sentido durante el trayecto desde Norford no se había disipado, y la miró con el ceño fruncido. Rebecca no parecía precisamente acobardada. Si acaso había en sus ojos una rabia similar a la suya. Maldita sea, qué guapa estaba con ese vestido color lavanda y... tenía la cintura tan delgada como siempre...

—¿Hay alguna razón para que estés aquí? —inquirió Rupert finalmente.

—Bueno, me he traído mis cosas. Ahora vivo aquí —le dijo ella con absoluta indiferencia.

—¡Que te crees tú eso!

—Es muy amable de tu parte darme la bienvenida con esos modales groseros de siempre —fue todo lo que ella dijo.

Rupert apretó los dientes. No importaba que acabara de regresar de Norford adonde había ido a buscarla para traerla a casa. El que ahora su esposa estuviera allí había sido idea de ella, y eso, por sí solo, despertaba sus sospechas.

—No intentes manipularme de nuevo —la advirtió—, y responde a mi pregunta.

—¿Que por qué estoy aquí? Empezaré por la razón más evidente. Porque es cierto que estoy embarazada y en cuanto mi embarazo comience a ser visible no quiero que la gente empiece a preguntarme quién es mi marido y se rían incrédulos cuando les diga que eres tú.

—¿Y la razón no tan evidente?

—¡Porque me pones tan furiosa que haría cualquier cosa para fastidiarte!

—No vas a forzarme a nada apareciendo en mi casa sin haber sido invitada, te juro que no. Admito que tengo mis dudas, pero si intentas que este matrimonio sea real antes de que lo del bebé sea un hecho...

—No empieces con eso otra vez. Tu madre lo sabe, la mía también, y eso, por si no eres lo suficientemente listo para figurártelo, ya indica que estamos casados de verdad. Te dije que no quería casarme contigo pero, por si lo has olvidado, tú insististe en hacerlo, así que ahora asume las consecuencias. Todo lo que quiero es que mi hijo sea legítimo y así será. Por mí ya puedes volver a soltar todas esas mentiras de que me aproveché de ti. ¿O cómo dijiste? ¿Que te había seducido? No me importa lo más mínimo.

—¿Por qué me haces esto? —le preguntó Rupert con toda la paciencia que pudo reunir.

—Porque no miento. No te he mentido desde la noche que te dije que estaba buscando una bufanda para Sarah.

38

Rebecca se preguntó si sus emociones siempre se descontrolarían cuando estaba con Rupert.

Se apartó de él. Apenas había cruzado unas palabras con ese hombre y ya se había puesto tan condenadamente furiosa que acababa diciendo cosas que no quería. Pero ¡ésa era su casa! Lo que significaba que si ella se alejaba de él, él podía seguirla y eso fue lo que hizo.

Rebecca no sabía dónde habían dejado sus baúles. Estaba demasiado enfadada para buscar al mayordomo y preguntarle, tan enfadada que decidió buscarlos ella misma, así que comenzó a abrir una puerta tras otra en la planta superior. Normalmente, jamás se le hubiera ocurrido hacer algo tan grosero, pero las emociones que sentía en ese momento no eran normales, y Rupert la seguía de cerca.

Cuando alargó la mano para abrir la última puerta del largo pasillo, Rupert intentó detenerla.

—Ahí no... —la advirtió él detrás de ella.

No acabó la frase. Cuando Rebecca abrió la puerta, pudo

ver que había encontrado sus baúles apilados en esa estancia. La joven no dudó en entrar.

Ni tampoco él.

—No te vas a quedar aquí —le dijo Rupert en un tono inflexible.

Era una habitación maravillosa. Había una alfombra lujosa en tonos azul marino y borgoña y enormes cuadros con marcos de madera que resaltaban contra el empapelado en tonos crema y azul de la pared. La tapicería del sofá de madera de cerezo y de la silla de lectura era de un discreto color crema en contraste con la alfombra oscura. La mesita de café era una obra de arte con aquellas patas tan intrincadamente talladas.

Las cortinas de las ventanas eran de color azul oscuro y estaban ribeteadas con hilos de color plata. Había un caballete junto a la ventana más grande. El cuadro, a medio pintar, estaba orientado hacia la luz que entraba por la ventana así que Rebecca no podía ver qué era lo que había pintado. Las librerías estaban repletas de libros y en ellas apenas había espacio suficiente para uno más. Dos cómodas gemelas, las más grandes que Rebecca hubiera visto en su vida, estaban colocadas una al lado de la otra, lo más probable es que hubieran sido hechas a medida. La chimenea con la repisa de mármol blanco era lo suficientemente grande para calentar toda la suite, de hecho, ocupaba buena parte de la pared.

En la pared había dos puertas que probablemente conducirían a un baño y a un vestidor o quizás a otro dormitorio como en las habitaciones principales.

Toda la estancia era muy elegante, y la enorme cama, colocada de una manera extraña en una esquina, confirmó sus sospechas.

—¿Es tu habitación? —preguntó, intentando mantener un tono neutro cuando añadió—: Por una vez estoy de acuerdo contigo, no pienso quedarme aquí. Charles ha debido suponer que éste era el lugar más apropiado para dejar mi equipaje cuando le dije que era la nueva lady St. John.

—¿Ya tratas a mis criados por el nombre de pila?

Rebecca se volvió y lo observó atravesar la habitación, deteniéndose ante el caballete como si fuera un perro guardián. Como si a ella le importara un pimiento que a él le gustara pintar o estuviera interesada en saber lo que estaba pintando.

—Sólo oí mencionar su nombre —dijo en respuesta a su pregunta—, pero no me importará llamarle el mayordomo de Rupert, igual que llamaré a esta casa, la casa de Rupert, y a «eso» —señaló la cama de la esquina—, la condenada y extraña cama de Rupert.

—¿Qué le pasa a mi cama?

—Nadie pone las camas de modo que sólo se pueda entrar o salir de ella por un lado a menos que no quepan de otra manera en la habitación, lo que no es el caso. Las tres camas tuyas que he tenido la desgracia de ver, estaban todas en una esquina.

—¿Y por eso te parecen extrañas?

Rebecca aspiró el olor de Rupert cuando se acercó a ella. La expresión de su marido se había vuelto sensual y le recordó la noche en que hicieron el amor.

Él debió de acordarse de lo mismo porque añadió:

—No recuerdo que te quejaras demasiado de mi cama en palacio. De hecho, me dio la impresión de que ni te fijabas en ella porque sólo tenías ojos para mí, ¿recuerdas?

¡Cómo iba a olvidarlo! Pero no pensaba admitirlo. Su rubor, sin embargo, la delataba, así que se alejó de él con rapidez.

—¿No se te ha ocurrido preguntar por qué pongo las camas de esa manera en vez de hacer comentarios sarcásticos al respecto? —dijo él, provocando que el rubor de la joven se intensificara—. No hay nada malo en ponerla de esa manera, de hecho, hay una buena razón para ello.

Gracias a Dios Rupert ya no estaba hablando de la noche en que habían hecho el amor.

—Muy bien, picaré. ¿Cuál es esa razón?

—En realidad no es asunto tuyo, pero ya que te interesa saberlo, te lo diré. Tengo el terrible defecto de moverme mucho en sueños, y en ocasiones me caigo de la cama. Por supuesto, eso no sucede cuando tengo compañía femenina, ya que tiendo a sosegarme cuando duermo con una mujer. Pero aquí nunca duermo acompañado, así que pongo la cama de esa manera para no caerme y despertar al resto de la familia.

Rebecca jamás habría imaginado una respuesta como ésa ni que él admitiría algo así ante ella. La había hecho sentir que le debía una disculpa.

Así que se avergonzó de sí misma cuando le replicó con mordacidad:

—¿Qué pasa? ¿Las criadas no son lo suficientemente bonitas para tentarte?

—Sí, pero mi madre no tolera esta clase de comportamiento en su casa.

—Pensé que ésta era tu casa.

Él se encogió de hombros.

—Y así es, pero al compartirla con mi familia, considero que debo respetar sus ideas al respecto.

Rebecca se sonrojó otra vez. ¿Por qué no se había limitado a disculparse como debía? Pero incluso ahora no se resignaba a hacerlo. Así que se volvió y se dirigió a la puerta.

—Buscaré a tu mayordomo y le diré que se encargue de que trasladen mis baúles de inmediato —dijo sin detenerse, en un tono absolutamente despectivo.

—¿Te das cuenta de que te estás pasando, Becca? Te sugiero que adoptes una actitud más conciliadora de ahora en adelante.

Ella se detuvo.

—¿O?

—Te encerraré aquí.

Ella se volvió hacia él para evaluar la seriedad con la que había formulado esa declaración. Le pareció captar un brillo de travesura en los pálidos ojos azules de su marido, y algo más. ¿Deseo... o rabia? Tenía que ser rabia. Pero ¿no debía ser ella quien estuviera furiosa con él por haberla acusado de unas cosas horribles de las que era totalmente inocente?

—¿Sabes? La noche que fui a tu habitación te dije que era para ayudar a tu amigo Nigel —le recordó—. Jamás te has molestado en confirmarlo, ¿verdad?

—¿Qué quieres decir?

—Jamás habría ido a tu habitación si él no me hubiera asegurado que serías nuestro intermediario.

—Sí, hablé con Nigel y me confirmó que te había dicho que me utilizaras como mediador. Pero, Becca, tú sabes tan bien como yo que tuviste muchas oportunidades de entregarme esa información antes. Y en vez de eso, quebrantaste todas las reglas de decencia conocidas entrando en mi habitación a altas horas de la noche, esperando encontrarme en la cama, lo que en última instancia nos ha llevado a esta desastrosa situación. Así que no te hagas la inocente conmigo, Becca. Los dos sabemos quién tiene la culpa de todo esto.

Ella negó con la cabeza, frustrada.

—No sé por qué me sorprendo de que pienses así. Puede que pecara de ingenua, pero aquella noche no tenía intención de seducirte. Por favor, haznos un favor a los dos y deja de fastidiarme con eso. Éste será sólo un matrimonio de nombre tal y como tú dijiste... durante mucho tiempo.

—En realidad te dije que sería sólo un matrimonio de nombre hasta que se demostrara que no estabas embarazada. Espero que no pienses en serio que mantendré las manos apartadas de ti si al final continuamos casados. Pero mientras tanto no intentes tentarme. Si ése es tu plan, instalarte en mi casa para seducirme de nuevo e intentar quedarte embarazada de verdad, te advierto, no, te prometo, que lo lamentarás.

—Y pensar que antaño te comparaba con un ángel. Debía de estar loca.

Mascullando para sí misma algo que él no pudo oír, Rebecca se dirigió hacia la puerta. Había vuelto a permitir que la ira la dominara y que abriera aún más la brecha que había entre ellos. Pero no era ira lo que le provocaba un intenso dolor en el pecho. Y no fue ira lo que le llenó los ojos de lágrimas.

39

¡Aquella mujer le sacaba de quicio! Rupert se preguntó cómo diantres iba a sobrevivir con Rebecca tan cerca. Demonios, todavía la deseaba, pero se negaba a ser manipulado por una jovenzuela intrigante, no importaba lo atraído que se sintiera por ella. Le tentaría cada vez que se tropezara con él con aquella supuesta inocencia suya. Y funcionaría. No había manera de poder evitarlo cuando ella ya le tentaba... sin habérselo propuesto siquiera.

Rupert permaneció en su habitación hasta que se llevaron los baúles de Rebecca, y unos minutos más tarde oyó un portazo en el pasillo. Acabaría por echarlo de su propia casa. No había otra opción.

Había bajado la mitad de las escaleras cuando se detuvo en seco. ¿Qué diablos estaba haciendo? ¿Desde cuándo huía como un cobarde? De acuerdo, ella le sacaba de quicio, pero no iba a optar por el camino más fácil. Maldición, tenía que ser más fuerte. ¡Sabía cuál era el plan diseñado por su esposa! Él sólo tenía que ignorar a su instinto de conservación el tiempo suficiente para idear un plan de contraataque.

Todavía estaba parado en medio de las escaleras cuando se abrió la puerta principal y aparecieron su primo Raphael Locke y su esposa, Ophelia. ¡Maldita temporada! Se le había olvidado que muchos de sus parientes Locke venían a Londres en esa época del año. Y, por supuesto, todos venían a visitar a su familia y se quedaban unas cuantas semanas. Era muy probable que su prima Amanda, la hermana de Raphael, también se dejara caer por allí, ya que aún estaba en el mercado matrimonial. Prefería alojarse en su casa donde tendría como probables acompañantes a él o a sus hermanos en vez de su propio hermano que prefería quedarse en casa con su esposa y su hijita.

La llegada de Raphael y su esposa reforzó la decisión de Rupert. Tenía que quedarse. Sabía la facilidad con la que Rebecca se ganaría los corazones de su familia si él no estaba allí para advertirles de su duplicidad. Era demasiado adorable y divertida. La mayoría de los hombres se quedarían consternados ante una mujer que exhibiera una inteligencia igual a la de ellos, pero los Locke y los St. John no pertenecían a ese grupo.

Rupert siempre quedaba deslumbrado por la increíble belleza de Ophelia Locke cada vez que la veía. Tenía un rostro de una belleza única. Probablemente Ophelia y Rebecca tenían mucho en común... No, estaba pensando en la vieja Ophelia. Su prima solía ser una experta manipuladora que siempre recurría a las mentiras para lograr su propósito, exactamente igual que Rebecca. Ophelia era una beldad sin parangón, pero no había sido una mujer agradable por todas esas malas cualidades. El matrimonio con Rafe la había cambiado por completo. No había nada que le disgustara de Ophelia desde que se había casado con su primo.

—No esperaba encontrarte aquí, viejo amigo —dijo Raphael cuando vio a Rupert.

Rupert sonrió ampliamente y bajó los escalones restantes para unirse a la pareja en el vestíbulo.

—Últimamente intento pasar la noche con sólo tres mujeres a la semana. Pero hoy me habéis pillado en uno de esos días.

—Ni siquiera esperaba encontrarte —le respondió Raphael—. Sin embargo, puedes marcharte. Hemos venido a visitar a tía Julie

Por extraño que pareciera, Raphael Locke sólo estaba bromeando a medias. No tenía motivos para sentirse celoso de su esposa ya que no dudaba de su amor por él, pero Rupert había provocado esos celos demasiadas veces. A Rupert le había resultado muy divertido coquetear con Ophelia durante los primeros meses de su matrimonio con Rafe, pero a su primo —que conocía muy bien la reputación de mujeriego de Rupert— no le había hecho ninguna gracia.

—Lo que Rafe quiere decir es que pensábamos que todavía podrías estar durmiendo a estas horas —dijo Ophelia, intentando suavizar las palabras de su marido.

—No te preocupes, prima —Rupert le guiñó un ojo a Ophelia—, estoy acostumbrado a sus inseguridades.

Raphael soltó un bufido.

—¿Dónde estás, tía Julie? —gritó, entrando en la salita—, necesito que envíes urgentemente al bribón de tu hijo a hacer un recado.

Ophelia amonestó a Rupert con suavidad.

—Sé que no hablas en serio, y me alegro de que hayas dejado de intentar seducirme todo el rato como solías hacer antes. Pero tienes que decirle a tu primo que sólo estabas bromeando.

—Todo está permitido en el juego y el amor, querida.

—Tonterías. Sólo lo haces para provocar la ira de tu madre.

—Eso también. —Rupert sonrió ampliamente.

—Y a mi marido.

Rupert se rio entre dientes.

—Sin duda alguna.

—Pero ¿no te parece que ha llegado la hora de dejar de hacerlo? Me gusta visitar a tu familia, pero me lleva un par de días convencer a Rafe de que vengamos a la ciudad y todo por tu culpa.

—Santo Dios —oyeron que exclamaba Raphael en la salita—. ¿Cuándo ha ocurrido?

Rupert suspiró.

—¿Ocurre algo malo? —preguntó Ophelia.

—Sí, pero sólo en mi opinión. Probablemente mi madre opine que las cosas no podrían ir mejor. Sin embargo, dejaré que te lo diga ella. Estoy seguro de que se muere por hacerlo.

Señaló la salita con una mano. Ophelia le lanzó una mirada desconcertada y pasó delante de él.

La madre de Rupert no la mantuvo en suspense demasiado tiempo.

—Déjame ser la primera en decirte que Rupert se ha casado —anunció Julie en cuanto Ophelia apareció en la puerta—. Ha conocido a una chica encantadora y además esperan un hijo.

Rupert se apoyó en el marco de la puerta y se dio un cabezazo contra la madera. Su madre no se había dejado nada en el tintero.

Ophelia se volvió hacia él de inmediato.

—Me encantan las bodas —dijo con gesto mohíno—. ¿Por qué no nos has invitado?

Él cerró los ojos.

—Quizá porque se suponía que nadie debería saberlo aún.

—Sí, ni siquiera fue Rupert quien me lo dijo —añadió Julie con una amplia sonrisa, sin parecer disgustada por eso—. Pero le perdono ahora que ya lo sé. Rafe, tú debes de conocerla. Es vecina tuya. Incluso me dijo que podría haber formado parte de la familia antes, pues hace tiempo llegó a poner los ojos en ti.

—Oh —dijo Ophelia, frunciendo el ceño a su marido.

Raphael se sonrojó un poco.

—No tengo ni idea de qué habla tía Julie, querida. Aún no me ha dicho con quién se ha casado Rupert.

Rupert abrió mucho los ojos. Ahora lo entendía todo, el porqué de todas las maquinaciones de Rebecca. No tenía nada que ver con las intrigas palaciegas sino con sus mercenarias aspiraciones. Lo único que, en realidad, había buscado su esposa todo ese tiempo era casarse, de una manera u otra, con un miembro de la familia Locke. Y lo había conseguido.

40

—Yo soy su mujer —dijo Rebecca desde la puerta, dejando la estancia momentáneamente en silencio.

Logró no sonrojarse al hacer aquella declaración tan atrevida. Pero no había razón para andarse con rodeos, en especial cuando había oído el comentario de Raphael al acercarse a la salita. Debería haberse retirado al oír tantas voces en la sala. Pero no se había mudado a esa casa para andar ocultándose. Estaba allí para dejar claro cuál era su lugar en la familia de Rupert... por el bien de su bebé. Y ésa era una buena oportunidad para hacerlo.

Su comentario atrajo todas las miradas de la habitación, incluida la de Rupert.

—Has olvidado añadir una mujer afortunada, ¿verdad? —preguntó Rupert en voz baja ya que estaba a su lado.

Supuso que ésa sería la respuesta normal de una mujer recién casada, pero definitivamente no se aplicaba a ella.

—No, no lo he hecho —susurró ella en respuesta, esbozando una falsa sonrisa—. Pero he logrado contenerme a tiempo y no decir «desafortunada» que era lo que tenía en la punta de la lengua. Puedes agradecérmelo después.

Él soltó un bufido. Rebecca se apartó de su lado para entrar en la habitación y se sentó junto a su suegra en uno de los sofás de brocado. Julie le brindó una alegre sonrisa. Raphael también sonreía, seguramente la había reconocido. Ophelia era la única que la miraba aturdida.

—Me resultas familiar, pero no consigo recordar tu nombre. ¿Nos conocemos? —preguntó Ophelia finalmente.

—Sí, nos conocimos no mucho después de tu boda. Acompañé a mi madre cuando fue a visitaros para darte la bienvenida a la comunidad.

—¡Sí, por supuesto! —exclamó Ophelia—. Lilly y Rebecca Marshall. Ya lo recuerdo... tu madre dijo algo ese día que despertó mi curiosidad.

—¿De veras?

—No creo que ella quisiera que yo la oyera. Después de que me la presentaran la oí mascullar algo como: «bueno, eso lo explica todo». ¿Sabes a qué se refería? Tuve la sensación de que su comentario tenía algo que ver conmigo.

Rebecca estalló en risas al recordar el día en que su madre y ella habían conocido a Ophelia Locke. Rebecca había comprendido entonces por qué Raphael había sucumbido a Ophelia con tanta rapidez. La mujer era preciosa. No había palabras para describir su belleza. Lilly había sido de la misma opinión y lo había resumido con aquellas breves palabras «bueno, eso lo explica todo».

—Y así es —dijo Rebecca con una amplia sonrisa—. Durante años mi madre había jugueteado con la idea de que Raphael se convirtiera en mi futuro marido. Así que cuando un día regresó casado contigo, tan de repente y sin que hubiera habido un largo cortejo, sentimos una profunda curiosidad por saber cómo había sucedido. Pero en cuanto te conocimos comprendimos por qué cualquier hombre habría corrido hasta el altar en cuando te hubiera conquistado.

Ophelia se puso colorada por el cumplido, pero su marido se apresuró a aclararlo todo.

—Oh, nuestro cortejo fue tan inusual que provocó las murmuraciones de todo Londres. Ya te lo contará Phelia en otra ocasión. Pero parece que las habladurías no habían llegado a Norford cuando llevé a mi mujer a casa. —Luego bromeó con Rebecca—: Espero que no te sintieras demasiado decepcionada.

—Oh, te aseguro que me quedé destrozada durante al menos una hora —respondió Rebecca también en broma, provocando la risa de todos antes de que ella añadiese—: tú eras sólo una idea, después de todo. No era algo que me tomara en serio, sino más bien algo que esperar con ilusión hasta cumplir la edad adecuada. ¡Pero te casaste antes de que eso sucediera!

Todos volvieron a reírse... salvo Rupert. Tenía un ceño tan profundo que salió de la estancia antes de que nadie se diera cuenta. Sin embargo, Rebecca lo vio antes de que la dejara sola tan groseramente con su familia. Debería haber aprovechado la ocasión para explicarles a los Locke la verdadera razón de su matrimonio sin que Rupert les diera la versión equivocada. Pero ya le había contado a Julie cuál era la situación y su suegra podría confiárselo a sus parientes si así lo deseaba. Así que Rebecca se excusó y salió detrás de Rupert.

No tuvo que ir muy lejos. Lo siguió por el vestíbulo hasta que desapareció en el interior de una habitación, pero antes de que ella pudiera darle alcance, le cerró la puerta en las narices. La abrió, claro. Él se volvió y clavó aquellos pálidos ojos azules en ella.

—Qué típico de ti, dejarme sola con los lobos —dijo ella tras cerrar la puerta.

Él soltó un bufido ante la ridícula descripción de su familia.

—Ahórrate tus melodramas para un público más ingenuo. Los tenías en la palma de la mano.

—¿Disculpa eso tu rudeza?

—Mi familia no espera otra cosa de mí. Además, por si no te has dado cuenta, Rafe se sintió encantado de que me fuera. Desde el día en que me insinué a su esposa, prefiere que no esté demasiado tiempo en la misma habitación que ella.

Rebecca soltó un grito ahogado.

—¿Te insinuaste a Ophelia?

Él puso los ojos en blanco.

—Por supuesto que lo hice. Yo y cualquier hombre que haya puesto los ojos en ella. La mayoría de los caballeros saben cómo disimular sus sentimientos. Yo no.

Rebecca imaginó que sólo intentaba provocarla.

—¿Es así como van a ser las cosas, Rupert? ¿No te quedarás en la misma habitación que yo ni siquiera cuando tu familia venga de visita?

Rupert la empujó de repente contra la pared.

—¿Es que piensas que soy estúpido, Becca? Como tu madre dijo una vez: «eso lo explica todo», y con mucha claridad, además.

Por un momento, Rebecca no pudo decir nada, ni siquiera había oído lo que él acababa de decir. Sencillamente no podía concentrarse cuando estaba tan cerca de él. Una oleada de calor la atravesó. Sintió un hormigueo en el vientre. No podía apartar la mirada de sus labios cuando estaban tan próximos a los de ella.

—¿No tienes ninguna excusa esta vez? —continuó él con tanta rudeza que ella finalmente lo miró a los ojos.

Rebecca lo había visto enfadado muchas veces, pero esa vez parecía totalmente furioso. Le palpitaba un músculo en la mejilla. La joven casi podía sentir su ira, pues parecía emanar de él. ¿Qué diantres había dicho? «¡Piensa!» No pudo. No había oído ni una sola palabra desde que su marido la había acorralado contra la pared sin ninguna vía de escape.

—¿Qué estás insinuando ahora?

—Éste no es un buen momento para poner a prueba mi paciencia, Rebecca. ¿Cuándo exactamente decidiste hacer todo lo que estuviera en tu mano para poder formar parte de mi familia? ¿Fue antes o después de que Rafe desapareciera de tu lista? Pues tu segunda elección ha sido pésima, Becca. Si esta farsa continúa, no seré un marido fiel.

Ella inspiró bruscamente en cuanto se dio cuenta de a qué conclusión había llegado él.

—¿Estás bromeando? Tu primo era uno de los mejores partidos de toda Inglaterra, y no tenía rival en mi comunidad. Todas las jóvenes de Norford tenían los ojos puestos en él, ¿por qué iba a ser yo la excepción? Y sólo tenía trece años cuando a mi madre se le ocurrió la idea de que podía ser un buen marido para mí. Sólo lo vi unas pocas veces. Probablemente él no se acuerde de ninguna. Y para tu información, cuando se casó con Ophelia yo sólo tenía dieciséis años. Me sentí decepcionada tras haber pasado tres años pensando que él era mío, pero desde luego no me quedé destrozada ni tracé ningún plan de acción para que tú ocuparas su lugar. De hecho, estaba impaciente por unirme al resto de las debutantes en la temporada social de Londres, al menos hasta que mi madre me consiguió ese puesto en palacio.

—Bueno, veo que sí tienes una excusa después de todo —repuso él con sarcasmo.

Rebecca se dio cuenta de inmediato de que por mucho que ella dijera, él no se creería nada. Ni siquiera le daría el beneficio de la duda. Para él ella tenía la culpa de todo, lo había arrastrado al altar utilizando el truco más viejo del mundo. No importaba que en realidad hubiera sido él quien la había arrastrado a ella, al parecer también lo había manipulado en eso. ¡Rupert ni siquiera había tenido en cuenta su increíble atractivo! Pensaba que lo había cazado por su familia, y que cualquier miembro de ella le habría servido.

Como siempre, él había conseguido ponerla tan furiosa como él estaba. Y como había ocurrido últimamente, Rebecca no se contuvo y le lanzó una puya.

—Tonterías —respondió—, ¿para qué iba a tener una excusa preparada? Ya sabes que soy lo suficientemente lista para improvisar una al instante. ¡Trágate ésa, lord sabelotodo!

Pasó con rapidez bajo uno de los brazos que él había plantado a ambos lados de su cuerpo y salió corriendo de la habitación antes de que pudiera detenerla. Iba a llorar de nuevo. Y esta vez ni siquiera sabía por qué. ¿Acaso Rupert no le había dejado ya claro lo que pensaba de ella?

41

Rebecca esperó hasta media tarde antes de bajar de nuevo para comer. No tenía apetito, pero ya no podía pensar sólo en sí misma cuando se trataba de nutrición. Esperó el tiempo suficiente a que se fueran los Locke. En ese momento no estaba de humor para ser sociable con nadie aunque ahora era parte de esa familia. Su intención era coger un plato con comida en la cocina y regresar rápidamente a su habitación donde podría comer en paz.

Sólo pudo ejecutar la mitad del aquel precipitado plan. Cuando, plato en mano, subía las escaleras de nuevo, se abrió la puerta principal a sus espaldas. Se dio la vuelta esperando que fuera Flora con el resto de su equipaje. Se había olvidado de mencionarle a Julie que su doncella también necesitaría una habitación. Pero allí en el vestíbulo estaba su vieja amiga Amanda Locke quitándose el abrigo.

Amanda la vio de inmediato.

—¡¿Becky?! —exclamó—. ¿Qué estás haciendo aquí? ¿Es tía Julie quien te presenta esta temporada? Espera un momento... ¿no tendrías que estar en palacio? ¡Qué excitante! Oí que te dieron ese puesto. ¡Imagínate, dama de honor de la reina! Me sentí tan emocionada por ti, y puede que incluso un poco celosa. —Amanda se rio para sí misma—. Jamás había pensado en hacer nada parecido, pero quizá debería hacerlo. Dejar que fuera la reina quien me eligiera marido ya que no soy capaz de elegirlo yo misma. ¡Ésta será mi tercera temporada! Es para echarse a llorar.

Rebecca esbozó una sonrisa. Parecía que Amanda no había cambiado nada. No se habían visto desde hacía años, pero la hermosa niña que ella había conocido entonces se había convertido en una mujer más hermosa todavía, aunque Rebecca la hubiera reconocido en cualquier parte. Aún podía soltar cien palabras por minuto y compaginar tres temas a la vez sin perder el aliento.

Se habían convertido en las mejores amigas cuando eran niñas. Siendo vecinas y con muy poca diferencia de edad —Amanda era la mayor—, habían disfrutado de las mismas cosas juntas cuando las dos tenían intereses comunes.

Pero entonces Amanda se había ido al mismo colegio privado para señoritas al que habían acudido todas sus tías cuando eran jóvenes y durante algunos años ni siquiera regresó a Norford en los veranos, pues se dedicaba a visitar a sus nuevas amigas de la escuela. Fueron perdiendo el contacto poco a poco, apenas se veían y la escasa diferencia de edad también había parecido más acentuada durante ese tiempo, ya que los intereses de Amanda eran más sofisticados y maduros.

Rebecca había lamentado a menudo no haber renovado su amistad con Amanda una vez que hubo crecido y dejado atrás la niñez. Ni siquiera había tenido la posibilidad de comentar con su vieja amiga que una vez había pensado casarse con su hermano. Habían pasado demasiados años desde la última vez que habían hablado.

Rebecca bajó las escaleras para tratar de explicar su presencia en la residencia de los St. John sin revelar todos los detalles.

—Me he casado. Por eso he dejado mi puesto en palacio.

—Santo Dios, ¿te has casado? —dijo Amanda con voz ahogada. Luego gimió—. ¡Ahora sí que voy a llorar de verdad!

No parecía que Amanda fuera a hacerlo en serio pues esbozaba una amplia sonrisa cuando felicitó a Rebecca con un fuerte abrazo.

—Por fin alguien podrá contarme todos los misterios que entraña el matrimonio —dijo—, ya que mi padre se avergüenza demasiado para decirme nada.

—¿De verdad no los conoces?

—Estaba bromeando, por supuesto. Después de todo tengo cinco tías y todas ellas se han ido turnando para explicarme todos esos hechos tan delicados para mí. Pero ya sabes cómo son las mujeres mayores. Te cuentan las cosas pero realmente no te dicen nada, sólo aluden a esto y aquello.

—Así que tú en realidad no...

—No, realmente no —la interrumpió Amanda—. Todas mis amigas íntimas se han casado ya. Así que ya ves... ¡soy la única que no logra encontrar marido!

Rebecca no podía imaginar por qué. Amanda poseía la extraordinaria belleza que caracterizaba a todos los Locke: brillante cabello rubio, ojos azul claro y rasgos exquisitos. Sin duda, debía haber sido la debutante más hermosa a la caza de marido desde que se había presentado en sociedad... Bueno, pensándolo bien, Ophelia también se había presentado en sociedad hacía dos años, y nadie, ni siquiera Amanda, podía compararse a su belleza. Pero aun así ya habían pasado dos temporadas y Amanda debería estar casada.

—¿Es por el título de tu padre? Después de todo es duque y eso podría asustar a cualquiera...

—No, no, he recibido muchas proposiciones. El problema es sólo mío. Al parecer soy incapaz de tomar una decisión, porque no lo siento aquí. —Amanda se señaló el corazón—. ¿Tú lo sentiste aquí? Por supuesto que lo hiciste. ¿Por qué si no ibas a casarte?

Rebecca comenzó a explicarle que había numerosas razones para casarse además del amor, pero no era ella quien debía mencionar su razón particular cuando Amanda era todavía inocente. Si la familia de la joven decidía contárselo, que lo hiciera, pero mientras tanto, ¿hacía falta que Amanda supiera que ni Rebecca ni Rupert habían querido casarse? No creía que fuera realmente necesario si Amanda sólo había ido allí de visita. De cualquier modo, Amanda ya había respondido a su propia pregunta y Rebecca no intentó corregirla.

—Entonces dime, ¿quién es el afortunado?

Le había hecho la pregunta con tal curiosidad que Rebecca supo que Amanda no había tenido en cuenta a ninguno de sus tres primos. Por supuesto el menor de ellos, Owen, era demasiado joven. Rebecca no había conocido a Avery, el hermano mediano, pero si se parecía un poco a Rupert, Amanda lo habría considerado otro soltero empedernido y lo habría descartado junto con su hermano mayor.

—Soy yo —respondió Rupert atravesando el vestíbulo. Se detuvo al lado de Rebecca y le rodeó los hombros con un brazo. Rebecca se puso rígida, pero no lo apartó porque Amanda los miraba con atención.

—¿Tú? —Amanda miró parpadeando a su primo y luego a Rebecca antes de lanzar un gritito de felicidad—. ¡Oh, es maravilloso! ¡Por fin podremos convertirnos en las mejores amigas, Becky! No puedo creer que me haya perdido toda esta excitación. ¿Cómo ha pasado cuando ni siquiera ha empezado la temporada? ¿Os conocisteis en casa o aquí en Londres? ¿Cuándo ocurrió todo...? Esperad un momento, ¿por qué no me habéis invitado a la boda?

—Estábamos demasiado impacientes para esperar a tener una boda normal —dijo Rupert.

—Os habéis fugado a Escocia para no tener que esperar a publicar las amonestaciones, ¿no? —adivinó Amanda—. ¡Qué romántico!

Rupert le plantó a Rebecca un beso en la oreja y mientras lo hacía le susurró al oído:

—No necesita saber la verdad.

¿De verdad estaban de acuerdo en algo?, pensó Rebecca con inusitado asombro. ¡Qué sorpresa! Al volver la cabeza para decírselo, sus labios se encontraron directamente con los de él.

42

Rebecca sabía muy bien que aquel beso era sólo por Amanda. Y ésa fue la razón por la que no se apartó de inmediato. Al menos eso fue lo que se aseguró a sí misma antes de perder el sentido de tal manera que se olvidó de que no debía disfrutar de aquel beso.

¿No deberían saber los canallas lo mal que se comportaban? Sí, deberían. Sería una buena advertencia para las jovencitas. Pero su canalla particular no lo hacía. Tenía un sabor maravilloso. La excitación la había vencido cada vez que lo había saboreado e incluso ahora, cuando su promesa de «no seré un marido fiel» todavía estaba fresca en la memoria de la joven, no pudo impedir que un burbujeante vértigo se apoderara de ella por aquel beso, por la manera en que la mano de Rupert le acariciaba la espalda de arriba abajo.

No fue Amanda la que rompió el embeleso de Rebecca. Su amiga se balanceaba sobre los talones y sonreía ampliamente imaginando que estaban tan enamorados que no podían reprimir sus sentimientos. O eso era lo que Rebecca pensaba que su amiga se figuraba al mirarla de reojo antes de que el plato que Rebecca sostenía en la mano se le escurriera de los dedos y se estrellara contra el suelo de mármol. Rupert y ella se separaron al instante.

Amanda soltó una risita tonta cuando Rebecca miró consternada el desorden que había provocado.

—No te preocupes —le dijo Amanda, arrastrándola hacia la salita—. Una de las criadas lo limpiará. Quiero saberlo todo de este maravilloso romance que hace que os comportéis como dos tortolitos.

—Un tema interesante —dijo Raphael que estaba sentado en uno de los sofás.

Su hermana lo miró fijamente.

—Me preguntaba por qué no habías vuelto aún a tu casa, pero no esperaba encontrarte aquí de visita. Al menos le dijiste a tía Julie que me quedaría aquí por un tiempo, ¿no?

—Se me olvidó mencionarlo, querida —dijo Raphael incorporándose en el asiento—. Pero estoy seguro de que ella ya se lo esperaba porque fue aquí donde te quedaste la última temporada mientras prolongabas la agonía de todo el mundo al no escoger marido.

—¡No hago nada de eso! —estalló Amanda.

—¿No es lo que estás haciendo ahora? ¡Me alegra oírlo!

La joven lanzó un resoplido ante el comentario de su hermano.

—¿Dónde está tu mujer? Creo que ya es hora de que os marchéis.

—Eso mismo opino yo —dijo Rupert uniéndose a ellos.

Raphael se rio entre dientes.

—No te esfuerces, chico. Tú ya te has incorporado, por así decirlo, a filas, lo que pone fin a nuestra pequeña trifulca. En lo que respecta a las damas —añadió Raphael para su hermana—, han ido arriba a buscar a Rebecca para decidir cuál será la habitación infantil.

Amanda miró a Rebecca con los ojos muy abiertos.

—¿No es un poco pronto?

—La verdad es que... no.

—Válgame Dios, ¿cuánto tiempo lleváis ocultando que estáis casados?

—No el suficiente —dijo Rupert poniendo los ojos en blanco.

Rebecca le dirigió una mirada extraña. Qué fácil hacía que pareciera que habían querido disfrutar de un tiempo a solas antes de comunicarle a la familia las buenas noticias. Ella hubiera preferido decir la verdad, pero claro era tan desagradable, bochornosa y... Si seguía por ahí iba a romper a llorar otra vez.

—Han debido de subir mientras yo iba a la cocina. Iré a buscarlas —dijo con rapidez—. Disculpadme.

Por segunda vez en el día salió precipitadamente de la salita. Rupert la siguió.

—¿Qué quieres ahora? —le preguntó la joven, deteniéndose cuando lo único que quería era estar sola.

Como había una criada limpiando el vestíbulo, él la cogió del brazo y la hizo pasar a su estudio para hablar de nuevo en privado.

—No tenemos por qué decirle a toda la familia que éste es un matrimonio hecho en el infierno —le dijo en voz baja.

Ya se lo había mencionado antes con respecto a Amanda, pero no le había dicho que también hubiera que fingir delante de Ophelia y Raphael. Sin embargo, ¿cómo iban a ocultar que su matrimonio no iba bien cuando no podían estar en la misma habitación demasiado tiempo sin lanzarse puyas el uno al otro?

—¿Qué sugieres?

Él pareció algo frustrado antes de responder:

—Eres una buena actriz. Sugiero que le pongamos al mal tiempo buena cara, por lo menos frente a mi familia.

Un insulto y una oferta de paz al mismo tiempo. No, no estaba sugiriendo una tregua, sólo una actuación. Algo en lo que, según él, ella era muy hábil. Rebecca casi se rio.

—¿Por qué quieres actuar de esta manera ahora cuando tienes intención de disolver nuestro matrimonio en unos meses?

—Porque ahora estás en esta casa. Porque ya has anunciado nuestro matrimonio, aunque te dije que no lo hicieras. Podrías haber venido aquí como una invitada, y lo sabes. Incluso fui a Norford para... no importa. Pero ahora que todo el mundo lo sabe, tenemos que poner buena cara.

—No has contestado a mi pregunta. Nuestras diferencias irreconciliables serán tus excusas para una anulación. Lo que me estás sugiriendo ahora dificultará las cosas, ¿es eso lo que quieres?

—Eso ya es así. Viniste aquí para ponerme en mi lugar y lo has conseguido. Pero si al final nos separamos será un divorcio y no una anulación. Y en lo que respecta a por qué, tú misma lo dijiste, Becca, por el bebé.

Eso no podía discutírselo. Rebecca no había esperado que él pensara en el bien del bebé, pero debería haberlo hecho. Después de todo, se había casado con ella por el bien de su hijo.

Rebecca suspiró. Se obligó a olvidarse de toda animosidad... por el momento.

—Muy bien —dijo—. Pero es muy probable que tu madre les diga algo a sus parientes, si es que no se lo ha dicho ya. Fui muy sincera con ella.

—¿Le diste tu versión... o la mía?

Ella sintió que se ruborizaba violentamente. ¡¿Qué tipo

de tregua era ésa?! ¿De verdad esperaba Rupert que interpretara el papel de esposa feliz cuando él no era capaz de guardarse sus insultos para sí mismo?

—Le expuse hechos, no suposiciones. ¡Y esto no funcionará si continúas provocándome a propósito todo el tiempo!

Él se pasó la mano por el pelo.

—Lo siento, no ha sido mi intención. Haré lo posible por morderme la lengua cuando estemos en compañía de alguien.

Ella entrecerró los ojos.

—¿Y cuando estemos solos?

—Esta charada es para los demás, no para nosotros. Nosotros no tenemos por qué engañarnos.

—Desde luego que no, nada más lejos de mi intención pensar que esto es real. Pero si crees que puedo sonreír y burbujear de felicidad delante de los demás cuando estoy tan furiosa contigo que hasta podría matarte, ¡será mejor que lo pienses mejor!

Ahora fue él quien suspiró.

—Lo entiendo. Sabes que estoy balanceándome en el delgado filo de la duda, así que sopórtalo, por favor. Intentaré adaptarme lo mejor que pueda a las circunstancias. En lo que respecta a mi madre, es poco probable que mencione cualquier cuestión desagradable. Está tan contenta por cómo han sucedido las cosas, que luchará con todas sus fuerzas para asegurarse de que nada arruinará nuestro matrimonio.

—Entonces pruébame que aceptas el reto. Sonríeme por una vez sin burlarte.

Era obvio, por su expresión sorprendida, que él no se esperaba aquello. Pero era una petición razonable. Rebecca no tenía por qué cargar sola con aquella charada. Rupert tenía que poner de su parte.

Pero ella no se esperaba una de esas deslumbrantes sonrisas que él le había dirigido antes de aquella lejana y fatídica noche en palacio. La joven se quedó sin aliento. El corazón comenzó a palpitarle con fuerza. Santo Dios, ¿cómo era posible que él pudiera provocarle eso todavía?

—¡No necesitas ser tan convincente! —le espetó ella, y se dio media vuelta para no tener que mirarle más—. Reserva esas seductoras sonrisas para tu legión de admiradoras. No pienso ser una de ellas, así que con una sonrisa decente bastará, gracias.

Él se rio de verdad.

—Ésa ha sido una sonrisa normal, Becca. Si no me crees, date la vuelta y te enseñaré la diferencia.

—¡No! Seducirme no forma parte del trato.

—Claro que no. Por ahora, lo del matrimonio feliz es sólo es una farsa y yo ya he prometido no tocarte, ¿no es cierto?

—Entonces, de ahora en adelante, mantén también los labios alejados de mí —dijo ella dirigiéndose hacia la puerta—. No más besos accidentales.

Lo oyó reírse de nuevo antes de cerrar la puerta. Santo Dios, ¿qué era lo que había hecho? ¡Eso no funcionaría nunca!

43

—¡Pero si sólo será un baile! ¿Acaso asististe a tantos en palacio que ya te has cansado de ellos? —preguntó Amanda.

Mientras se sentaba con Amanda en la mesa del comedor, Rebecca recordó lo obstinada que podía ser su vieja amiga una vez que se le metía una idea en la cabeza. Cuando eran niñas, Amanda ignoraba todas las respuestas a no ser que fuera la que andaba buscando.

Al parecer, nada había cambiado en todos esos años. Con veinte años, Amanda todavía no había aprendido a rendirse con elegancia cuando no conseguía lo que quería. Rebecca, sin embargo, no era tan fácil de manipular como antes y había desarrollado su propia tenacidad.

Así que se limitó a repetir lo que le había dicho antes:

—¡No está bien! —luego añadió—. Soy más joven que tú, no puedo ser tu acompañante.

—Tonterías, lo que pasa es que todavía no estás acostumbrada a estar casada. Pero cualquier mujer casada es una acompañante perfectamente aceptable para mí. Y prefiero ir contigo que con Avery al que no he podido pedírselo porque ni siquiera se ha pasado por casa, y Owen es demasiado joven. Y Rue causa demasiada sensación entre las damas, con lo cual muchos de los caballeros presentes se cogen tal enfado que dejan de bailar. Al menos es lo que suele ocurrir.

Rebecca contuvo una amplia sonrisa. Aunque sospechaba que Amanda exageraba sólo para convencerla, sabía que Rupert podía causar gran sensación, pero no todo el mundo dejaba de bailar por ello.

—Te trasladaste a esta casa porque aquí tienes muchos acompañantes, incluyendo a tu tía. ¿Es que de repente son todos inaceptables? —le recordó a Amanda, pues se había estado informando al respecto.

Amanda suspiró y dejó caer la cabeza encima de la mesa. Por fortuna, ya había apartado a un lado el plato de postre. Sólo quedaban ellas dos en el comedor.

Julie se había llevado a Owen para hacer el repaso semanal de sus estudios. A los dieciséis años era todavía algo tímido, pero muy educado. Rupert también había desaparecido en cuanto terminó de cenar, alegando que tenía una cita. ¿Por la noche? Rebecca no tenía ninguna duda de que él se había citado con la dama que encabezaba ahora su lista de seducciones. Pero no dejaría que eso le molestara. De verdad que no.

—Tienes razón —admitió Amanda todavía con la frente apoyada en el mantel—. Aunque prefiero a Avery, y a él no le importa acompañarme, es muy probable que aún no sepa que estoy en la ciudad. Sin embargo, tía Julie olvidó cómo comportarse en sociedad mientras educaba a sus hijos. Jamás los dejaba solos, ¿sabes? Aunque es una buena acompañante, se pasaría toda la noche quejándose, y créeme, no te imaginas lo pronto que dejan de acercarse los caballeros cuando ven su semblante ceñudo.

—Si se les pueden intimidar con tanta facilidad, es que no te merecen.

Amanda levantó la cabeza de golpe.

—¡Jamás lo había pensado así! Pero es verdad. Y si mal no recuerdo, algunos de los caballeros de los que tía Julie ahuyentó, no me parecían muy convenientes. Pero incluso así, tienes que tratar de entenderme. ¡Prefiero ir contigo! Será divertido. Y tú pareces muy sensata ahora. Quizá puedas ayudarme a elegir un buen marido. Di que sí, ¡por favor!

Rebecca esbozó una sonrisa. Sería una tonta si aceptara sólo porque su amiga se lo pedía «por favor», pero se le habían acabado las excusas.

—¿Dices que es mañana por la noche?

—Sí. ¡Y no te atrevas a decirme que no tienes nada que ponerte cuando acabas de salir de palacio!

—Tranquila, Mandy —se rio Rebecca entre dientes—. Iré contigo. Incluso tengo varios vestidos de baile que aún no he estrenado. Mi madre y yo preparamos un buen guardarropa porque habíamos imaginado que habría un montón de fiestas en Buckingham, pero no tuvimos en cuenta que la reina estaba a punto de dar a luz cuando llegué a palacio. Las últimas semanas allí fueron muy tranquilas.

Rebecca comenzó a sentir el gusanillo de la excitación. Un baile de verdad, no uno lleno de oficiales de la corte, casi todos de edad avanzada. Éste sería un baile al que los caballeros jóvenes asistirían por las mismas razones que las señoritas, buscar una pareja. ¡Un baile interminable sin acompañante para ella! La fantasía se interrumpió en ese momento. Casi se rio de sí misma, pero habría sido una risa amarga.

Iría al baile, pero no podría divertirse. Era una mujer casada. No habría inofensivos flirteos para ella, ni expectación por ver si la sacaba a bailar el soltero más cotizado. Incluso tendría que rechazar las invitaciones que le hicieran. No sería correcto, al menos no lo sería sin su marido allí para darle permiso.

Casi cambió de idea en ese mismo instante, pero Amanda ya había comenzado a soltar una de sus interminables retahílas con respecto al baile del día siguiente, y parecía tan feliz que Rebecca no tuvo corazón para echarse atrás. Iría, y probablemente se pasaría la noche planeando las diversas maneras de asesinar a un marido que estaría ausente persiguiendo a una de sus amantes, en vez de acompañarla a su primer baile de la temporada y bailar con ella, por supuesto, causando sensación. Claro que saldría a la luz que Rupert ya no era un soltero cotizado. Y a él no le gustaría nada. De ninguna manera. No había más que ver el afán con que había intentado mantener en secreto su matrimonio. Pues peor para él. Ella pensaba contárselo a todo aquel que se le pusiera por delante, ¡a ver qué les parecía la noticia a sus amantes!

44

Rebecca se miró y remiró la cintura, incapaz de creerse que en su cuerpo hubiera una diferencia tan evidente. El vestido de baile que Flora acababa de abrocharle le estaba ajustado. ¡Siete semanas antes le quedaba como un guante! ¡No podía notársele el embarazo tan pronto!

Flora estaba esperando pacientemente a que se sentara en el tocador que habían improvisado para su uso temporal hasta que pudieran ir a comprar uno. Habían requisado una coqueta del vestíbulo y una de las criadas había encontrado un viejo espejo en el ático que sólo tenía una fisura en una esquina. Por ahora serviría, ya que Rebecca seguía sin considerar aquella habitación como suya.

Flora comenzó a reírse sin dejar de observarla.

—No es lo que piensa, Becky. Sólo ha ganado el peso normal en estas circunstancias.

—¡No es cierto!

—Por supuesto que sí, y era de esperar cuando su actividad diaria se vio reducida a la mitad durante su estancia en palacio. No ha montado a caballo con su madre, no ha subido y bajado las escaleras diez veces al día y las comidas de palacio eran mucho más sustanciosas que las que tomaba en casa.

—Pero no he sido capaz de retener nada en el estómago desde que comenzaron las náuseas.

—Pero lo ha compensado comiendo más a otras horas, en particular en el almuerzo, ya que se moría de hambre por no haber logrado retener nada del desayuno.

Rebecca se sentó en el tocador. Odiaba cuando Flora demostraba que tenía razón, aunque en este caso fuera simplemente porque Rebecca había estado demasiado preocupada por otras cosas para llegar ella misma a esa conclusión. Pero antes de que pudiera mostrarse irritada, algo que también odiaba, Amanda entró en la habitación. Como si fueran todavía niñas que no necesitaran intimidad, ni siquiera llamó a la puerta.

Aunque le costó trabajo, Rebecca logró no decirle nada al respecto. Aquellos drásticos cambios de humor parecían empeorar cada vez más. Los odiaba. Pero desde que se había mudado a casa de Rupert no había disfrutado ni un solo momento de paz. Su mal humor había empeorado la noche anterior cuando se había sentado ante la ventana de su habitación que daba a la calle para ver si él regresaba a casa y, finalmente, se había quedado dormida en la silla antes de que lo hiciera.

Hoy sólo lo había visto una vez, en el almuerzo, y Rupert había hecho gala de aquella nueva y maravillosa actitud mientras ella apretaba los labios y miraba a otro lado para no montar una escena. Por supuesto, Amanda había hablado suficiente por todos, principalmente sobre el baile de esa noche, así que Rupert ya sabía que su esposa iba a acompañar a su prima y simplemente les había deseado que lo pasaran bien. Por supuesto, no se ofreció a ir con ellas, algo que hubiera hecho cualquier marido que se preciara. Rebecca imaginó que eso habría sido llevar la charada demasiado lejos.

Amanda ya se había arreglado para el baile con un vestido de color agua ribeteado con hilo plateado en los bordes. Se había puesto un colgante con una perla en forma de lágrima en el cuello y más perlas en las muñecas, dedos e incluso en el pelo. Se la veía tan exquisita que Rebecca se sintió absolutamente desaliñada con su vestido de seda brillante color limón que la hacía parecer apropiadamente pálida, una capa en tonos marfil y... su ensanchada cintura. Ahora que estaba casada se le permitía usar colores más oscuros y vibrantes, pero todavía no había comprado nada en esos tonos. Y desde luego no estaba dispuesta a salir para corregir esa situación de inmediato. Aún era demasiado joven para usar ropa tan oscura.

Amanda llevaba en el brazo un manto de piel recortada que dejó caer en la cama antes de comentar:

—¿Por qué sigues utilizando esta habitación cuando tienes un dormitorio perfecto con un vestidor junto a la habitación principal?

Rebecca no apartó los ojos del espejo. Le había mentido a Amanda cuando la encontró en esa habitación el día anterior. Bueno, lo cierto es que no le había mentido, pero no la corrigió cuando la joven asumió que Rebecca no pasaba allí la noche, sino que sólo utilizaba esa estancia para vestirse.

—Creo que hemos decidido que esa estancia se utilizará como habitación infantil y que tu tía Julie se encargará de tenerla lista en menos de un mes, así que por eso no...

—Entiendo. Al menos los ronquidos de Rue no te han obligado a buscar una habitación separada.

Rebecca contuvo una risita histérica.

—¿Ronca?

—¿No lo hace? Pensé que lo hacían la mayoría de los hombres.

—No me he fijado. Duermo profundamente —dijo Rebecca, intentando no sonrojarse.

—Entonces, si lo hace no importa, ¿verdad? Es algo que siempre me ha preocupado. Me refiero a que he oído cómo ronca mi padre. ¡Hasta se estremecen las ventanas! ¿Qué hacen las mujeres casadas al respecto? —Sin esperar una respuesta, añadió—: ¿Estás lista? El cochero nos está esperando.

—Sólo unos minutos más —respondió Flora por Rebecca.

Amanda asintió con la cabeza y dijo que la esperaría abajo. En cuanto Amanda se fue, Flora miró a Rebecca en el espejo y arqueó una ceja.

—Está muy eufórica, ¿verdad?

Rebecca esbozó una amplia sonrisa.

—Y eso que no la conociste de niña. Entonces era peor.

—Una personalidad así puede agotar a cualquiera. No permita que la agote demasiado en su estado.

Buen consejo, aunque Rebecca encontraba la cháchara de Amanda más divertida que agotadora... al menos cuando la joven no sacaba a colación temas personales.

Al reunirse con su amiga abajo, Rebecca esperaba que Rupert se despidiera de ellas. Aunque bueno, viendo lo desaliñada que estaba, tampoco era necesario que lo hiciera. El pequeño espejo de su habitación le había dicho que estaba maravillosa a pesar de la cintura ajustada, pero no podía evitar sentirse deslucida. Un incontrolable sentimiento más que añadir a los tristes sentimientos que había estado teniendo últimamente.

Ésa debería ser una de las épocas más felices de su vida, no una de las más desgraciadas. Otras mujeres tenían esposos cariñosos con los que compartir el milagro del nacimiento de un hijo. Ella tenía como esposo a un canalla desleal que sólo fingía ser cariñoso.

El paseo en carruaje fue breve porque el primer baile de la temporada de invierno se ofrecía a sólo unas manzanas de allí. La excitación que Rebecca había sentido antes había desaparecido por completo y había sido reemplazada por algo parecido al pánico en cuanto se dio cuenta de que no estaba lista para eso. Había querido que todo el mundo supiera que se había casado con Rupert. Pero aún no estaba preparada para que fuera del dominio público. No creía que tuviera estómago para soportar las felicitaciones de perfectos desconocidos y lo más probable era que al final se echara a llorar. Sus emociones eran demasiado intensas y no creía que pudiera fingir ser una «recién casada feliz».

—No me presentes como la marquesa de Rochwood —le susurró Rebecca a Amanda cuando salieron del carruaje que había detenido delante de la mansión Withers.

—¿Por qué no?

—Porque no quiero tener que explicar por qué Rupert no me ha acompañado.

—¡Oh, qué tontería! Los hombres rara vez acuden a estos bailes a no ser que les obliguen. Y tú eres...

—Mandy, por favor, sólo di que soy tu acompañante o simplemente preséntame con mi nombre de pila. No sé quiénes son estas personas y tampoco quiero que sepan todavía quién soy.

—Bueno. Como quieras. Pero creo que estás haciendo el tonto —dijo Amanda en tono afligido.

Se acercó al mayordomo y esperó enojada mientras él se

quedaba mirando a Rebecca durante casi un minuto esperando que le dijera su título.

—Es mi acompañante y no nos haga perder más el tiempo. ¡Anúncieme!

Con el rostro encendido, el tipo hizo lo que le ordenaba y Amanda enlazó su brazo con el de Rebecca para demostrarle a todos que estaban juntas cuando entró con su amiga en el enorme salón de baile. Amanda no se alejó demasiado, y Rebecca no pudo evitar oír el larguísimo suspiro de su amiga.

—¿Avergonzada de haber sido tan grosera con ese hombre? —preguntó Rebecca.

—¿Con quién? Oh, no. Fue un grosero y se lo merecía. Es que he observado que no está ninguna de mis amigas y muy probablemente no vea a ninguna esta temporada. Todas están ya casadas o preparando su boda. Algunas tienen niños como Emma Davis, que al final de la temporada pasada ya estaba esperando ¡su segundo hijo!

La mirada triste de Amanda y su tono melancólico expresaba lo disgustada que se sentía.

Rebecca puso una mano consoladora en el brazo de su amiga y dijo lo único que se le ocurrió:

—Te alegrarás de haber esperado cuando al fin aparezca tu hombre. Imagínate que te hubieras casado antes de tiempo con el tipo equivocado, y que luego apareciera el hombre de tus sueños.

Amanda parpadeó y luego esbozó una sonrisa radiante.

—Sería horrible, ¿verdad?

—Atroz —dijo Rebecca sonriendo.

Después de haber compartido algo tan personal con Amanda, Rebecca se sintió un poco mejor. Supuso que el sufrimiento era algo que desaparecía con la compañía adecuada y Amanda se olvidó por completo de su abatimiento en el momento que un grupo de jóvenes caballeros que la habían visto entrar se acercaron a ella. Muchos de ellos la conocían de temporadas pasadas y todos deseaban que les concedieran un baile. Rebecca se sorprendió cuando algunos de esos caballeros se lo pidieron también a ella, y negó con la cabeza. Bailar quería decir hablar, y ella había decidido evitar las conversaciones.

—Realmente provocaste una gran sorpresa en palacio al dejar tu puesto como dama de honor sin una buena razón.

Rebecca gimió para sus adentros. Reconoció la voz de Elizabeth Marly a su espalda. Observó como Amanda se reía ahora con uno de los jóvenes que la conducía a la pista de baile mientras el resto de los caballeros se dispersaba, y se volvió hacia su antigua némesis, preparándose mentalmente para una conversación desagradable. Sin embargo, casi se rio al ver el vestido de Elizabeth, una prenda de un chillón color naranja con mangas abullonadas. La joven seguía sin tener sentido del gusto ni de la moda.

—Tenía una buena razón —respondió Rebecca—. Se la comuniqué a lady Sarah. Si ella eligió no decirlo...

—Sarah también se marchó —dijo Elizabeth en tono acerado—. Constance, esa víbora egoísta, se quejó de las tareas sin importancia que le encargaba y su protesta llegó a oídos de la duquesa.

—¿Así que la madre de la reina no conocía las intrigas de Sarah?

—¿Intrigas? —se mofó Elizabeth—. Sarah sólo quería estar al corriente de todo. Aunque utilizaba unos métodos extraños —añadió Elizabeth con un encogimiento de hombros— no hacía daño a nadie.

—¿Cómo lo sabes? —preguntó Rebecca con gesto de incredulidad ante la actitud indiferente de su antigua compañera—. Tú sólo eras su lacayo. No tienes ni idea de qué hacía con la información que recababa ni si hacía daño a alguien con ella.

—¿Importa ahora? —dijo Elizabeth malhumorada—. La duquesa se puso furiosa y la despidió de inmediato, a pesar de su larga amistad. Dijo que no consentiría que se relacionara a su séquito personal con ningún escándalo que pudiera perjudicar la imagen de la reina.

—¿Hubo un escándalo?

—¿No me estás escuchando? Lo cortaron de raíz. Pero la corte es muy aburrida ahora que Sarah no está.

—¿Por eso estás aquí?

—Por supuesto. El heredero al trono ni siquiera tiene un mes. Salvo en los festejos por su nacimiento, Drina no se ha dejado ver y no ha dispuesto ningún otro evento todavía. ¿Cuál fue el motivo por el que te fuiste?

Rebecca debería haberse limitado a señalar con sequedad que ése no era asunto suyo, ya que no eran educadas conocidas ni mucho menos amigas. Pero el diablo debió de metérsele en el cuerpo porque le espetó:

—Me casé con Rupert.

La cara de Elizabeth se contorsionó de furia.

—¡Estás mintiendo!

—Pregúntaselo.

La joven la miró con tal veneno en los ojos que fue asombroso que se controlara lo suficiente para encogerse de hombros con indiferencia.

—No importa. De todas maneras no quería casarme con él. Es evidente que no será un buen marido. Qué lástima que aún no te hayas dado cuenta. Sin embargo, no me importaría mantener una breve aventura con él. Debería agradecértelo. Disfrutaré mucho cuando vuelva a estar en la cama del marqués otra vez.

Rebecca se puso roja de ira. El deseo de abalanzarse so-

bre Elizabeth y clavarle las uñas en la cara fue tan abruma-
dor que apenas pudo resistirlo. Elizabeth desapareció de inmediato y ella no intentó detenerla. ¡Iba a provocar el peor
escándalo que Londres hubiera visto en décadas y no le importaba nada!

45

—En realidad esperaba encontrarte sola, no aquí en medio del salón de baile como un volcán a punto de estallar.

Rebecca se dio la vuelta. Su sorpresa al encontrar a su marido, sonriéndole mientras le soltaba aquel comentario provocador, era tal que su arrebato de cólera se disipó. Se le veía muy atractivo con aquella chaqueta negra de gala y los pantalones a juego. Se había cortado un poco el pelo, pero todavía le rozaba los hombros. Tanto negro hacía resaltar sus bellos ojos azul pálido.

Rebecca tuvo que hacer un gran esfuerzo para aplastar aquel viejo embelesamiento que él todavía la hacía sentir.

—¿Qué estás haciendo aquí?

—Os marchasteis de casa antes de que terminara de vestirme —la reprendió Rupert con desdén.

Ella le lanzó una mirada llameante.

—Si tenías intención de venir con nosotras, ¿por qué no nos lo dijiste?

—Quería daros una sorpresa, pero debería haber sabido que mi prima saldría por la puerta en cuanto estuvierais listas.

Con la mente todavía un poco confusa por la cólera que Elizabeth había suscitado en ella, Rebecca intentó averiguar los motivos de Rupert.

—Pero ¿por qué? Amanda sólo necesita un acompañante.

—Porque pensé que podrías apreciar un poco de compañía. He acompañado a Mandy a muchos bailes, y sé que esos jovenzuelos impacientes no le dan un momento de tregua. Por supuesto a ella no le importa, pero claro, sus acompañantes se quedan solos.

¿Rupert estaba portándose bien? ¿Rescatándola? ¿De verdad pensaba que ella se iba a creer eso?

—¿No se te ha ocurrido pensar que yo también podría pasarme la velada bailando? —dijo ella.

—Ahora estás casada, así que no, no se me pasó por la cabeza.

Ella contuvo la risa. ¿Estaba diciéndole que porque estaba casada ya no podía divertirse? ¿Por qué no la sorprendía?

Pero Rupert todavía no había acabado de hablar.

—Pensé que te morirías de aburrimiento alternando con las matronas y las madres —añadió—. Pero ahora que has mencionado el baile, recuerdo que es algo que se te da muy bien.

No le preguntó si quería bailar con él. Rupert no había acabado de hacer ese comentario cuando la tomó en sus brazos y la hizo girar por la pista de baile. Rebecca se mantuvo rígida gracias sólo a la fuerza de voluntad. ¿Por qué él le estaba haciendo eso? Santo Dios, sería tan fácil dejarse llevar... ¡no!

—¿Cómo pudiste hacer el amor con Elizabeth?

—¿Con quién?

Tan pronto como Rebecca lanzó la acusación se sintió consternada y avergonzada, y lamentó no haberse callado la boca. Pero aquel «¿con quién?» de Rupert la había vuelto a poner furiosa.

—¿Cómo que «con quién»? ¡Acabas de verme hablando con ella!

—Si estabas hablando con alguien cuando llegué, me temo que no me di cuenta. Sólo tenía ojos para ti.

Rebecca se sonrojó. Por supuesto no se había creído ni una sola palabra, pero aun así ¡se sonrojó!

—Elizabeth Marly —le recordó.

—Dios mío, sí. ¿Cómo he podido olvidarla? Una joven menuda y aborrecible. Pero has llegado a una conclusión descabellada, querida.

—No es una conclusión mía, esas palabras acaban de salir de su boca hace sólo un momento.

Él arqueó una ceja.

—Bueno, si eso es cierto, realmente no sería la primera vez que ocurre. Es fascinante cómo algunas mujeres pueden empañar su reputación con tal de decir que se han acostado conmigo. No sé si es por celos o por jactancia. —Se encogió de hombros—. Jamás he entendido esas cosas. Pero no hay que creer todo lo que se dice. Lo aprendí hace mucho tiempo.

—¿Qué quieres decir con eso?

—Mi relación con Beth se limitó a un coqueteo, pero ella dice que nos fuimos a la cama cuando mi intención fue evitarlo a toda costa.

—Así que no era un objetivo en tu lista de conquistas, sólo dejaste que ella lo creyera. ¿Te parece divertido?

—¿Por qué la defiendes ahora cuando Elizabeth no te cae mejor que a mí? —Se rio él—. Había una buena razón en ese momento. Ahora no importa. ¿Sabes que comienzas a sonar como una esposa celosa? ¿Estás celosa, cariño? Lo cierto es que todo esto empieza a parecerme cada vez más divertido.

—No te rías tanto porque no es cierto.

—¿No?

Él todavía sonreía ampliamente, provocándola.

—Tu inesperada presencia aquí también parece resultado de los celos, como si hubieras venido a vigilar a tu mujer, pero no me oirás acusándote de ello.

—Creo que acabas de hacerlo.

La diversión de Rupert era irritante. Sobre todo cuando era a costa de ella lo que venía siendo habitual. Pero la ira de Rebecca se había disipado. No es que quisiera creerle, pero sabía que Elizabeth era una mentirosa consumada. Si sus emociones no hubieran sido tan tumultuosas para empezar, Rebecca no habría dado crédito a las palabras de su antigua compañera de habitación. ¿Y por qué diantres debería importarle aquello?

—¿No te cansas de discutir todo el rato? —preguntó Rupert con indolencia después de haberla hecho girar por la pista varias veces más—. Empieza a resultarme algo tedioso. Incluso te he otorgado el beneficio de la duda...

—No me hagas ningún favor —masculló ella, apartando la mirada.

Él ladeó la cabeza a un lado.

—¿Y eras tú la que me desafió a que me comportara de una manera dulce y adorable? ¡Y pensar que te creí!

La mirada de Rebecca voló a la de él, pero ella no pudo más que farfullar ante tal disparate. Sin duda los pálidos ojos de Rupert brillaban de risa contenida. ¡¿Qué diantres estaba haciendo él?! No podía hablar en serio. Aun así, ¡había rozado su mejilla con la de él en medio de la pista de baile!

—¿Qué...?

Ella no debería haber vuelto la cabeza ante esa inesperada caricia. ¿Estarían destinados a besarse accidentalmente una y otra vez? Rebecca se apartó al instante, mientras aún tenía la suficiente presencia de ánimo para hacerlo. Pero él no lo hizo. De hecho, se acercó todavía más a ella, ¡siguiendo su boca con la de él de una manera que no tenía nada de accidental! Ella se tambaleó al sentir que se mareaba. Eso lo alentó a abrazarla y a besarla con mayor profundidad. Rebecca se estaba acercando con rapidez al punto en el que nada más importaba.

Desesperadamente, apartó su boca de la de él casi sin aliento.

—¡Vas a provocar un escándalo!

—Creo que valdría la pena —le dijo con suavidad al oído—. Pero será sólo una infracción sin importancia ya que todos saben que estamos casados.

—No, no lo saben. No lo he anunciado.

Él se detuvo bruscamente. Varias parejas casi tropezaron con ellos.

—¿Por qué no?

Rebecca apartó la vista del ceño fruncido de Rupert que la hacía sentirse claramente inquieta. ¿Cómo explicarle su vacilación anterior sin que pareciera lo que en realidad había sido: un ataque de pánico? Pero él no esperó su respuesta.

Sin mediar palabra la condujo fuera de la pista de baile. Comenzó a hacer un recorrido social por todo el salón, sin descartar a nadie que no estuviera bailando. Rupert se fue deteniendo de grupo en grupo y presentando a Rebecca como su esposa, la marquesa de Rochwood. Lo hizo bruscamente, como si estuviera cumpliendo una tarea obligada, con lo que dejaba claro a su mujer que la estaba castigando. Rebecca se sentía avergonzada. ¡La mayoría de los presentes pensaban que Rupert estaba bromeando! Lo conocían. Conocían su reputación. Y no se estaba comportando con normalidad.

Incluso tenía una excusa para explicar por qué nadie había oído hablar aún de su matrimonio.

—Llevamos algún tiempo casados en secreto. Intentamos ocultárselo a su madre pues ella quería algo mejor que yo para su hija. Pero no hay razón para seguir ocultándolo por más tiempo cuando ella ya nos ha descubierto.

Rebecca podría haberle seguido la corriente, podría haber inyectado un poco de humor a la historia de su madre, pero estaba demasiado sorprendida para añadir una sola palabra. Cuando regresaron de nuevo a la pista de baile, él la estrechó con más fuerza entre sus brazos. Ella levantó la mirada hacia él, desconcertada.

—¿Cómo has podido hacerlo?

—No negarás quien eres, Becca. He desarrollado una profunda actitud protectora por mi hijo y reconozco que puedes llevarlo en tu vientre. Por ahora estamos casados y te agradecería que actuaras como si así fuera de una maldita vez.

Ella estaba cada vez más confundida por el comportamiento de su marido.

—¿Por las apariencias?

Él la miró tan profundamente a los ojos que ella acabó conteniendo el aliento por la expectación. Luego Rupert apartó la mirada y le dijo lo que ella quería oír:

—Sí, por las apariencias.

O al menos eso era lo que ella pensaba que quería oír. Sin embargo, para su consternación, su reacción fue la opuesta a la que debería haber sido.

—Sin embargo, sigues con tus antiguas costumbres. ¿O acaso crees que engañaste a alguien con tu cita de anoche?

Eso fue lo que le dijiste a tu madre, ¿no? ¿Qué tenías una cita?

Él la miró a los ojos.

—¿Eso que oigo son celos otra vez?

—Es una pregunta pertinente —dijo ella con rigidez—. Si crees que guardar las apariencias es cosa de uno, pongamos fin a esta farsa ahora mismo.

Por increíble que pareciera, él volvía a estar de buen humor y le brindaba una amplia sonrisa.

—Antes de que mueras de celos, te diré que «cita» no es la palabra adecuada, dado que no era una reunión concertada. Sólo fui a ver a mi abogado, y no, no lleva faldas.

Rebecca ignoró aquel ridículo intento de hacer un chiste.

—¿Por la noche? —se mofó ella.

Él suspiró.

—Sí, como último recurso. Habría ido a su despacho a horas normales, pero no podía darme cita hasta la semana que viene. Y puesto que había cinco clientes más esperándole y no soy de los que tiene paciencia, decidí ir a su casa más tarde, a una hora en la que sabía que podía encontrarle, para que se ocupara de un asunto.

—¿Tan importante...?

—Pero ¿aún tienes más preguntas?

Rupert siempre bromeaba en los momentos más inoportunos, dejándola con la boca abierta de incredulidad. Como ahora.

—Tenía que cambiar mi testamento para incluir a mi hijo. Me llevó más tiempo del que esperaba porque mi abogado intentó convencerme de que esperara a que el niño naciera, pero fui yo quien le convencí de que ésa no era una buena idea.

—¿Por qué no?

—Por si acaso me ocurría algo antes de que naciera.

Por fortuna, Amanda reclamó la atención de su primo en ese momento, al pasar bailando a su lado y saludarle con la mano, así que no vio que Rebecca palidecía. Aunque puede que sí notara la repentina humedad de la palma de su mano cuando quedó cubierta de un sudor frío. Él le había dado una respuesta lógica, pero ¿por qué la embargaba el miedo ante el mero pensamiento de perderle? ¿Es que se había vuelto loca?

46

Su interpretación de un matrimonio feliz podría haber sido considerada la estafa del siglo, pero pasaron varias semanas y continuó con tal perfección que Rebecca tenía que pellizcarse para poder creérselo.

El Ángel era demasiado bueno. Desde la noche del baile de los Withers, había estado pendiente de ella en todo momento. ¿Quizá para compensar su mal comportamiento?

Rebecca no podía asegurarlo y, desde luego, no pensaba preguntárselo. Pero él había estado bailando con ella una y otra vez aquella noche. Se había quedado a su lado cuando Rebecca necesitaba descansar. Incluso habían vuelto a hacer una ronda social por el salón, pero esa vez Rupert había hecho reír a todo el mundo, incluido ella.

Aquella buena conducta había continuado también en casa, tanto cuando estaban solos con Julie, que conocía la verdad de su matrimonio, como cuando estaban con Owen y Amanda, que no la conocían.

Pero fue algo más que eso. Incluso cuando estaban solos e intercambiaban comentarios personales, él no volvió a mostrar aquella ira que siempre había provocado la de Rebecca.

Comenzó a pensar que él había hablado realmente en serio cuando le dijo que no quería discutir más. Pero por extraña que pareciera aquella situación, ella aprovechó aquella tregua de paz y no hizo nada para enturbiar las cosas.

Fue una noche, durante la hora de la cena, cuando Avery, el hijo mediano de Julie, entró por fin en escena. Rebecca observó que, además del pelo oscuro y los ojos azules, los tres hermanos tenían un inconfundible parecido familiar.

—Lamento haberme ausentado tanto tiempo, mamá —dijo Avery mientras se dirigía a una silla, deteniéndose sólo para depositar un beso en la coronilla de Amanda cuando pasó junto a ella—. Estuve en una fiesta campestre que duró más de lo que había previsto. En la hacienda de los Millards, en el condado de York. Creo que los conoces.

—Por supuesto —respondió Julie arqueando una ceja—. ¿No tienen una hija joven que aún no tiene edad para casarse?

Avery esbozó una tímida sonrisa.

—Tendrá edad suficiente el próximo verano. —Sus pálidos ojos azules cayeron entonces sobre Rebecca y no se apartaron, aunque siguió hablando con su madre—. ¿Quién es nuestra hermosa invitada? Quizá debería haber adelantado mi regreso a casa, después de todo.

—No por esa razón —lo reprendió Julie antes de añadir con una enorme sonrisa de orgullo—: Rebecca St. John, éste es mi segundo hijo.

—¿St. John? —dijo Avery confundido—. ¿Una prima perdida?

—Un nuevo y encantador miembro de la familia. Se ha casado con tu hermano.

Los ojos de Avery cayeron con incredulidad en Owen, que comenzó a sonrojarse.

—Él no, tonto. Yo. —Se apresuró a decir Rupert, pero Avery estalló en carcajadas.

—Buen intento, hombre, pero sé reconocer una mentira cuando la oigo. La única manera de que te hubieras casado sería cayendo en una trampa, como tantas veces has dicho.

Julie le lanzó una cuchara.

—¿Qué? —gritó con sorpresa.

Pero Rupert también se había levantado de la silla para darle a su hermano una palmada en la cabeza; una bastante fuerte.

—¿Qué? Estoy bromeando, pero tú también bromeabas. ¿Qué demonios ocurre?

—¿Acaso te parece que está bromeando? —preguntó Julie con una mirada ominosa.

—Bueno... No, realmente —admitió Avery comenzando a mostrarse un poco intranquilo.

—Exacto —gruñó Julie.

—Disculpad mientras voy a sacar la pata del hoyo en que la he metido —dijo Avery encogiéndose de vergüenza y dando un paso atrás.

—Siéntate —respondió Rupert regresando a la cabecera de la mesa. Luego le dijo a su madre—: Le escribirías una nota, ¿no? ¿Acaso no la ha recibido porque ha estado fuera de Londres?

—En realidad, pensé que te gustaría ser tú quien le diera la noticia, así que no, me resistí a hacerlo. No me ha resultado fácil, la verdad. Estaba a punto de estallar de felicidad, por así decirlo.

—No te sonrojes, Becky —dijo Amanda, sentada al lado de Rebecca—. Los St. John son así. Ya te acostumbrarás.

Rebecca sólo estaba un poco avergonzada, pero se quedó asombrada de que Rupert hubiera reaccionado de esa manera ante la palabra «trampa», dado que era así como había definido su matrimonio. Pero incluso a pesar de que aquello parecía un chiste de mal gusto, él se había comportado protectoramente con ella como un marido debe hacerlo.

—Bueno, no cometamos este error de nuevo —le dijo Rupert a Julie—. Escribe las notas pertinentes, mamá. Ya sé que estás rebosante de felicidad.

Julie se había reído entre dientes y había mostrado su aprobación con una inclinación de cabeza.

—No creo que sea realmente necesario —dijo Amanda.

—Por supuesto que sí —repuso Julie.

—¿Acaso no te ha contado que él mismo presentó personalmente a Becky a todo el mundo en el baile de los Withers la otra noche... como su esposa? —continuó Amanda—. Créeme, tía Julie, su matrimonio ya está en boca de todos.

—De buena manera, espero.

Amanda parpadeó.

—Pues claro. ¿Cómo iba a ser si no? —Luego adivinó—: Oh, ¿es que ya está embarazada?

—¿Embarazada? —se atragantó Avery.

—Bueno, es que no acaban de casarse, ¿sabes? —le respondió Amanda a su primo, luego se corrigió ella misma—: No, por supuesto que no lo sabes. Lo siento, es que se lo ocultaron a la madre de Rebecca —explicó Amanda antes de echarse a reír—. Al menos eso es lo que oí en el baile. Pero no lo de que estaban en «estado de buena esperanza». Después de todo, no había ninguna razón para contar a la gente cosas que no son de su incumbencia.

Julie miró a Rupert con el ceño fruncido, pero su hijo no se dio cuenta ya que estaba lanzando una mirada cariñosa a su prima. Rebecca deseó meterse debajo de la mesa, pues todavía no se había acostumbrado a que hablaran de su embarazo de esa manera.

Avery miró la gran variedad de expresiones que había alrededor de la mesa y suspiró.

—Creo que la próxima vez que me inviten al campo me quedaré en casa. ¿Por qué suceden las cosas más excitantes cuando no estoy aquí para disfrutarlas?

47

La gente comenzó a aparecer en casa de Rupert a la semana siguiente al baile con la excusa de visitar a su madre. Julie no tenía por costumbre recibir tantas visitas, pero Rupert jamás había visto a su madre tan complaciente. Incluso el rol masculino que había adoptado cuando murió su marido había desaparecido. Ahora era la suegra amorosa que pronto se convertiría en una abuela todavía más amorosa, aunque eso no era algo que compartiera con aquellos inesperados invitados. Evidentemente quería hacerlo, pero esperaba el permiso de su hijo y él, desde luego, no estaba preparado para darlo.

Rupert debía dar gracias a Dios de que ni Rebecca ni su madre supieran que al menos la mitad de las mujeres que se habían presentado en la puerta de su casa esa semana habían sido sus amantes. Pero aquellas damas sencillamente se negaban a creer que él se hubiera casado, a pesar de las habladurías que aseguraban que había sido el propio Rupert quien lo había anunciado. Pero conociéndolo como lo conocían era lógico que todas dudaran de ese rumor. Querían conocer la noticia de primera mano y oírselo decir a su madre.

Rupert jamás se había sentido tan feliz de haber acabado en buenos términos con ellas y seguir siendo amigo de unas cuantas. Ninguna de ellas llegó a crear problemas. Extrañamente, las mujeres con las que sólo había coqueteado pero con las que nunca se había acostado fueron las que se sintieron más disgustadas. Incluso hubo algunas que se mostraron rencorosas, a pesar de que ya no eran unas jovencitas. Elizabeth Marly había sido la única excepción, pero claro, lo de ella había sido por un asunto de trabajo no de placer.

Rebecca lo llevó todo muy bien. Era una persona muy sociable, elocuente, divertida, y extrovertida. Incluso le caía bien a su familia. Rupert no estaba seguro de si aquello era bueno, pero supuso que era preferible a que la condenaran por la trampa que le había tendido y la trataran como a una paria.

Rupert aún seguía enfadado por eso, pero había relegado la rabia a un profundo rincón de su mente y tendía a olvidarse de que estaba allí. La había guardado bajo llave por una buena razón. Estaba protegiendo a su bebé. No quería que su ira provocara la de Rebecca y que eso perjudicara a su hijo de alguna manera.

Sin embargo, la tregua con ella había tenido inesperados resultados que lo habían puesto en un dilema de otro tipo. Aunque Rebecca no llevaba mucho tiempo en su casa, Rupert se había acostumbrado a su presencia allí y ahora no quería que se fuera. ¡Quería que se quedara con él! Lo cual no tenía sentido. Ella se iría en cuanto se descubriera su mentira. Pero ¿y si no lo hacía? ¿Y sí él decidía mantenerla a su lado?

No podía negar que si él hubiera estado buscando esposa, Rebecca habría sido la candidata perfecta. Era encantadora y hermosa, muy inteligente y demasiado ocurrente para su propio bien. ¡Incluso lo hacía reír cuando estaba furioso con ella! Para ser sinceros, admiraba muchas condenadas cosas de Rebecca y se sentía cada vez más atraído por ella. Rupert no debería desear a la mujer que había provocado su ruina, pero lo hacía.

Ser empujado en tantas direcciones distintas a la vez era realmente desequilibrante. No había más que ver su ridícula reacción en el baile cuando ella había querido mantener el matrimonio en secreto. ¿De dónde demonios habían salido aquellos celos y esa furia? Lo más probable era que Rebecca hubiera llegado a la conclusión de que aquel comportamiento era la manera que había tenido su marido de ejercer sus derechos sobre ella, y que contener su ira y decirle que estaba cansado de discutir —independientemente de si eso era cierto o no—, había sido como admitir que su mujer había ganado esa guerra. Lo cual no era el caso.

Así que se alegró mucho cuando llegó la misiva de Nigel solicitando que se reuniera con él. Rupert estaba preparado para agarrarse a cualquier cosa que lo sacara de casa, lejos de la constante presencia de Rebecca.

Llegó a palacio a la hora concertada. Nigel sólo le hizo esperar unos minutos.

—¿Han arrestado a Pearson? —preguntó Rupert.

—No fue necesario —dijo Nigel de camino a la licorera—. ¿Un brandy?

Rupert se puso rígido.

—No. ¿Por qué no fue necesario? ¿Las pruebas que te envié no fueron lo suficientemente concluyentes?

Con el brandy en la mano y su habitual expresión inescrutable, Nigel se sentó a su lado.

—Al contrario, las pruebas le habrían colgado, pero tu bala nos ahorró las molestias. La herida que le provocaste fue muy grave y murió unos días después de que regresaras a Inglaterra.

—Qué diablos. Tengo buena puntería y no estaba tratando de matarle.

Nigel se encogió de hombros, imperturbable.

—Pero tú mismo dijiste que estaban tiroteando el carruaje. Es perfectamente comprensible que no afinaras la puntería en ese caso. Así que, para nuestra satisfacción, se ha hecho justicia. Un buen trabajo, muchacho.

A Rupert no le gustaba ese tipo de finales inesperados. Molesto, sacó a colación su llamamiento.

—Espero que no me envíes fuera del país otra vez. Preferiría quedarme cerca de casa por ahora.

—¿Ha enfermado alguien?

—No.

Como Rupert no se extendió más, Nigel torció el gesto y fue directamente al grano.

—Finalmente, Sarah se ha marchado de palacio para siempre.

—¿Por elección propia?

—No.

Cuando Nigel no se explayó, Rupert casi se rio. *Touché*. Pero sabía que Nigel no dejaría las cosas así, y no lo hizo.

—Al parecer se ha retirado también de las intrigas, ya que no tiene a una horda de lacayos a los que hacer cumplir sus órdenes. Sin embargo, se va a casar, así que creo que es cierto que se ha retirado.

Eso sí provocó la sorpresa de Rupert.

—¿Sarah se va a casar? ¿Con quién?

—Con lord Alberton. No es una mala elección, aunque las jóvenes debutantes podrían pensar lo contrario ya que tiene casi cincuenta años. Pero es un hombre con título, rico y atractivo.

—Mientras que Sarah es todo lo contrario. ¿Qué ha tenido que hacer? ¿Chantajearle?

Nigel se encogió de hombros.

—No me extrañaría. Él fue uno de sus objetivos el año pasado.

—¿Por el atentado a la reina?

—No, he dejado de intentar relacionar a Alberton con ese desagradable acto. Creo que decía la verdad, y que la casualidad le hizo reprender al joven que disparó a Victoria. Pero durante esa investigación descubrí la sórdida y breve aventura que él mantuvo con una joven duquesa casada.

—¿Y crees que es eso lo que Sarah tiene contra él?

—Es lo que imagino. De hecho, estoy dispuesto a creer que la mayor parte de las intrigas de Sarah eran para conseguir un marido para sí misma. No niego que se haya llenado los bolsillos con ello, pero tengo el presentimiento de que ella prefería un buen partido a ese dinero.

—Por su edad, no creo que él sea un buen partido.

—Para una mujer de la edad de Sarah, sí. Además, para lord Alberton supone un gran prestigio casarse con una mujer más joven.

Rupert arqueó una ceja.

—Para poder alardear, ¿no?

—Si quieres llamarlo así.

—Pero si Sarah solamente quería casarse, ¿por qué esperó tanto?

—¿Para pescarlo? —Nigel puso los ojos en blanco ante el malicioso comentario—. ¿Quién sabe lo que piensa una mujer? Puede que sólo quisiera tener una gran lista de títulos entre los que poder elegir. De cualquier manera, necesito estar absolutamente seguro de que ella ya ha terminado de recabar información que ni le va ni le viene.

Así que ésa sería su misión. Rupert no pudo evitar gemir.

—Ella otra vez, no.

—Todavía eres amigo suyo, ¿no?

—Pero nos fuimos distanciando, así que no creo que Sarah lo vea de esa manera.

—Bueno, ahora que está fuera de palacio, no le hará mal a nadie si simplemente te sinceras con ella... y le preguntas directamente. Esta noche hay una fiesta en casa de Alberton para anunciar su compromiso. He conseguido una invitación para ti y una acompañante.

Rupert suspiró y aceptó la invitación doblada que Nigel le entregó.

—Supongo que mi mujer podría acompañarme.

—No tiene gracia.

—¿Qué es lo que te parece un chiste?

—¿Te has casado?

—¿Tan ocupado has estado con tus investigaciones que no te has enterado de los rumores que circulan por todo Londres? Eso no habla muy bien de ti.

Nigel no sólo parecía conmocionado sino también desolado. Y, desde luego, no era por ser el último en saberlo. Pero por una vez, Rupert no perdió los estribos ante el evidente recordatorio de lo que Nigel sentía por él. Incluso podía comprenderlo un poco mejor ahora que él tenía sus propios sentimientos fuera de control.

Nigel pareció recuperarse un poco después de terminarse el brandy de golpe. Al menos logró mantener la expresión pétrea.

Su voz, sin embargo, todavía resultaba temblorosa cuando dijo:

—Supongo que tengo que felicitarte.

Rupert mantuvo su propia voz inexpresiva.

—En realidad no. Puede que sólo sea un acuerdo temporal. No lo sabremos hasta dentro de unos meses.

—Conque ésas tenemos, ¿eh? Pensé que te mantenías alejado de las jóvenes vírgenes.

—Y lo hago... lo hacía. Pero una visita en mi habitación de palacio a altas horas de la noche fue difícil de resistir. Tal audacia podría hacer pensar que ella no era virgen, pero lo era —concluyó Rupert con un suspiro.

—¿Quién es?

—Nuestra última dama de honor, Rebecca Marshall, que ya no es dama de honor.

Nigel pareció consternado.

—¡Santo Dios, espero que no fuera por mi culpa!

—Puedes dormir tranquilo —dijo Rupert entrecerrando ligeramente los ojos—. Tú sólo le diste una excusa para perseguir sus propios objetivos, que no eran otros que formar parte de mi familia.

¿De verdad seguía creyendo eso? Ahora tenía sus dudas. En realidad, tenía demasiadas dudas en lo que a ella concernía. Incluso admitía que había encontrado la inocencia de Rebecca demasiado sugerente y que quizá se había pasado un poco. Si otra virgen hubiera aparecido en su habitación, una que no hubiera parecido ni sonado tan sexy, él habría saltado espantado por la maldita ventana para librarse de una trampa tan obvia. Así que lo cierto era que no había querido resistirse a Rebecca.

Nigel interrumpió sus pensamientos.

—Esa joven nunca me pareció una mercenaria —observó.

Rupert contuvo la risa mientras se levantaba para irse.

—Es una falacia por nuestra parte pensar que todas las mujeres tienen la cabeza de chorlito y necesitan que las guiemos. Sabes que eso es lo que ellas quieren que creamos.

—No todas son tan inteligentes como esa chica.

—Por supuesto que no, igual que no todos los hombres

son iguales. Pero te sorprendería saber cuántas son más listas de lo que parece.

Rupert se dirigió a la puerta.

—Aunque me sorprenda decirlo, creo que será perfecta para ti —comentó Nigel detrás de él.

Rupert se detuvo y se dio media vuelta, furioso.

—Ni se te ocurra intentar reclutarla de nuevo.

—Oh, ni en sueños. Lamenté mucho que no quisiera trabajar para mí. Puede que no todas las jovencitas tengan la cabeza de chorlito, como tú dices, pero es muy raro encontrar a una joven con la inteligencia suficiente para improvisar cuando hace falta. Sólo te recordaba que en una ocasión la habías considerado un reto, incluso me lo recalcaste. Creo que te resultaría aburrida cualquier otra esposa que no representara esa clase de reto. Al menos ella siempre te mantendrá en ascuas.

Eso ni siquiera merecía una respuesta. Rebecca era un reto, sin duda. La mujer no había sido otra cosa más que un reto. ¡Pero que lo condenasen si iba a dejar que lo mantuviera en ascuas!

48

Habían asistido a varias fiestas más como acompañantes de Amanda, pero era la primera vez que Rupert y Rebecca iban a una fiesta los dos solos. No le había dicho demasiado al respecto, sólo a qué hora debería estar preparada y que se vistiera como una atractiva mujer casada, fuera lo que fuese lo que significara eso. Rebecca no podía entender por qué aquello la excitaba tanto.

Amanda estaba arriba enfurruñada porque Julie la había estado reprendiendo por intentar entrometerse en un asunto privado al pedirles que la dejaran ir con ellos. Puede que fuera eso lo que había provocado la excitación de Rebecca. Hacía que un «asunto privado» sonara muy personal. Con tan poca información en sus manos, la fiesta de esa noche tenía toda la pinta de resultar una sorpresa para ella.

Así que se arregló con esmero esa noche y sustituyó los vestidos en tonos rosados y lavandas con encajes por otra prenda de su guardarropa que ahora le quedaba más ajustada. Se puso una cinta de terciopelo con una amatista en el cuello y dejó que unos tirabuzones dorados le enmarcara el rostro, confiriendo a sus ojos una chispa azul que raras veces poseían. ¿Por qué la excitación resultaba a veces tan desbordante?

Casi voló hacia las escaleras en cuanto Flora le dijo que estaba lista. Por supuesto, Rupert no había aparecido todavía. Así que tras soltar un suspiro se reunió con Julie y Owen en la salita. Su suegra y su cuñado dejaron de jugar a las cartas para charlar con ella y comentarle lo atractiva que estaba.

—Es hora de que tengas un guardarropa nuevo, querida, y que abandones esa pequeña habitación. Te llevaré de compras la semana que viene —le susurró Julie al oído.

Rebecca todavía estaba sonrojada cuando poco después Rupert entró en la sala.

—Rebecca, ¿por qué no le has quemado aún todas esas prendas? —dijo Julie absolutamente disgustada.

Rebecca se volvió para ver qué había provocado esa pregunta y se quedó mirando a su marido fijamente. Rupert se había puesto una de esas horribles chaquetas de raso brillante más adecuadas para un baile de disfraces. Era de un espantoso tono naranja con demasiado encaje en las muñecas y el cuello. Con aquel pelo negro y las mejillas suaves tras un reciente afeitado, tenía cierto aire afeminado, algo que ella sabía muy bien que no era.

—No hará nada de eso —le dijo Rupert a su madre intentando no reírse—. A Rebecca le gusta mi ropa. Le recuerda la vez que nos conocimos.

La joven continuó mirándolo fijamente mientras la cabeza no dejaba de darle vueltas. Tenía la impresión de que estaba bromeando, pero no podía estar segura. Insinuar que Rebecca tenía buenos recuerdos de su primer encuentro no era nada ni remotamente divertido. Por lo menos para ella.

—¿De verdad tienes la intención de salir con tu mujer con ese traje? —continuó Julie.

—¿Qué le pasa a la ropa de mi mujer?

—A la de ella no, tonto, ¡a la tuya! Ahora estás casado. Tu pésimo gusto para vestir...

—El matrimonio no tiene nada que ver con el gusto, mamá —la interrumpió Rupert—. Bueno, quizá tenga algo que ver en el caso de las mujeres, pero lo del guardarropa es lo de menos. ¿Nos vamos ya, querida?

La pregunta iba dirigida a Rebecca mientras la rodeaba con un brazo para guiarla fuera de la estancia. La joven sólo podía pensar en esa mano que él le había puesto en la cadera.

Pero su suegra se resistía a ser ignorada con tanta facilidad.

—¡Búscate un nuevo sastre! —le gritó Julie a su espalda—. ¡Avergüenzas a tu mujer!

Rebecca contuvo el impulso de mirarle para ver cómo se tomaba ese comentario. Puede que esa noche fueran a un baile de disfraces y él se hubiera olvidado de mencionarlo porque no quería arriesgarse a que su mujer apareciera de nuevo vestida de hombre. Pero debería habérselo dicho. Ahora tenía un montón de disfraces que no incluían pantalones.

El cochero, Matthew, estaba esperándolos en el pescante del carruaje. En cuanto estuvieron dentro con la puerta cerrada, sentados el uno frente al otro, ella observó con incredulidad cómo Rupert se transformaba en un santiamén.

Primero se quitó la brillante chaqueta de raso y la depositó en el asiento. También se desató el encaje de los puños que en realidad no formaba parte de la camisa, sino que estaba atado a sus muñecas, y lo puso encima de la chaqueta. Después le tocó el turno a la corbata de encaje. Al quitársela apareció una más fina y moderna debajo. Finalmente, Rupert se puso en pie —bueno, no del todo pues era demasiado alto para ello—, y se arrodilló para meter todo lo que se había quitado debajo del asiento, de donde sacó otra chaqueta que había escondido allí. Una de color azul marino de muy buen gusto con las solapas de raso negro.

Ahora lo entendía todo, pensó Rebecca, o eso creía. ¿Le había gastado una broma a su madre vistiendo de aquella manera? Julie había sido la única que había armado un escándalo por ello. Pero ¿por qué llegar a esos extremos? Durante esa semana, Rebecca había visto muy a menudo lo brusca y testaruda que podía llegar a ser Julie cuando él hacía o decía algo que ella no aprobaba, ¡pero Rupert parecía disfrutar con ello! ¿Sería todo una broma? Julie no parecía tomárselo de esa manera.

Finalmente, Rupert la miró.

—¿Te sentías avergonzada? —le preguntó sin rodeos.

Rebecca sólo se había sentido confundida, pero no pensaba decírselo.

—Mmm, no realmente, aunque confieso que he llegado a pensar que íbamos a un baile de disfraces y que te habías olvidado de decírmelo. ¿Por qué le gastas a tu madre esas bromas de mal gusto?

—Porque tengo buen corazón. —Sus palabras no tuvieron mucho sentido para Rebecca hasta que él añadió—: Le gusta pensar que todavía tiene que meterme en vereda. Aunque supongo que podría moderarme por un tiempo. Es muy difícil sacarla de sus casillas cuando se muestra tan sumamente contenta conmigo.

Rupert parecía exasperado y molesto al concluir la última parte de su comentario mientras se aseguraba de que ahora estaba presentable: se alisó las mangas y se tiró de las solapas para ponerlas rectas. Finalmente Rebecca comprendió un comentario que le había hecho Amanda a principios de semana cuando había tratado de explicarle lo extraño que parecía el comportamiento optimista de su tía.

«Es un rasgo de su personalidad que no tiene muy desarrollado —le había dicho Amanda a Rebecca—. Cuando se quedó viuda sintió que tenía que hacer el esfuerzo de suprimir la parte más suave de su carácter para poder ejercer el rol de padre y madre a la vez mientras sus hijos eran jóvenes. Fue una transformación algo extrema que resultó muy divertida para el resto de la familia, pues luego no pudo volver a su rol anterior. La obstinación es un rasgo muy acusado en nuestra familia, ¿sabes?»

—Al menos no ha sido necesario que te cambies también los pantalones —le respondió Rebecca, algo divertida ahora, y sintiendo una especie de extraña ternura por el hijo que todavía trataba de asegurar a su madre que su sacrificio no había sido en vano.

Rupert levantó la mirada hacia ella al instante, clavando sus ojos, que ahora tenían un brillo pícaro, en los de ella.

—¿Por qué no se me ha ocurrido? ¿Te habría inducido a violarme?

¡A eso sí que no pensaba responder! Pero luego apareció en su mente una imagen de él allí sentado sin pantalones y se sonrojó visiblemente.

Sin embargo, él pareció apiadarse de ella y apartó aquella mirada sensual.

—No tienes que preocuparte por eso... al menos hasta la primavera. No pienso congelarme el trasero durante los meses de invierno.

No se habría congelado nada. No hacía tanto frío para ser principios de diciembre. Además, en el carruaje había un brasero así que ni siquiera tenían que llevar los abrigos puestos allí dentro para ir y venir de la fiesta. Pero Rebecca agradeció su intento de hacerla sentir menos incómoda con un toque de humor.

La joven logró mantener los ojos apartados de él durante el resto del corto trayecto. No importaba lo que Rupert llevara puesto, ese hombre era demasiado atractivo para no afectarla de ninguna manera. Todavía seguía pensando en él sin pantalones y para cuando llegaron a su destino se sentía tan acalorada que deseó haber llevado un abanico. ¡En pleno invierno!

Pero cualquier rastro de calor la abandonó cuando bajaron del carruaje y reconoció la casa que tenía delante. Era la residencia de lord Alberton en Wigmore Street.

Dios santo, la había hecho caer en una trampa, fue lo primero que pensó. ¿Habría tramado Rupert alguna clase de venganza por algo que ella había hecho hacía tanto tiempo? ¿Estaría tratando de probar que su excusa para aparecer en su habitación de palacio aquella noche lejana había sido una mentira?

49

En silencio y cada vez más enfurecida, Rebecca no le hizo ningún comentario a Rupert mientras la acompañaba a la puerta a la que Flora había llamado en lugar de Constance varias semanas atrás. El mayordomo la abrió cuando se acercaron y los condujo rápidamente al interior para asegurarse de que el frío de fuera no entraba en la casa.

El sonido de mucha gente hablando y riéndose los llevó hasta la sala. Rebecca comenzó a relajarse. Aunque era realmente una fiesta, la razón por la que Rupert la había llevado a esa casa en particular seguía levantando sus sospechas. Al menos podría haberla advertido. El que no lo hubiera hecho impedía que la joven bajara la guardia por completo.

—¿Por qué estamos aquí? —le preguntó ella, antes de que nadie los saludara.

—Es una fiesta de compromiso a la que tenía que asistir.

—¿Alguien que conozca?

—Sí —fue todo lo que dijo antes de que el anfitrión se acercara a darles la bienvenida.

Rebecca no había podido echarle una buena mirada a lord Alberton el día que había ayudado a Constance. Tampoco había estado demasiado interesada en hacerlo. Sin embargo, reconoció que era un hombre atractivo que probablemente rondaría la cincuentena, con el pelo negro azabache, los ojos de un tono verde claro y una complexión atlética que habría hecho sentirse orgulloso incluso a un hombre más joven. A pesar de ello tenía cierto aire extraño que ella no pudo identificar hasta que su expresión cambió cuando se apartó de ellos para hablar con otros invitados.

—¿Es el novio? —preguntó. Cuando Rupert asintió con la cabeza, ella añadió—: No parece demasiado feliz.

Rebecca deseó de inmediato haberse guardado esa observación. Era un discreto recordatorio de la manera en la que Rupert había ido al altar (bueno, no es que ellos hubieran tenido un altar; con un fuerte viento, un cielo sombrío y un barco que no dejaba de mecerse, la breve ceremonia de su boda no era digna de ser recordada siquiera). Y lord Alberton parecía tener el mismo estado de ánimo sombrío que había tenido Rupert. Aun así, Alberton había sido lo suficientemente educado para darles la bienvenida, aunque no parecía conocer a Rupert más que de nombre, lo que tampoco era de sorprender ya que era muy probable que entre ambos hombres hubiera una diferencia de veinte años o más.

Rupert la condujo al centro de la habitación hasta una pareja que él conocía. Luego, tras unos momentos de conversación en la que ella pudo participar, la abandonó allí para ir a por unos refrescos, pensando, evidentemente, que la dejaba en buenas manos.

A pesar de sentirse a gusto con aquella pareja, Rebecca no apartó la mirada de su marido y vio que había sido abordado por una mujer mayor. Nada de especial, pero luego fue abordado de nuevo. Bueno, supuso que eso era lo normal en una fiesta. A menos que surgiera un tema controvertido que congregara a muchos de los invitados en un debate candente, los invitados solían circular por el salón esperando oír los últimos cotilleos.

Una nueva pareja se unió a su grupo, lo que distrajo a Rebecca durante un buen rato, pero luego la primera pareja se marchó y la segunda tampoco permaneció mucho tiempo con ella, y de repente se encontró sola, divertida al ver que Rupert todavía no había alcanzado la mesa de los refrescos. Se puso en movimiento para unirse a él, pero no llegó demasiado lejos.

—¿Quién te ha invitado?

Rebecca conocía esa voz, así que se volvió con una expresión compuesta en la cara.

—Hola, Sarah. Qué inesperado... placer verte aquí.

—Qué graciosa —dijo Sarah con voz desagradable. Sin embargo, extrañamente, no parecía molesta.

A Rebecca no le sorprendió demasiado encontrar a Sarah Wheeler en aquella fiesta. Era evidente que conocía a lord Alberton ya que se habían mantenido en contacto. Pero sí la sorprendió el aspecto de la mujer.

Estaba ataviada con un vestido rosa que, para su sorpresa, revelaba un cuerpo curvilíneo después de todo. Su peinado era suave y atractivo, todo lo contrario del moño severo que siempre había llevado. Aquella combinación era exactamente lo que Rebecca había predicho desde el principio: Sarah no parecía ahora la mujer poco atractiva que había conocido en palacio. Su humor hosco e impaciente también parecía haber desaparecido y en su lugar había un brillo de alegría o tal vez de excitación que mejoraba su aspecto de una manera radical. Casi la hacía parecer hermosa.

—Fuiste la responsable de mi ruina —dijo Sarah, haciendo que Rebecca dejara a un lado esas suposiciones.

—¿Qué ruina?

—La duquesa me despidió.

—Yo ni siquiera estaba allí. ¿Cómo puedes echarme la culpa de eso?

—Gracias a ti, las chicas reunieron el valor suficiente para desafiarme y pensar por ellas mismas. Incluso Evelyn se negó a hacer lo que le pedía a menos que fuera una orden directa de la duquesa.

—E hizo bien —señaló Rebecca—. No tenías derecho a involucrar a esas jóvenes en tus sórdidas intrigas.

Sarah le quitó importancia con un gesto de la mano.

—Debería vengarme. Puedo hacerlo, ¿sabes? ¿Qué crees que diría la gente si supiera que te liaste con St. John en palacio?

Rebecca casi sonrió.

—Creo que concluirían que debería haber dejado mi puesto antes de lo que lo hice, ya que estaba casada en secreto con él.

—¿De veras? No me lo creo —se mofó Sarah—. Pero tampoco deseo involucrarte en un escándalo. Gracias a mi despido ahora estoy donde quiero estar. De hecho, he andado por las ramas tanto tiempo que no me di cuenta de que ya no necesitaba hacer lo que hacía. Una gran pérdida de tiempo. Así que casi podría decir que agradezco tu intromisión. Quiero decir, si no hubieras sido tan molesta.

Rebecca contuvo la risa y se centró en las primeras palabras de Sarah.

—¿A qué te refieres con que estás donde quieres estar?

—No te hagas la tonta. Sabes de sobra que esta fiesta es en mi honor. Pronto seré una novia radiante.

Sarah se alisó los volantes con una sonrisa satisfecha y se marchó dejando a Rebecca perpleja. ¿Sarah se iba a casar y con un hombre tan guapo como lord Alberton? Bueno, sabía que sobre gustos no había nada escrito, pero ¿acaso no había tenido la impresión de que el novio no era demasiado feliz ante ese giro de los acontecimientos? ¿Sería otro miembro de la aristocracia forzado a pasar por el altar?

Sería una hipócrita si sintiera lástima por lord Alberton cuando ella le había hecho lo mismo a Rupert, más o menos. En realidad, Rebecca no le había hecho a Rupert nada de eso. De hecho se había negado a casarse con él, pero él se había empeñado. Rebecca sólo había pedido que la familia de su marido conociera los hechos.

Una mujer mayor se unió a ella antes de poder continuar avanzando hacia Rupert. Se habían conocido en el baile de Withers, aunque Rebecca no podía recordar su nombre. Por desgracia, la mujer era una chismosa pero, como no quería ser grosera, la joven se vio forzada a escuchar hasta el último rumor sobre personas que no conocía y que, por lo que estaba oyendo, tampoco quería conocer. Hasta que la mujer mencionó el nombre de Amanda. Al parecer, que Amanda llevara tres temporadas sin encontrar marido se había convertido en fuente de toda clase de especulaciones. Rebecca esperaba que su amiga no llegara a enterarse. Amanda se molestaba por las cosas más absurdas, pero ésa no era precisamente una tontería.

Rebecca supo que esta vez su marido no acudiría al rescate. Aunque quizá fuera él quien necesitara que lo rescatase, porque la última persona que lo había abordado era la futura novia.

50

—Qué sorpresa más encantadora, querida —le dijo Rupert a Sarah mientras la guiaba con un gesto casual a un lado de la habitación, alejados de cualquiera que pudiera escuchar su conversación.

—¿De veras? —Sarah le brindó una sonrisa radiante—. Me enamoré de Alberton hace años, cuando era una joven debutante. Sin embargo, él no estaba preparado todavía para el matrimonio.

Rupert estaba seguro de que todavía no lo estaba. Alberton siempre había sido considerado un soltero empedernido. Se preguntó si asumiría el matrimonio con buena cara o si enviaría a Sarah al campo donde podría ignorarla, y qué tendría que decir su futura mujer al respecto. El as que Sarah guardara en la manga no sería tan útil después de que se casaran, pues filtrar cualquier información secreta que tuviera contra Alberton la implicaría también a ella en el escándalo. ¿Comprendería Sarah eso?

Si era cierto que estaba enamorada de él, era digna de lástima. Pero Rupert tenía el presentimiento de que aquella declaración de amor era sólo una excusa para explicar por qué Sarah parecía tan feliz por casarse con Alberton. Lo más probable es que ella quisiera el título y la riqueza de Alberton y abandonar por fin la lista de solteronas.

Nigel quería que Rupert fuera brutalmente directo con Sarah y que le sonsacara si había terminado con sus intrigas, pero como siempre él prefirió utilizar sus propios métodos de persuasión.

—Nigel Jennings vino a verme recientemente —le dijo—. Sabe que tú y yo hemos sido muy buenos amigos y me hizo una extraña confesión. Me dijo que tú traficabas con información que la reina no querría que saliera a la luz.

Sarah ni siquiera se puso a la defensiva, de hecho se rio.

—Nigel es un viejo tonto. Se le metió en la cabeza que yo ejercía algún tipo de autoridad sobre las damas de cámara de la duquesa, cuando en realidad ése no era el caso.

Rupert arqueó una ceja.

—Eso es lo que supone todo el mundo, Sarah.

—Sí, lo sé. —Ella sonrió ampliamente—. Y yo lo promoví y me aproveché de ello. Pero la verdad es que la duquesa acepta a regañadientes a las damas como parte de su séquito porque comprende cómo son las cosas en palacio. Nunca las solicitó. ¡Ni siquiera puede conversar con ellas! Así que casi siempre acaba por ignorarlas y se dedica a sus intereses, que no son otros que su hija y su nieta. Sólo me pidió que me asegurara de que las damas designadas a ella no se vieran involucradas en ningún escándalo que pudiera perjudicarla.

—¿Y tú sólo tratabas de asegurarte de ello? —le preguntó Rupert, incrédulo.

—De ninguna manera. Les encargaba tareas inofensivas para mantenerlas ocupadas y no tuvieran tiempo de meterse en líos.

—Nigel conocía tus intrigas. Y eso no suena exactamente inofensivo.

—Era absolutamente inofensivo para ellas —replicó Sarah con un encogimiento de hombros—. Y nada que hubiera podido perjudicar a la corte.

—¿De qué se trataba entonces?

—El viejo rencor que había estado albergando salió a flote cuando la duquesa se instaló en palacio. Jamás se me había ocurrido hacer nada al respecto, ni regresar a Londres, pero...

—¿Rencor contra quién?

—Contra los hombres que me despreciaron cuando era joven. Todos los caballeros que estaban en mi lista de maridos aceptables me dieron la espalda durante mi presentación en sociedad —dijo Sarah con amargura—. Me ofrecí a cada uno de ellos, pero nunca me tomaron en consideración. Alguno incluso se rio de mí. Así que decidí desquitarme, pero no tuve manera de hacerlo hasta que regresé a Londres y conté con los medios necesarios para espiarlos y descubrir esos oscuros secretos que todo el mundo guarda.

—¿Y tu intención era hacerlos caer en desgracia?

—Ésa era la idea. Una muy agradable, por cierto. Realmente disfrutaba sabiendo que podía arruinarles la vida si así lo quería. Saboreaba esa idea. Estaba encantada con ella. Pero luego perdió su gracia. Comencé a aburrirme.

—Realmente no pensabas arruinar a ninguno de ellos, ¿verdad? —adivinó Rupert.

—Claro que no. Pero al menos quería tener la seguridad de que podía hacerlo, de que ellos supieran que podía hacerlo. Pero entonces Nigel Jennings comenzó a distraerme con esas absurdas suposiciones y yo comencé a fomentar sus erróneas conclusiones. Realmente disfruté jugando al gato y al ratón con él. Era muy divertido. Creo que él también se divirtió bastante. Pero eso fue todo. Un simple entretenimiento.

—¿Incluyendo enviar a mi mujer para que se colara en su habitación? ¿A eso llamas tú un simple entretenimiento?

Ella contuvo la risa.

—¡Se suponía que no la atraparían! Fue de lo más perturbador. Pero quienquiera que la descubriera allí no se lo ha debido mencionar a Nigel. ¿Sería otro ladrón? Qué risa, ¡dos ladrones en la misma habitación al mismo tiempo! Me sorprende que te lo contara. Estaba muy enfadada por eso, y se negó en redondo a hacer cualquier otro recado para mí. Incluso tuvo el atrevimiento de amenazarme. Una moza descarada, desde luego, pero estoy segura de que tú ya sabes eso.

Rupert gimió para sus adentros. Acababa de descubrir la verdad y además de una fuente fidedigna, por así decirlo. Todo lo que Rebecca le había dicho era cierto. Su esposa debería haberle disparado por eso. Jamás le perdonaría. Rupert podía, sencillamente, pegarse un tiro.

—Te he sorprendido —dijo Sarah, interrumpiendo sus pensamientos—. Admítelo.

Puede que los tejemanejes de Sarah no hubieran puesto una mirada de perplejidad en su rostro, pero se equivocaba si de verdad pensaba que no había puesto en peligro de verse involucradas en un escándalo a damas inocentes. Se había librado por los pelos, y tenía que agradecer que la duquesa sólo la hubiera puesto de patitas en la calle.

—Creo que lo único que realmente me ha sorprendido de ti —dijo sin contenerse en respuesta a la observación de Sarah— es que incluyeras a Alberton en tu lista de maridos aceptables. Es y siempre será un calavera. Hay quienes dicen que incluso roza la depravación.

Los ojos de Sarah brillaron de satisfacción al oír aquello. Santo Dios, ¿eso era lo que ella deseaba?

Pero entonces ella soltó una risita nerviosa.

—No estaba en mi lista. Después de todo me lleva casi diez años, y ya se sentía inclinado hacia la depravación antes de alcanzar la mayoría de edad. Pero siempre me ha resultado un hombre muy fascinante. De la misma manera que tú me resultabas fascinante... antes de casarte. ¿Cuánto tiempo llevas casado?

—¿Qué te ha dicho mi mujer? —le respondió él, poniéndose en guardia de inmediato.

Ella se rio entre dientes.

—*Touché*. Disculpa, los viejos hábitos nunca mueren, y realmente disfruté con ellos. Desenterrar secretos es como desenterrar tesoros, nunca sabes lo que puedes encontrar.

—Si lord Alberton no estaba en tu lista de maridos aceptables, ¿cómo es que has logrado atrapar a un solterón como él sin usar el chantaje?

—Qué insinuación más rastrera —dijo ella chasqueando la lengua—. Y no es cierto que haya hecho eso. Pero si quieres saber la verdad, después de que mi despotismo con las damas llegara a oídos de la duquesa y me pusiera de patitas en la calle, le dejé caer a Alberton una pequeña y delicada información sobre él que llegó a mis manos por casualidad. No esperaba que me propusiera matrimonio. No sé qué esperaba de él, quizá no más que una amistad como la que tengo contigo. Me habría conformado con ser amiga de alguien tan excitante como él. Pero supongo que él pensó que le chantajeaba, y me agradó tanto su proposición que no quise desengañarle.

—¿Y qué sucederá cuando también te canses de estar casada con él? ¿No te sentirás tentada de volver a jugar al gato y al ratón con Nigel?

—Pero ¿qué pasa con Nigel? Vamos, ya es agua pasada. Ya he terminado con él y con su mundo de secretos —repuso Sarah y luego señaló con la cabeza a su futuro marido—. Míralo. ¿De verdad crees que puedo llegar a aburrirme con alguien como él?

Rupert casi hizo una mueca al pensar en el novio. Sarah hacía que pareciera un juguete, no un hombre. Puede que mantener relaciones sexuales con él al estilo de los burdeles dejara de excitarla cuando pasara a formar parte de ello. O no. De hecho, esos dos podrían estar hechos el uno para el otro, una pareja bienaventurada, por así decirlo. De repente, Rupert deseó poder decir lo mismo de su propio matrimonio.

Buscó con la mirada a su esposa... ¿cuándo había comenzado a pensar en ella como «suya»? Estaba charlando con una mujer mayor y, probablemente, muerta de aburrimiento. Era muy educada con sus mayores. Cortés, encantadora, con un sutil sentido del humor. Santo Dios, Rebecca era realmente todo lo que podía desear en una esposa, y en la madre de sus hijos. Al igual que las rosas, ella sólo mostraba sus espinas cuando él intentaba arrancarle los pétalos.

¿Por qué se había estado resistiendo? ¿Contra qué había estado luchando? ¿Contra la pérdida de la variedad? Demonios, quién necesitaba variedad cuando una sola mujer podía satisfacer todas sus necesidades y despertar su pasión de todas las maneras posibles.

No necesitaban quedarse más tiempo en la fiesta. Ya tenía la información que Nigel le había enviado a buscar. Y también estaba seguro de que Sarah había dicho la verdad. La única mujer que había logrado engañarle había sido Rebecca, y ahora sabía que ni siquiera ella le había mentido. Había sido tonto por haber malinterpretado sus acciones. Pero como sentía un poco de compasión por lord Alberton, aunque no se parecían, decidió hablar con él antes de abandonar la fiesta.

Rupert no sabía si decirle que aquel matrimonio no era fruto del chantaje. Debería hacerlo, pero... ¡Sarah parecía tan condenadamente feliz! Incluso aunque nunca le había gustado esa mujer, ¿cómo podría estropearle todo aquello?

Pero resolvió el asunto con una sencilla pregunta.

—Alberton, ¿no deberías parecer un poco más feliz en tu fiesta de compromiso? —le preguntó Rupert al novio.

El hombre se rio aunque sin una pizca de humor.

—Si me conocieras, sabrías que no puedo forzar más mi expresión. Un consejo, muchacho. Jamás vivas tus fantasías. Deja que se queden aquí —Alberton se señaló la cabeza—, siempre fuera de tu alcance. Pero no creas que me disgusta mi pareja. Ni mucho menos. Estoy seguro de que Sarah me conoce y que a pesar de eso le gusto. No puedes imaginar lo refrescante que me resulta.

Rupert podía imaginarlo. Si aquel hombre disoluto tuviera alguna idea del grado de excitación que Sarah había exhibido esa noche cuando comentaba con él las extrañas inclinaciones de su futuro esposo, sí, Alberton sólo podría pensar que había encontrado a su pareja perfecta.

Y en cuanto a él, no podía negar que había encontrado también a su pareja perfecta. Pero no tenía ni idea de cómo iba a convencer a Rebecca de ello.

Sin embargo, no era en eso en lo que estaba pensando cuando iban de regreso a casa.

—Hay algo que me vuelve loco cuando voy contigo en un carruaje —dijo, incapaz de apartar la vista de su esposa.

Los profundos ojos azules de Rebecca llamearon, pero no protestó cuando él se inclinó hacia delante y la tomó en brazos. Coger desprevenida a su esposa tenía sus ventajas, lo que era una suerte, porque ella enardecía sus pasiones sin ni siquiera intentarlo. Con sólo probar aquel embriagador sabor suyo, Rupert perdía el control.

—¿Crees que tiene que ver con que casi hayamos hecho el amor antes en este carruaje? —preguntó él contra sus labios—. ¿O con que sospecho que cuando estabas aquí sentada antes de llegar a la fiesta pensabas en mí sin pantalones?

Rebecca soltó un grito ahogado, pero él aprovechó para meterle profundamente la lengua en la boca y ella ya no pareció tener fuerzas para reprenderle por aquel comentario provocador. A Rupert le encantaba tomarle el pelo. Era una lástima que su mujer rara vez estuviera de humor para ello.

Por desgracia, Rebecca no dejó pasar aquel último comentario sin responder, aunque casi habían llegado a casa antes de que ella se apartase de sus brazos.

—No estaba pensando eso —dijo Rebecca sin aliento.

Tenía las mejillas coloradas y los labios muy hinchados por sus besos. Una de las cosas más difíciles que Rupert había tenido que hacer en su vida, fue contenerse para no cogerla en brazos de nuevo. Pero ya habían llegado a casa y su mujer volvía a mostrarse indignada.

51

Rebecca se despertó de un humor deplorable para el que no podía encontrar ninguna explicación razonable, y que no conseguía hacer desaparecer. La velada de la noche anterior había resultado ser más excitante de lo que había previsto. No la fiesta, allí se había aburrido bastante, pero en el carruaje...

El comentario subido de tono de Rupert y la mirada que le había dirigido camino de la fiesta todavía la hacían sonrojarse cuando pensaba en ello. Pero tenía la sensación de que Rupert, como libertino que era, habría hecho el mismo comentario a cualquier mujer que le acompañara, así que realmente no había sido para ella en particular. ¡Incluso aunque lo hubiera mencionado otra vez de camino a casa! El resto de las observaciones de su marido durante el trayecto habían reforzado esa impresión. Seguía siendo el mismo, un libertino incorregible intentando seducir a cualquier mujer que se le pusiera a tiro.

Sus propios sentimientos, sin embargo, se habían inclinado por ese libertino. Ése era el problema. Se había enamorado de un hombre que evidentemente la deseaba, y a quien ella deseaba también, pero era un hombre que jamás le diría que la amaba y que nunca le sería fiel. Eso era lo que la disgustaba y lo que la hacía sufrir aquellos altibajos emocionales.

Por eso motivo permaneció encerrada en su habitación. Pero en cuanto se le pasaron las náuseas matutinas, volvió a sentirse tan hambrienta como siempre. Así que bajó la escalera para desayunar, esperando que todos los demás hubieran terminado ya, de esa manera no tendría que fingir que era una recién casada feliz, cuando era justo lo contrario.

Tuvo suerte. Al bajar casi con una hora de retraso encontró el comedor vacío. Intentando no pensar en nada que pudiera empeorar su estado de ánimo, prestó un poco más de atención a lo que comía y se quedó consternada al darse cuenta de que estaba a punto de tomarse otra loncha de embutido cuando ya ¡estaba llena! Inconscientemente había estado comiendo más de lo que debía. Bueno, en el fondo eso era un alivio. Había empezado a pensar que iba a dar a luz a un bebé anormalmente grande por lo pronto que se le había ceñido la ropa.

Sin embargo, aquello no mejoró su humor. Ahora también se sentía indignada consigo misma, así que realmente no fue un buen momento para que Rupert la atrapara cuando abandonaba el comedor ni para que le pusiera las manos en la cintura. Pareció como si él le estuviera midiendo el vientre, algo que la avergonzó.

—Maldición —dijo él—. ¿Has estado atiborrándote de postres sólo para prolongar el suspense?

Ella no notó el tono guasón con el que lo dijo. Lo único que percibió de su comentario fue que él todavía no se creía que estuviera embarazada.

—Me has pillado —le espetó—. Voy a dar a luz una pastelería.

—Eso no tiene gracia, Becca.

—Ni tampoco tu absurdo comentario. ¿De verdad crees que me gusta pensar que se me va a deformar el cuerpo? Lo odio, pero ¡no tanto como te odio a ti!

Rebecca se echó a llorar antes de lograr subir las escaleras y perderse de vista porque no había querido decir lo que había dicho sobre su cuerpo. Era un cambio aceptable para que creciera el bebé al que ya amaba con todas sus fuerzas. Y tampoco había querido decir que lo odiaba a él. Jamás le había odiado. La hacía enfadar como nada en su vida, pero no hasta el punto de odiarle.

Rupert la siguió al piso superior y golpeó la puerta de su habitación durante un buen rato. Rebecca no respondió, y él ni siquiera giró el picaporte para ver si había echado la llave. Cuando por fin se fue, ella lloró hasta quedarse dormida, pero tras una breve siesta se despertó de nuevo a mediodía, y estaba ¡muerta de hambre otra vez! Santo Dios, comenzaba a tener gracia. Al menos eso la puso de mejor humor y pudo fingir que era feliz cuando se unió al resto de la familia para comer.

Rupert no le dirigió la palabra durante todo el almuerzo. Después de su arrebato anterior, tampoco la sorprendió su reticencia. Sin embargo, no dejó de mirarla todo el rato y, aunque mantenía una expresión inescrutable ante su madre, Rebecca sintió que estaba ¿preocupado? No, probablemente sólo sentía curiosidad por la violenta reacción que había tenido Rebecca a lo que sólo había sido una broma. Una broma de muy mal gusto, cierto, pero aun así la joven no pensaba que él lo hubiera dicho en serio.

Rupert desapareció tras la comida, así que Rebecca pudo relajarse un rato con su suegra en la sala. Le gustaba Julie. No podía ser de otra manera cuando la mujer estaba tan contenta con su nuera. Y Rebecca parecía ejercer una buena influencia sobre ella. Cada día, el tono de Julie era menos brusco, casi como si su parte más femenina estuviera emergiendo lentamente de nuevo. Al menos era así hasta que Rupert comenzaba a azuzarla de nuevo.

Como era costumbre, Rebecca subió a cambiarse de ropa para la cena. La mayoría de las familias de las clases acomodadas consideraban la última comida del día como la más formal, incluso aunque no hubiera invitados a los que impresionar. La joven salió de su habitación al mismo tiempo que Rupert entraba en la suya. Él se detuvo. Ella pensó en regresar de inmediato a la suya.

—Espera, Becca —dijo, y se acercó con rapidez a ella, como si le hubiera leído el pensamiento.

Ella se puso en guardia al instante, con todas las defensas firmemente en su lugar. No quería responder preguntas sobre su absurdo comportamiento de esa mañana, que era lo que creía que él querría discutir.

—Mañana estaré fuera casi todo el día por asuntos de negocios —dijo él antes que ella pudiera pensar una excusa—. Te lo digo porque seguramente saldré muy temprano y no te veré antes de irme.

No era lo que Rebecca esperaba escuchar, pero con sus defensas alzadas, su voz adquirió un tono demasiado brusco incluso a sus propios oídos.

—No tienes por qué darme cuenta de tus asuntos cuando sólo soy...

No consiguió terminar la frase. Rupert la besó de repente. Rebecca no supo si lo había hecho para impedir que dijera «tu esposa» o «tu invitada». Ni siquiera ella estaba segura de lo que había estado a punto de decir. Pero eso dejó de importarle cuando un momento después le rodeó el cuello con los brazos.

Santo Dios, ¿cómo podía seguir provocando aquellas

sensaciones en ella? ¿Enardecerla de esa manera al instante? Estaba hambrienta de nuevo, pero esta vez sólo quería saborearlo ¡a él! Todas las dudas, la rabia, las inseguridades y los altibajos emocionales desaparecían con el simple roce de su boca y con la seguridad de que él quería besarla. ¡La deseaba! ¡Por supuesto que Rupert no estaría besándola de esa manera si no la desease! ¿O sí?

Lo abrazó con fuerza. Comenzó a embargarla algo parecido a la felicidad y una mezcla de anhelos tan poderosos que se sintió sobrecogida por ellos. Oyó el gemido de Rupert. Rebecca no pensó que tuviera que ver con la pasión hasta que él la apartó bruscamente.

—Deja de parecer tan condenadamente atractiva —le dijo.

La dejó tan asombrada que muy bien podrían haberla tumbado con un dedo. ¿Se había visto obligado él a besarla porque la había encontrado atractiva? ¿Qué clase de disparate era ése?

Herida y más que un poco frustrada después de que un beso tan placentero hubiera acabado de manera tan brusca, Rebecca le espetó:

—Discúlpame, voy a embadurnarme la cara de barro. —Y lo empujó antes de echar a correr por el pasillo.

—¡Encontrarás un montón en el patio trasero! —le gritó él en un tono que ella encontró sospechosamente divertido.

—¡Gracias! —le gritó la joven, pero sin una pizca de diversión.

Rebecca bajó las escaleras aunque ahora ya no era lo que quería. No quería volver a verlo esa noche, ni la semana siguiente, de hecho ¡no quería volver a verlo en su vida! Pensaba decirle a su suegra que se llevaría la cena a su habitación y que se retiraría temprano, pero no esperaba ver a cierta invitada en particular sentada al lado de Julie en el sofá.

—¡Mamá!

Lilly le lanzó una sonrisa radiante y se levantó para darle un rápido abrazo.

—No pude resistir el impulso de venir. —Se rio—. Esto debería ser más fácil cada vez, pero no lo es. Al menos por ahora. Aunque no quiero parecer la madre entrometida que no hace más que incordiar todo el rato.

—No seas tonta —repuso Rebecca, uniéndose a ellas en el sofá—. Dile que siempre será bienvenida, Julie.

—Ya lo ha hecho, querida.

Y así de fácil, el humor de Rebecca mejoró por completo ante la visita de su madre. Lilly representaba consuelo, seguridad, amor, cosas que Rebecca había echado mucho de menos. Ya no era una niña que pensara que su madre podía arreglar el mundo, pero su simple presencia la ayudaba mucho.

Tuvieron una agradable reunión hasta que Rupert se unió a ellas. No es que la echara a perder con su presencia, pero si él insistía en seguir con su representación esa noche, incluso con su madre presente, era lo que sucedería. Por desgracia, Rupert entró en la habitación vistiendo una chaqueta de un horrible color amarillo chillón que hizo que su madre lo mirara de inmediato con el ceño fruncido. Así que después de haber besado a Rebecca de esa manera, él había decidido finalizar el día provocando a su madre de nuevo. Había escogido un momento inoportuno, con la madre de Rebecca presente, o quizá no. Al menos aquello no ensombrecería su estado de ánimo, ya que ahora ella sabía por qué lo hacía.

Julie no se mordió la lengua.

—Veo que tu gusto es cada vez más extravagante —comentó con disgusto—. Pareces un maldito pavo real, Rue.

Rupert llegó a mirarse la espalda antes de responder.

—Pensé que había recogido mis plumas.

Rebecca tuvo que taparse la boca con la mano para contener la risa. Julie se limitó a mirarlo con el ceño fruncido. Lilly no sabía qué pensar, por supuesto. Era la vez que lo conocía oficialmente, y Rupert no podía haber elegido peor momento para gastarle una broma a su madre con esa ropa.

¡Y pensaba seguir con su representación! Antes de saludar cortésmente a Lilly, Rupert se inclinó hacia Rebecca y le dio un beso en la mejilla que duró un poco más de lo que era decoroso. Después cogió la mano de Lilly y se la besó.

—Quiero agradecerle, Lilly, que haya criado a una hija tan admirable —dijo.

Rebecca sospechó que su madre acababa de convertirse en una adepta para la causa con esa simple declaración. Lilly estaba radiante de orgullo y le lanzó a Rebecca una cariñosa mirada antes de responderle a Rupert.

—¿Verdad que sí? Espero que estés cuidando bien a mi hija.

—¡No tanto como me gustaría!

Las tres mujeres se sonrojaron ante esa atrevida respuesta. ¡Qué típico de él! Pero al guiñarle el ojo a Lilly confirmó que sólo estaba bromeando, y Lilly sonrio.

Rebecca podía haber deseado que él se hubiera limitado a ser encantador en ese primer encuentro con su madre, pero sonrió ampliamente cuando Lilly le susurró al oído unos minutos después:

—Tiene un gusto atroz, ¿no crees? Lo lamento, querida. Va a ser muy embarazoso para ti.

—No lo será. Sólo se viste así para provocar a su madre y hacerla creer que sí lo hace.

De camino al comedor, Lilly encontró un momento para decirle en privado:

—El suspense me está matando. Sé que viniste aquí por

sugerencia mía, pero no esperaba que las cosas salieran tan bien.

Rebecca gimió para sus adentros. Si su madre se iba en ese momento, no tendría por qué saberlo. Pero Lilly no se fue. Se quedó a cenar y, por desgracia, Rupert tomó asiento al lado de Rebecca antes de que pudiera hacerlo su madre. La joven se puso de nuevo en guardia, y hacía bien.

Apenas se había sentado cuando él le recordó el beso.

—¿No has podido encontrar barro? —lo dijo con un aire tan despreocupado que ella no pudo saber si estaba o no bromeando.

—Compórtate —siseó ella.

—Jamás. —Rupert le brindó una amplia sonrisa.

Eso provocó un leve sonrojo en Rebecca y, además, trajo de vuelta su anterior frustración.

—Si estás tratando de castigarme haciendo que te desee, olvídalo. No pienso picar de nuevo —le advirtió ella.

—¿Me deseas?

Qué pregunta tan ridícula. ¿Cómo podría no desearle? Pero no podía decírselo. Estaba segura de que incluso esa sencilla pregunta era alguna especie de trampa.

—No te preocupes, Becca. —Entonces lo arruinó todo añadiendo—: No voy a tomarte aquí en la mesa del comedor, aunque confieso que me gustaría hacerlo.

Rebecca podría haberse derretido allí mismo, y no sólo por el ardiente rubor que le cubrió las mejillas rápidamente. ¡En su mente se veía haciendo el amor con él encima del mantel! ¡Ahora no podría volver a mirar a la mesa sin imaginárselo! Oh, Dios mío...

Nunca supo cómo pudo mantener la compostura durante el resto de la cena. Apenas oyó una palabra de lo que allí se habló. ¿Por qué le estaba haciendo eso? Era bajo y ruin... ¿sería ésa la venganza por haberle puesto los grilletes?

Por supuesto, él siguió como si no hubiera pasado nada, manteniendo viva la conversación mientras transcurría la cena, provocando la risa de Lilly muy a menudo. Y su madre no se fue después de la cena. Le preguntó a su hija si podrían hablar en algún sitio en privado. No había manera de ocultárselo. Rebecca la llevó a su habitación en el piso superior, al dormitorio que no compartía con su marido.

52

Rebecca miró por la ventana de su dormitorio el carruaje que traqueteaba en la calle. Algunos copos de nieve flotaban alrededor de las farolas. No hacía mucho frío y la nieve se derretía en cuanto tocaba el suelo, pero aun así las temperaturas habían bajado considerablemente y ya no eran tan cálidas, al igual que sus pensamientos de los últimos días.

—Casi creí que estabas bien... —le decía Lilly detrás de ella mientras andaba de un lado para otro de la habitación— al principio. Pero te conozco demasiado bien para que me engañes durante demasiado tiempo. ¿De qué iba toda esa representación ahí abajo? ¿Te has peleado con tu marido?

—¿Y cuándo no estamos peleados? —dijo Rebecca con un suspiro, dándose la vuelta.

—No lo entiendo. Las habladurías dicen que él mismo anunció vuestro matrimonio en un baile hace algunas semanas. Si un hombre hace eso, lo normal es que tenga intenciones de seguir adelante. ¿Acaso los rumores no son ciertos?

—Lo son, pero sólo fue una absurda reacción que Rupert tuvo esa noche porque yo no lo había anunciado debidamente cuando llegué. Pactamos una tregua para mantener las apariencias, incluso ante su familia. Fue idea suya. Pero estas últimas semanas ha sido tan agradable conmigo que me he dado cuenta de que... ¡le amo! —Rebecca rompió a llorar de inmediato. Lilly, consternada, se apresuró a darle un abrazo.

—¿Y por qué eso no te hace feliz? —preguntó Lilly con suavidad después de que los sollozos fueran amainando.

Rebecca dio un paso atrás y se enjugó las lágrimas con la manga.

—¿Cómo voy a sentirme feliz cuando nuestro matrimonio es una charada? Además Rupert ya ha dejado de ser agradable conmigo. Han vuelto a aparecer sus inclinaciones libertinas otra vez. De hecho, me sorprende que haya podido contenerlas durante tanto tiempo.

—¿Ya te está siendo infiel? —inquirió Lilly, sintiéndose ofendida en nombre de su hija.

—Tú también te lo esperabas, ¿verdad?

—Bueno, tu marido no estaba precisamente en el mercado matrimonial buscando esposa, así que siempre ha existido esa posibilidad considerando su reputación —suspiró Lilly.

—Lo sé, y me preparaste muy bien para las manías de los hombres...

—¡Sólo si no están locamente enamorados! —la corrigió Lilly.

—Algo que él no está. Pero no me refería a eso. Hablaba de mí.

—¿Le has sido infiel? —preguntó Lilly consternada.

Rebecca parpadeó y no pudo evitar soltar una risita.

—No, claro que no. Me refería a que Rue se está comportando como un mujeriego conmigo cuando me juró que no me tocaría hasta tener pruebas de mi embarazo.

Lilly ni siquiera se sonrojó.

—Vivís en la misma casa —dijo con pragmatismo—. Eres su esposa. Deberías haber esperado que se comportara de esa manera, incluso aunque no compartáis la misma habitación.

Rebecca se sonrojó.

—No quería decir eso, y lo sabes. Me refería a que vuelve a soltar comentarios subidos de tono, y a besarme incluso cuando ¡no es lo que quiere!

—Bueno, querer debe de querer...

—De veras, no quiere. Incluso se enfada por ello cuando ocurre, como si en realidad no pudiera evitarlo. Créeme, vuelve a ser él mismo. Está en su naturaleza perseguir cualquier falda que tenga delante, aunque sea la de su esposa.

—Ya veo. Y eso incluso te hace más infeliz, ¿no? —adivinó Lilly.

—¡Mamá, ni siquiera le gusto!

Lilly hizo una mueca ante el dolor que percibió en el tono de Rebecca. Rodeó a su hija con el brazo y la condujo hasta la cama, donde ambas se sentaron.

—Mis emociones están descontroladas —añadió Rebecca, tras unos cuantos suspiros y hipidos entrecortados—. Tengo cambios constantes de humor y no sé qué hacer.

—Son debidos al bebé. Cuando estaba embarazada de ti era la mujer más feliz del mundo, pero a veces me enfadaba con tu padre sin ninguna razón aparente. Pero en tu caso... —Lilly hizo una pausa y lanzó un suspiro—. Ésta debería ser una época tranquila y feliz para ti. Bueno... por lo menos debería ser razonablemente tranquila. Eso sería lo ideal. Jamás pensé que diría que es peor para ti que estés enamorada. Ahora me siento responsable por haber sugerido que vinieras. ¿Por qué no te vienes conmigo? La distancia podría ayudarte a ver esta situación tan amarga con más claridad.

—¿Y el bebé?

—Ya está protegido por el anuncio público de vuestro matrimonio. Has logrado lo que viniste a hacer. A menos que... vinieras por algo más.

—¡No! Yo sólo quería atravesar el muro de ira de Rupert y obligarlo a aceptar los hechos. Pero esa ira todavía sigue ahí, estoy segura de ello. Una furia semejante no va a desaparecer. Jamás creerá que no era mi intención hacerle caer en la trampa del matrimonio. Si he venido aquí ha sido sólo por el bien del bebé, nada más.

—Entonces, ¿te quedaste aquí por esa razón?

—En ese momento no le amaba. —Rebecca clavó los ojos en el suelo, luchando contra las lágrimas—. Pero ahora que sí lo hago, las cosas me resultan mucho más duras.

Lilly frunció el ceño.

—¿Cuánto tiempo te has pasado llorando por eso?

—No mucho.

—Becky —dijo su madre en tono de advertencia.

—Sólo desde que dejé de negar lo que siento por él.

—¿Has pensado en decírselo?

Rebecca se quedó consternada.

—¡No puedo hacerlo! Él sólo pone buena cara por las apariencias. Los primeros días discutíamos terriblemente y teníamos problemas para ocultarlo. Así que me ofreció esa tregua temporal. Creo que hubiera sido más fácil seguir furiosa con él. De verdad que sí.

—Eso lo zanja todo —dijo Lilly con tono imperante—. Te vas de aquí. Esa clase de tumultos emocionales no pueden ser buenos para el bebé. Así que harás las maletas esta misma noche. Vendré a recogerte por la mañana. Y yo me encargaré de tu marido si intenta detenerte.

—¿Detenerme? Creo que lo más probable es que me abra la puerta.

Rebecca contuvo el tono de amargura, lo que hizo que Lilly arqueara una ceja. ¿Se acabaría convirtiendo el amor no correspondido de su hija en odio? Sería de esperar.

—De todas maneras, él no estará en casa mañana —comentó Rebecca—. Me lo ha dicho antes. El destino, ¿no crees?

—Quizá.

53

Rupert tardó dos días en regresar a casa. Le había enviado notas tanto a su madre como a Rebecca haciéndoles saber a ambas el motivo de su demora. Su esposa no había estado allí para recibir la misiva. Y no le había dejado respuesta. Su suegra, sin embargo, sí le había dejado una, donde le decía con mucha claridad que dejara en paz a su hija.

Descubrir que Rebecca había regresado a Norford con su madre y no de visita precisamente, sino para siempre, dejó a Rupert debatiéndose en un mar de emociones. Estaba enfadado, conmocionado y herido. Tenía muy buenas razones para ir a buscarla, que era exactamente lo que iba a hacer. Pero no antes de enviar a un hombre para asegurarse de que Rebecca todavía estaba en Norford y que se quedaría allí hasta que él decidiera actuar.

No había tomado ninguna decisión la noche anterior, bueno, había tomado algunas, pero era lo suficientemente listo para no ponerlas en práctica hasta la mañana siguiente, cuando no estuviera borracho. De hecho, ya era media tarde cuando salió de la cama. Todavía no tenía la cabeza lo suficientemente despejada para decidir qué hacer... ni para enfrentarse a su madre.

Pero Julie le estaba esperando y, por lo que parecía, muy enfadada. En cuanto bajó las escaleras, lo empujó a la salita y se plantó en el umbral de la puerta, bloqueando la salida con su cuerpo.

—Pensé que habías recuperado la cordura cuando desapareciste ayer por la noche —le dijo furiosa—. Pero mis espías me han dicho que no fuiste a Norford para traer de vuelta a tu esposa.

—¿Has hecho que me sigan?

—No, pero tengo vigilada a Rebecca. Lleva a mi nieto en su vientre. No voy a ser la última en enterarme de cualquier cosa que surja.

Rupert se preguntó si el espía de su madre se habría tropezado con el suyo. ¿Cuándo había comenzado a pensar como su madre?

Se sentó en el sofá, justo delante del té recién servido. Julie se acercó y sirvió una taza para cada uno. Ninguno se la bebió.

—No deberías haberte encariñado con un nieto que podría no ser real —le dijo—. Sabes tan bien como yo que las trampas de esta índole son muy comunes.

No importaba cuántas veces lo dijera, pensó Rupert, sonaba trillado incluso para él, pero Julie se mofó con un fuerte bufido.

—Tonterías. Sabes tan bien como yo que ese bebé es real, así que no intentes embaucarme. ¿A qué estás esperando? Deberías haber salido detrás de Rebecca en cuanto supiste que se había ido.

—Recibí una nota candente de su madre advirtiéndome

que me castraría si no dejaba en paz a Becca durante los primeros meses de embarazo.

—Podrías haberle asegurado de que disfrutaría de esa paz aquí mismo. No tenía que huir al campo para encontrarla. ¿Por qué perdiste el tiempo bebiendo en vez de salir tras ella? Y no intentes decirme que su madre te da miedo.

Rupert suspiró.

—Claro que no. Pero necesito considerar los sentimientos de Rebecca con respecto a esto. Evidentemente no era feliz aquí.

—Y es por culpa de eso que tú tampoco eres feliz, ¿no? —adivinó Julie—. Rue, ¿qué te pasa? Jamás te habías comportado de esta manera antes.

—Porque jamás había estado enamorado antes. Ni había dicho las estupideces que he dicho movido por la rabia, cosas que Rebecca jamás me perdonará. He cavado mi propia tumba, y no tengo una maldita escalera para salir de ella.

Su madre tuvo el descaro de reírse. Por supuesto, Rupert no tenía costumbre de hacerle tales confesiones a su madre, algo que parecía hacerla sentir muy satisfecha y que la impulsó a ofrecerle su consejo.

—¿Por qué no le dices la verdad? Suele sentar las bases para una buena relación.

Esas palabras lo golpearon como una nota aguda y se puso en pie de un salto. Sin embargo, no llegó a cruzar la puerta. El umbral estaba repentinamente bloqueado por su tío. El mayordomo lo había dejado pasar sin anunciarlo. El duque de Norford estaba mirándole con el ceño fruncido.

—¿Así que estás aquí? —dijo Preston Locke—. ¿Puedes explicarme qué demonios hace tu mujer sola en mi ducado?

—Me alegro de verte, tío. No vienes a Londres muy a menudo. Espero que no haya sido esto lo que te ha impulsado a venir.

—Bueno, dado que ni mi hermana ni mi sobrino se han dignado a informarme personalmente sobre este matrimonio, que al parecer está siendo un desastre, sí, creo que eso es exactamente por lo que he venido.

Rupert se sonrojó avergonzado. Había pensado ir a visitar a su tío con Rebecca cuando fue a buscarla a Norford la primera vez. Pero al no encontrarla entonces, había regresado corriendo a Londres sin volver a pensar en su tío.

—Es una larga historia —empezó Rupert—, y yo sólo...

—Siéntate —dijo Preston en un tono que no admitía réplica.

El tío de Rupert era un hombre grande. Raphael se parecía a él. Los dos tenían la misma estatura y el mismo tono de piel. El cabello rubio de Preston había comenzado a cubrirse de canas en las sienes, pero todavía era un hombre robusto y, cuando utilizaba aquel tono autoritario, nadie de la familia se atrevía a desobedecerle. Rupert no era una excepción. Se sentó.

Julie intentó aliviar la repentina tensión.

—Preston has llegado justo a tiempo para el té —dijo—. Creo que puedo explicarte...

—Prefiero que me lo explique Rue. ¿Por qué Lilly Marshall, a la que me he encontrado esta mañana mientras daba su paseo matutino, me ha advertido de que tus problemas matrimoniales podrían acabar en divorcio?

—¿Divorcio? De eso nada —dijo Rupert con rotunda seguridad.

—Eso es exactamente lo que quise decirle a Lilly, pero como ni siquiera sabía que estabas casado, me quedé sin argumentos. Y eso no me gusta nada, Rue. No me gusta enterarme de los matrimonios de mi familia por terceros. Y, definitivamente, no me gusta oír que podría estallar un escán-

dalo inminente en mi familia. Si te has casado con la chica, ¿por qué tanto la madre como la hija piensan que la única solución es el divorcio?

—He hecho y dicho algunas tonterías —admitió Rupert.

—Dios mío, ¿me estás diciendo que le has sido infiel a tu mujer y se ha enterado?

Rupert le brindó una amplia sonrisa.

—No, no es nada de eso.

—Me alegra oírlo, porque ahora que estás casado es hora de que abandones tus inclinaciones libertinas y que te comportes como un hombre responsable. Porque es ésa tu intención, ¿no?

—Por supuesto.

—Entonces, ¿cuál es el problema?

Rupert suspiró.

—No estaba preparado para casarme. No es que considere el matrimonio como una trampa, pero en este caso creía que lo había sido.

—La joven te dijo que estaba embarazada, ¿no? —Ante la inclinación de cabeza de Rupert, Preston añadió—: Lilly olvidó mencionar esa menudencia. Tampoco es que tenga la más mínima importancia. Lo único importante es que te has casado con ella. Conozco a las Marshall. Rebecca es una joven preciosa. ¿Cómo no ibas a quererla como esposa?

—Por supuesto que la quiero. Pero no estoy seguro de que Rebecca pueda perdonarme por haber dudado de ella.

—Bueno, desde luego no te perdonará mientras sigas aquí sentado sin hacer nada

Rupert se rio entre dientes y se levantó para marcharse.

Julie se enfadó.

—Así que tu tío te dice que vayas y vas, ¿no? ¿Acaso no te he dicho yo que...?

—Ya iba a hacer lo que me dijiste, me ha quedado claro que la verdad es una estupenda manera de empezar de nuevo. Maldita sea, mamá. ¿Qué diablos haría si no te tuviera a ti para meterme en vereda?

54

—Pensé que él estaba en el carruaje con usted, pero no está. ¿Dónde se ha metido? ¿Cuándo viene?

Rebecca miró fijamente el cañón de la pistola que apuntaba a su cara y estuvo segura de que no podría articular ni una sola palabra. Se había quedado sin respiración. La mujer estaba furiosa. La rabia estaba escrita en su expresión sinuosa y salía a borbotones por sus ojos. Predecía una muerte inminente.

Rebecca tenía miedo incluso de bajar la vista al suelo para ver si su madre, que había caído a sus pies, se encontraba bien. Lilly había acompañado a aquella mujer a la habitación. Como ella había dicho que era amiga de Rebecca, su madre probablemente habría pensado que la visita daría ánimos a la joven. Lilly no tenía manera de saber que, por el contrario, había dejado entrar a una víbora en casa. Pero claro, Mary Pearson en sus últimos meses de embarazo, parecía tan inocente como un corderito... hasta que se le retorcía la cara por el odio.

Rebecca había saltado hacia delante para atacar cuando la mujer golpeó a su madre en la cabeza con la pistola, y sólo se detuvo cuando Mary le apuntó directamente a la cara. Lilly no había intentado levantarse ni había hecho sonido alguno.

Rebecca no dudaba de que Mary se refiriera a Rupert, pero no podía pensar en nada más.

—Por favor, déjeme ver cómo está. Es mi madre —logró decir, finalmente—. Usted también querría que sus hijos se aseguraran de que se encontraba bien si resultara herida, ¿verdad?

Mary asintió de inmediato con la cabeza. Rebecca se dio cuenta al instante de que podría haber encontrado la clave para tratar con Mary: los instintos maternales de la mujer. Rebecca se arrodilló junto a Lilly y le examinó la cabeza. No sangraba. Y su madre respiraba, de hecho parecía muy tranquila. Parte del miedo de la joven desapareció.

—Páseme un cojín, por favor —le pidió sin levantar la mirada. Mary se acercó al sofá para coger un cojín y se lo tendió. Rebecca lo deslizó bajo la cabeza de su madre y, tentando su suerte, añadió—: Debería llamar a un médico y...

—No —la interrumpió Mary—. Estará bien. No puede hacer nada más. Ahora respóndame. ¿Dónde está su marido?

Rebecca se puso en pie. Mary volvió a apuntarla con la pistola. Estaba tan cerca que la joven no podía pensar con claridad. Se preguntó si le dispararía al instante si intentaba arrebatársela.

Estaba reuniendo valor para hacerlo cuando Mary continuó:

—¡Quiero terminar con esto de una vez para irme a casa con mis hijos!

—¿Terminar el qué?

—Tengo que matar a su marido.

Rebecca inspiró bruscamente.

—¡No!

—Tengo que hacerlo. Samuel me lo dijo. Reconoció el blasón de su carruaje de sus años mozos en Londres y vio...

—¡Imposible!

—Lo hizo —insistió Mary—. Me pidió que encontrara a St. John. Que viniera a Londres y lo matara para vengar su muerte, ¡para vengar la pérdida del amado padre de mis hijos! ¡Es la única manera de que mi Samuel descanse en paz!

—¿Su marido ha muerto? —preguntó Rebecca, incrédula.

—¡No finja ignorancia! —chilló Mary, empuñando el frío metal de la pistola contra la mejilla de la joven—. ¡Usted estaba allí cuando ocurrió! ¡Puede que incluso fuese usted misma la que apretó el gatillo!

—Yo iba tumbada en el suelo del carruaje, intentando que no me alcanzara ninguna de las balas. No supe si alguien había resultado herido. ¡Me limité a proteger a mi bebé de los disparos! —dijo Rebecca, recordando aquella horrible tarde en Francia y la manera en que las balas silbaron a su alrededor.

Mary palideció, pero luego bajó la mirada a la cintura de Rebecca y frunció el ceño.

—No se le nota nada. No creo que esté embarazada.

Rebecca casi soltó una carcajada histérica. ¡Y ella que había temido engordar demasiado! Hacía algunos días que se sentía muy llena, pero sin Rupert distrayéndola, había notado que había dejado de atiborrarse de comida.

—Ni tampoco mi marido —se vio obligada a decir ante la falta de evidencia—. ¡Cree que le puse una trampa para casarnos, y la prueba está tardando demasiado en aparecer! Y cuanto más tarda, más le odio por dudar de mí. —Eso no era cierto, pero Mary parecía estar demasiado interesada en lo que decía para detenerse ahora—. Me colé en su vida de golpe, pero la abandoné sin pensármelo dos veces. Ni siquiera intentó detenerme. Creo que está en Londres. Pero si no está allí, no sé dónde puede estar. Y no me importa.

Rebecca tuvo que obligarse a decir las últimas palabras. Las lágrimas le quemaban los ojos, pero no era el momento de ponerse sentimental.

—Entonces quizá lo mate por las dos —declaró Mary. Rebecca no quería contar con la simpatía de esa mujer, ¡quería que entrara en razón!

—¡Es un granuja! —dijo Rebecca—, pero no merece morir por ello. No comprendo por qué quiere vengar a su marido cuando él estaba equivocado. Suministraba armas con las que se mataba a nuestros propios soldados en la India. Mary, lo hubieran colgado por traición.

—¡No! Era la guerra. Siempre hay bajas en la guerra. Samuel no hizo nada malo, pero esos estúpidos mentirosos lo expulsaron a patadas del ejército. ¡Nos arruinaron la vida!

Rebecca se mordió la lengua al darse cuenta de que Mary ni siquiera sabía, después de todo, lo que había hecho su marido. La única manera posible de hacer razonar a Mary era recordándole su enorme prole.

—Lamento su pérdida, Mary. Pero me dan más lástima sus hijos. Sin importar los crímenes que Samuel cometiera, fue un padre maravilloso, ¿no es cierto?

—No existía un padre mejor —convino Mary con los ojos llenos de lágrimas.

—Eso era evidente. Es terrible perder a un padre, pero no puedo imaginar lo horrible que sería para sus hijos perder también a su madre. ¿Quién los criará y les dará amor si usted no está con ellos?

—¡No diga eso! ¡No me perderán!

—Lo harán si hace lo que se propone. Demasiada gente sabrá lo que usted ha hecho. ¿O piensa matarnos a todos?

—¡Lo haré si tengo que hacerlo! —gruñó Mary.

—Ojalá no hubiera dicho eso —murmuró Lilly, dándole una patada a Mary en las piernas desde el suelo.

La pistola se disparó cuando Mary cayó, pero, gracias a Dios, la bala se alojó en la pared. Aunque probablemente la pistola era de un solo tiro, Lilly luchó contra la mujer para arrebatársela, pero Rebecca no miraba el asombroso despliegue de arrojo de su madre sino a Rupert que había aparecido en la puerta y ahora atravesaba la sala corriendo hacia las dos mujeres que luchaban en el suelo.

¡Rupert había venido! Rebecca había estado segura de que no lo haría, pero allí estaba y... ¿Y si hubiera llegado un minuto antes? Palideció al pensar en qué hubiera ocurrido si él hubiera entrado en la habitación cuando Mary todavía tenía la pistola en la mano. ¡Ahora podría estar muerto!

Pero en unos segundos él había apartado el arma del alcance de Mary y ayudaba a ambas mujeres a ponerse en pie. Mary lloraba histéricamente. Algunos de los criados habían aparecido al oír el disparo, y Rupert le dijo a un lacayo que llevara a Mary a otra habitación y que la custodiara hasta que llegara el magistrado.

—Un poco tarde, ¿verdad, St. John? —dijo Lilly secamente, sacudiéndose las faldas.

Rupert le brindó una amplia sonrisa.

—Me pareció que lo tenía todo perfectamente controlado. Ha sido impresionante, Lilly. Y pensar que creí que la nota que me dejó era una fanfarronada. ¡Ahora ya no estoy tan seguro!

Lilly se sonrojó a pesar del tono burlón de Rupert.

—¿Qué nota? —dijo Rebecca arqueándole una ceja a su madre.

—Sólo lo amenacé con algunas consecuencias desagradables si no te permitía descansar un poco.

Rebecca se sonrojó también pues sabía lo franca que podía llegar a ser su madre. Lo más probable es que hubiera sido una nota muy amenazadora.

—¿Y has venido de todas maneras?

—¿Acaso pensabas que no lo haría?

Como eso era exactamente lo que había pensado, Rebecca guardó silencio.

—Todo esto ha sido culpa mía. Creo que ahora que soy un hombre de familia, tendré que decirle a nuestro amigo que ya no trabajaré más para él. Esta clase de repercusiones son inadmisibles. Ni siquiera ha servido de nada tener a un hombre vigilando la casa. Supongo que se le puede perdonar que no considerara a Mary Pearson una amenaza —dijo él.

—Lo vi —contestó Rebecca—. Lo encontré espiando en el jardín esta mañana. Le llevé unas galletas.

Rupert se rio.

—¿De veras? Qué embarazoso para él, pero seguramente era el espía de mi madre. ¡El mío estaría mejor escondido!

55

Ya había anochecido cuando respondieron a todas las preguntas del magistrado y se llevaron a Mary Pearson de allí.

—¿Puedes decirnos ya para qué has venido? —le preguntó Lilly, que se había mordido la lengua hasta ese momento, a Rupert.

—Por supuesto, pero sólo a su hija. —De repente cogió a Rebecca en brazos y se la llevó fuera de la habitación.

Rupert no se detuvo, de hecho, casi subió corriendo las escaleras al segundo piso.

—Podría seguirnos —señaló Rebecca, totalmente incrédula.

—No lo hará —replicó él con aquella típica confianza masculina—. Supongo que tendré que ir probando cada una de las puertas hasta dar con la tuya, como hiciste tú en mi casa.

—Podrías preguntarme —señaló ella mientras él hacía, efectivamente, eso.

Rupert bajó la mirada hacia ella.

—¿Y me lo dirías?

—¿Por qué no pruebas con ésta? —Rebecca señaló con la cabeza la puerta que tenía que abrir a continuación.

Rupert entró en el dormitorio de la joven. Flora había estado allí para preparar la cama y dejar una lamparita encendida. Él le dirigió una mirada a la cama, otra a la pared, dejó a Rebecca en el suelo y luego empujó la cama a la esquina. La joven comenzó a reírse. ¿Por qué no la sorprendía?

Pero al instante él regresó junto a ella. La cogió en brazos de nuevo y la dejó caer en la cama, antes de tenderse sobre ella para robarle el aliento con un beso ardiente. La joven le rodeó el cuello con los brazos. Se le encogieron los dedos de los pies. Si de verdad él tenía algo que hablar con ella, a Rebecca no le importaba en ese momento. Pero eso era lo que siempre le había pasado con él. Podía estar furiosa, pero su cólera se disolvía al instante en cuanto él le cubría la boca con la suya.

La besó durante un buen rato, profunda y cariñosamente. Luego se echó hacia atrás para decir:

—¿Me perdonas?

—¿Por qué?

—Por haber sido un maldito asno. Por haber dudado de ti. Por...

—Espera. —Rebecca se apoyó en un codo—. ¿Me estás diciendo que ya crees que estoy embarazada? Y, mírame bien antes de responder, porque aún no hay ninguna prueba evidente en mi cuerpo. —Se pasó una mano por el vientre plano para demostrárselo.

—¿Me preguntas si me fío de tu palabra? Claro que sí.

—¿Por qué?

—Porque te amo.

Rebecca inspiró bruscamente. Buscó la pálida mirada

azul de su marido. Vio la ternura en sus ojos, en su cara, y las lágrimas le anegaron los ojos.

—Me amas de verdad —dijo ella asombrada.

—Me resistí con todas mis fuerzas, ya lo sabes. Amarte va a cambiar mi vida para siempre. Sinceramente, no pensé que pudiera estar preparado para un cambio tan drástico. Y ése era mi problema. Pensar demasiado y buscar excusas. Ignoré los hechos hasta que fue demasiado tarde. Ya te habías metido en mi corazón.

—¿Pensabas que ahuyentándome arreglarías eso?

—No estaba ahuyentándote, Becca. No sé por qué te has ido.

—Volviste a portarte como un canalla conmigo, tentándome cuando no tenías intención de... oh, ya veo. —Se sonrojó de vergüenza—. ¡Era de verdad!

Él se rio entrecortadamente y la abrazó.

—Eres la mujer más encantadoramente exasperante que he conocido nunca, pero te amo por eso también. Sí, estaba tratando de demostrarte lo mucho que te quería de esa típica forma mía, sin tener que pronunciar las palabras que tanto miedo me daban. Pero lo único que me asusta de verdad es perderte. Así que voy a demostrarte ahora mismo cuánto te quiero.

Rupert le acarició con ternura la mejilla mientras comenzaba a besarla de nuevo. No era un beso lleno sólo de deseo, sino de muchas más cosas. Luego le besó en el vientre, apoyando allí su frente. Lágrimas de ternura anegaron los ojos de Rebecca. Lo amaba tanto.

Él le demostró de muchas maneras la profundidad de sus sentimientos: la suavidad con la que la desnudó, aquella mirada que regresaba una y otra vez a la de ella, sensual, ardiente y, aun así, cargada de emociones. Fue suave con ella debido a su estado. Rebecca podría haberle dicho que no era necesario todavía, pero quería disfrutar de su manera tranquila de hacer el amor mientras durase, pues sabía que no duraría demasiado. Había, sencillamente, demasiado deseo en la expresión de su marido. ¡El control de Rupert la asombraba! La joven sabía que era sólo por su bien porque a pesar del cuidado y lentitud con la que le quitó la ropa, él prácticamente se arrancó la suya del cuerpo.

Después de arrojar hasta la última prenda al suelo, Rebecca se estiró llena de dicha sensual bajo las manos de su marido mientras él la acariciaba de los pies a la cabeza una y otra vez. Rupert extendía las manos intentando abarcar cada centímetro del cuerpo de Rebecca en esa larga caricia. Incluso introdujo los pulgares entre sus piernas en un breve gesto provocador antes de proceder a ahuecarle los pechos con las manos. Se inclinó sobre ella y la cubrió de besos. El sedoso pelo negro recorrió la piel ya sensible de la joven de una manera muy erótica.

—¿Así que te tiento? —dijo Rupert cerrando la boca sobre uno de los senos de Rebecca mientras ella se arqueaba hacia él con un gemido.

Lo había hecho. Todavía lo hacía. ¡Siempre lo haría! Pero cuando Rebecca logró abrir los ojos para buscar los de él fijos en los de ella, incluso mientras le succionaba el pecho, Rebecca se dio cuenta de que se lo había preguntado en serio. No estaba seguro.

—No puedes imaginar cuánto —murmuró ella.

—Entonces tienes demasiada fuerza de voluntad, querida. De hecho, llegué a pensar que había perdido mi habilidad.

—No creo que eso sea posible —Rebecca soltó un jadeo y le agarró el pelo para acercar la boca de Rupert a la de ella.

El beso que le dio fue extremadamente apasionado y habilidoso. Rebecca ya no estaba tan relajada. ¡Lo deseaba ya!

Pero Rupert no había terminado de enardecer sus sentidos. Deslizó uno de sus dedos en el interior de la joven. Las oleadas de placer comenzaron de inmediato y aceleraron el corazón de la joven; la habría hecho alcanzar el éxtasis si ella le hubiera dejado.

Pero en su lugar utilizó parte de aquella fuerza de voluntad que él acababa de mencionar.

—No —susurró contra sus labios.

—Sí.

—No, te quiero dentro de mí.

Rupert soltó un gemido y se introdujo en ella con tal rapidez que Rebecca apenas tuvo tiempo de rodearlo con los brazos antes de que él la llenara por completo. Oh, Santo Dios, el calor de él, la intensa plenitud, la asombrosa longitud que la llenaba profundamente. No había marcha atrás ahora, Rebecca estaba totalmente consumida por ese increíble y dulce placer que continuó sin parar y que aún latía en torno a él cuando Rupert alcanzó su propio orgasmo.

Rebecca lo abrazó con suavidad. Era su canalla, su marido, su amor.

—En cualquier momento, en cualquier lugar, pídemelo y seré tuyo —creyó oírle decir, pero la joven sólo sonrió somnolienta. Aún saboreaba los estremecimientos de placer para poder responderle. Rupert se había echado a un lado para no aplastarla con todo su peso, aunque tenía medio cuerpo sobre ella, una pierna sobre sus caderas, un brazo sobre sus pechos y los labios acariciándole la piel de su cuello con suaves besos.

—Dime que no es cosa de mi imaginación. ¿Me vas a decir que tú también me amas? —preguntó él.

Rebecca tuvo que bajar de las nubes para responder a esa pregunta. Echó la cabeza hacia atrás para poder mirarle a la cara. ¿Habría estado Rupert impaciente por preguntárselo?

Porque parecía tan seguro de sí mismo que ella le dirigió una fingida mirada de enfado.

—Realmente, no mereces oírlo.

—Tienes razón —dijo él, aunque no parecía del todo convencido, exudaba demasiada confianza.

Así que Rebecca añadió:

—¿Crees que debería tratar de convencerte de que sólo estoy enamorada de tu hermoso rostro? Sí, creo que sí.

—¡Dios mío, no digas eso! —exclamó él, pero al instante suspiró—. Muy bien, me lo merezco. Eres la única mujer a la que le consiento decir eso, ¿sabes?, pero por favor, que sea la última vez. No soy hermoso, Becca. Sólo las mujeres son hermosas.

—Al contrario —Rebecca le lanzó una mirada más tierna—. Los ángeles también lo son.

Él gimió y la hizo rodar bajo su cuerpo de nuevo.

—Tampoco soy un ángel. Los ángeles no tienen pensamientos carnales como éstos. —La besó profundamente.

Por supuesto Rebecca dejó de darle más vueltas al asunto. Se dedicó a averiguar cómo era hacer el amor con ese hombre sin que hubiera polémicas entre ellos, sin emociones crispadas, sólo con el amor guiando sus manos e inundando sus corazones de la más profunda felicidad.

—Oh, Dios mío. Jamás pensé que diría esto —confesó Rebecca cuando recuperó el aliento poco tiempo después—, pero estoy encantada de que seas un granuja en vez de un ángel. Siempre y cuando seas «mi granuja».